食鏽末世錄

業花帝冠・花束之劍

4

瘤久保慎司

SHINJI COBKUBO PRESENTS

Kadokawa Fantastic Novels

黃泉之罪
無法透過黃泉之水清除。
唯有在六道輪迴的盡頭，
罪業才得以恢復潔淨。
A BOY WITH A BOW RUNNING THROUGH THE WORLD LIKE A WIND

SABIKU
六道大門敞開之時，
會吞噬罪業，釋出安寧。
聽著沉重的鐵門聲，
一同感到安心吧。
六道囚獄
THE WORLD BLOWS THE WIND ERODES LIFE

我可不像畢斯可那麼好應付。
怎麼可能連一滴鼻血都沒流就得到結論！
同樣是女人，「大小」可差多了。

我的花該為人民而開……

身為王者，應屏除私欲，
只為人民的福祉
獻出自己的花。

笨蛋，竟然自己逃進死路。
蠢貨，鬼抓人到此為止。
六道審判可不會這麼輕易地結束！

SABIKUI BISCO
4
[插畫]赤岸K
[世界觀插畫]mocha(@mocha708)
The world blows the wind erodes life.
A boy with a bow running
through the world like a wind.

漫長的冬天已結束。
汝等不再是埋在地底的種子，
應衝破地面，全力綻放。

=縣名
=縣界
=關隘
=禁止通行
皿倉山
九州蕈菇守護者的
隱密村莊
染大橋
海上建築群
福岡
吞雷天本尊
佐賀
六道囚獄
華蘇
大分
播免穗天本尊
舊阿蘇山頂峰
（現六道門）
長崎
熊本
宮崎
鏽蝕海岸
朱灘
陽天本尊
鹿兒島
N
整體俯瞰圖
日本地圖
MAP OF JAPAN
※整體俯瞰圖引用自 2019 年日本全圖，
現在的地勢因蕈菇與鏽蝕作用而有所變化。

獅子浸泡在濕滑溫暖，宛如沼澤的液體中。

她稍稍吸了口氣，濃烈而甜膩的死亡氣息便衝進鼻腔。她下意識皺起眉頭改用嘴巴呼吸，液體卻咕嚕咕嚕地灌進嘴裡，一股鐵鏽味使她嗆咳起來。

（…………）

獅子數度想醒過來，但她的意識卻一再被沼澤的氣息抹去，彷彿有人不斷拉著她，將她拉往寧靜的死亡之中。

她的心即將拋開一切，連意志也快消失……

在那一瞬之前。

滋滋！

「……嗚哇！」

某個火燙的東西碰到她的腳尖，沉重的眼皮立刻大大睜開。

「這裡是……？好、好燙，嗚哇——好燙！」

獅子醒來發現自己被一層又一層的肉狀物掩埋，腳尖碰到沼澤底部，感受到焦灼的熱度。她拚命撥開肉海往上游，好不容易游出水面。

「噗哈！呼、呼…………啊、啊……！」

她在黏滑的水面喘了一會兒氣，而後……

「嗚哇啊啊啊——！」

見到周遭的慘狀，嚇得放聲大叫。

獅子身處的這片沼澤，原來是一片漂著無數屍體的血海。

不分男女老幼，全是身首異處的蒼白身軀，剖面有如瀑布般不斷噴著血。

屍體堆疊在血海上的景象，說是「地獄」也毫不誇張。

「咿啊啊、啊、嗚哇、啊……」

海面上漂來一顆了無生氣的人頭，獅子和那顆頭對到眼，顫抖著身子發出不成聲的慘叫。

不過獅子自己的模樣也很嚇人，她那白皙柔韌的少女身軀沾滿大量鮮血，就連惡鬼看了也會嚇得動彈不得。

（地、地獄釜，這裡是用來焚燒死亡囚犯的地獄釜！我被活生生丟到地獄釜了！）

獅子的心差點就被恐懼擊垮，她努力鼓起勇氣，勉強找回思考能力。

名為「地獄釜」的巨爐放出驚人熱度和刺眼的橘色光芒，殘酷地燒灼著獅子染血的身軀。

（我、我會死嗎……在這裡活生生……被燒成灰燼……）

我不要！獅子狠狠搖頭，將恐懼趕出內心，長瀏海下的紅色眼眸在地獄底部發出耀眼光芒。

（父王說，身為國王！就是要在絕境中找出致勝之機！）

地獄釜發出轟響持續加熱，釜中的血海開始沸騰，獅子在灼燒肺部的熱風中吐著血，奮力游了起來。

（底下應該有個用來排出灰燼和廢渣的排出孔，我要設法從那裡出去……！）

嘩啦！獅子潛進血海環視釜底，在橘光的熱流照耀下果真找到一個似乎是排出孔的地方。不過那扇門當然是緊閉的，看起來完全沒辦法打開。

（啊，父王！）

她游出血海的水面，深吸一口氣。

（請賜予我您的力量……賜予我，您的「花」之力！）

獅子睜大雙眼，左耳後方隨即開出一朵鮮豔的寒椿，像在回應她的意志般，飄出閃亮的花粉，照亮地獄釜。

她憑藉這股體內湧出的不明力量，再度潛進釜底，用雙手「砰！」地揍向發燙的排出孔蓋。

獅子雙手使盡全力，她的頭髮飄了起來，露出閃耀的雙眼。接著，不知是何種咒術發揮作用，她的雙手手腕不停冒出翠綠的藤蔓，無視火燙的熱度，伸進排出孔之中。

（要快點、開鎖……我的意識、快要……！）

獅子的身體被滾燙的血海燒灼，已來到了極限。在她失去意識前一刻，鐵鎖的聲音喀嚓、喀嚓接連傳來，那扇門發出聲響，大大敞開。

（唔！開了……嗚哇、啊啊啊！）

她就這麼滾進洞裡，噗通一聲，掉入冷卻池的池水中。

「噗哈！」獅子大喘一口氣，釜中沸騰的血洪宛若瀑布，從她頭頂湍急地落下。她在血與水的沖刷下死命地游，抓住池子的扶手，爬上階梯，費了好大一番工夫才爬出池子。

「呼！呼！嘔、咳、咳！」

獅子氣喘吁吁，在冰冷的地板上吐出血與水混合成的液體。

「現在……是逃跑的好時機。」

她用手臂擦了擦嘴，回頭望向那座轟隆作響的血瀑布。渾身是燙傷和鮮血的狼狽少女踉蹌地站起身，紅眸卻閃著光芒。

「我還很弱……在成為強大的『王位繼承人』前，我是不會死的……」

外頭的守衛們聽見冷卻室傳來不尋常的巨響，大吼大叫，吵成一團。獅子連忙四處張望，見到一座集中傾倒廢棄物用的坡道，便以染血的濕滑身體沿著坡道往下滑，滾落至黑暗的管道內。

［插畫］赤岸K

［世界觀插畫］mocha (@mocha708)

食鏽末世錄

SABIKUI BISCO

The world blows the wind erodes life.
A boy with a bow running
through the world like a wind.

4

業花帝冠 花束之劍

瘤久保慎司

SHINJI COBKUBO PRESENTS

1

華蘇縣。

九州的阿蘇火山在噴發後消失，該土地變得平坦而布滿灰燼，經過重建後與大分、福岡、熊本等大縣歷經一番爭鬥，終於建立華蘇縣，獲得統治權，是日本新興的地方自治團體。

不過也有可能是因為華蘇縣含有火山灰的泥土容易產生鏽蝕，土地無利可圖，所以才免於周遭大縣的侵略。

那麼，這片不毛之地究竟是以什麼作為經濟來源，以維持自治的呢？

這就不得不提華蘇縣的外號「監獄都市」。

華蘇縣有座巨大的監獄「六道囚獄」，以戒備森嚴聞名全國；管理六道囚獄的鐵面法官「沙汰晴吐華蘇守染吉」，其執法態度絕對中立，毫不留情，為法紀失靈的現代社會樹立典範，受人敬重。

在法律難以發揮效力的現代社會，無論再怎麼凶惡的罪犯，六道囚獄都不會拒收，因而備受各界重視。罪犯持續增加，大家寧願花點錢也要將罪犯趕出自己的土地……日本各縣都這麼想。

簡言之，華蘇縣最重要的產業就是……

「概括接受罪犯的一切，並收取錢財」的監獄事業。因此，每天都有來自全國各地的重罪犯被移送至此。

「引渡罪犯？」

這裡是臨時看守所的櫃檯，裡頭關著等候判決的罪犯。

看守所管理員接過罪犯照片和京都府警察證，仔細端詳後，狐疑地望向櫃檯前兩名刑警。

他們穿著二人組專用的一黑一白長版風衣，胸口別著金閣印徽章，警方相關人士都知道這是京都府警察的正裝，沒有任何可疑之處。

「這裡有蕈菇守護者出身的罪犯嗎？」

「……要看名單才知道，但就算有……」

兩人壓低帽沿，用黑色口罩遮著口鼻，這對處理高度機密的特務而言也不奇怪，只不過……

「我們不能隨便將未受審的罪犯交給別人……」

這樣華蘇縣的面子掛不住。

「如果貴單位審判、收監的速度夠快，我們也不會特地跑這一趟。」

白風衣以悅耳的聲音說道。

「然而負責審判的沙汰晴吐先生，現在正忙著在日本各地出差，聽說等候判決的罪犯已經多到有點『塞車』了……我們是相信沙汰晴吐先生的人品，才將罪犯交給他。如果不能早點審判，就請將罪犯還給我們。」

「華蘇守大人的確很忙，不過現在代為掌管六道囚獄的戈碧絲大人、梅帕歐夏大人，也是傑出的執法者……」

「我們只願意請我們認為一流的人才審判罪犯。」

黑風衣逼近管理員，惡狠狠地說。

「如果這裡關著蕈菇守護者，你最好閉上嘴，把他們帶過來。不然就準備和京都開戰吧。」

「唔唔……」

（京都府警察毀滅過一次之後，變得好偏激。）

看守所的管理員喃喃自語翻著名單，走進充滿囚犯怒吼的房間中。

兩名刑警目送他離去，竊竊私語起來。

「他們真的被關在這種破地方嗎？」

「罪犯必須經過審判，才會被關進六道囚獄。這週的審判紀錄中完全沒有蕈菇守護者的蹤影。若他們真的在華蘇，一定還在臨時看守所。」

「是喔？」

黑風衣閒得發慌，喀啦一聲轉動脖子，望向窗外。

今天是個晴朗的春天，窗外卻只能見到公家機關、警察署等一座座冰冷的水泥建築，景觀實在稱不上豐富。

唯一特別的只有遠方聳立的漆黑大門……「六道囚獄」的入口，在這座沉悶的都市中，散發出一股鐵的威嚴。

「華蘇縣真的是座監獄之都，到處都陰森又單調……」

黑風衣靠在窗邊，那雙無精打采的眼睛慢慢睜大。

「……怎麼了？」

「趴下！」

兩人趴下後，便聽見「啪啦！」巨響，一個白色人偶般的身影撞破玻璃，跳進室內。

（……小孩？）

白風衣縱身一躍，在人影撞上地板前將對方抱住，在地上翻滾。白風衣環在對方身上的雙手感受到血的濕滑觸感，不禁倒抽口氣。

「妳還好嗎？聽得見嗎？」

「我才不會……死在這種地方……」

紫色長瀏海下的眼眸含著淚，悲痛地請求。

「拜託，誰來救救我……」

「妳傷得好重……！等等，我馬上就……」

白風衣想鼓勵那個小孩，一陣噪音掩蓋了他的聲音。

「蠢貨，鬼抓人到此為止，獅子！」

「笨蛋，竟然自己逃進死路，果然還是個孩子。」

女人的吼叫聲與另一個女人的嘲笑聲自門口響起。

那兩個女人粗魯地推開騷動的職員們，大步跨進門內，大搖大擺走向兩名風衣男。

「我頭一次見到有人被丟進地獄釜還能逃出來。不知道那個小鬼動了什麼手腳，把地獄釜搞得一團糟！竟敢讓我丟臉……！」

「誰教妳不殺了她再丟進地獄釜，笨蛋做事就是隨便。」

「那小鬼心跳停了，我以為她死了啊！」

高跟鞋聲喀喀響起……

講話像在吼叫的那個女人，身穿胸前敞開的華麗紅洋裝，肩膀上放著牛頭裝飾，擁有一頭亮麗的金色長捲髮和傲慢面孔，一看就知道是個虐待狂。單邊鼻翼還穿著閃亮的鼻環。

另一個女人也是長髮，深藍色頭髮宛如針葉樹般尖刺，臉上掛著犀利的眼鏡，耳朵上戴著馬蹄鐵造型的耳環。她穿著和身旁女人成對的藍洋裝，上頭再罩了件乾淨的白袍，看起來像個研究者。

「……從現在起，這裡就由六道囚獄接管。愣著幹嘛？不想被關進鐵牢就快點滾蛋，一群蠢貨！」

金髮女大喝一聲，職員們不願惹上麻煩，便如鳥獸散。兩個女人身後跟著一大群身穿黑袍，頭戴面罩，有如行刑人般的獄卒，每人腰上都掛著刻有櫻花紋路的倭刀。

風衣二人組在獄卒們的包圍下，保護著那個身分不明的小孩。

「……哦？我想說是哪些笨蛋還不離開……嘻嘻嘻，真是稀客。」

「……你們是蠢貨府警的特務？為什麼會在這裡……」

六道的獄卒們也沒想到京都府警察竟會出現在這裡，有些不知所措，只好靜候指示。

過了一會兒，金髮女清了清喉嚨，扯開嗓門。

「我不知道無能的府警來華蘇有何貴幹，但你們的態度真教人不爽。」

她口氣雖然強勢，但顯然不敢對其他府縣的人動手，手裡拿著皮鞭，看起來十分焦躁。

「我是六道囚獄的副典獄長戈碧絲，旁邊這個陰沉的女人是我的助手梅帕歐夏。」

「別把我當作手下，笨蛋。我也是副典獄長。」

「少插嘴！喂，穿白衣服的，你懷裡那團垃圾是個名叫獅子的重罪犯。立刻把她交給我們。」

「當然沒問題。」

白風衣不慌不忙地說。

「請在我們押送完犯人後，將這孩子……獅子的罪狀證明，連同二位的身分證明交給京都府警察。我們大約一個月後就將她送還。」

「開什麼玩笑，蠢貨！」

副典獄長戈碧絲氣得咬牙切齒，用力將鞭子甩向地面，使油氈地板出現裂痕。

「華蘇縣才不會任由罪犯被帶走。縱然你們是其他府縣的人，但要是繼續妨礙我們執行公務，小心我砍斷你們的脖子！」

「真傷腦筋。我們無意妨礙二位……不過我們也在執行公務。」

「什麼……？」

「解釋給她聽。」

「嗯？」

閒閒無事的黑風衣冷不防接收到白風衣的視線，一瞬間驚訝到睜大眼睛……接著翻開自己的手冊，唸出標滿讀音的條文。

「京都府警察，注意事項，第二條。無論何時何地，只要市民遇到危險……呃？府警就該挺身而出。」

「唸得好。」

「誰管京都府警察的信念是什麼啊，蠢貨！這根本不關你們的事！」

「的確不關我們的事。一般情況下可能會認為……不過就是個小孩，交給妳們也無所謂。」

黑風衣甩了甩手冊，不顧戈碧絲的威嚇，逕自說下去。

「不過就中立的觀點看來，可就不會這麼想了。」

「混帳，你們想為了一個小孩和華蘇開戰嗎！」

「別說得這麼誇張，這只是禮貌問題。」

那人帽子下的銳利目光使全身黑衣的獄卒們感到畏怯。
「妳自己明明是個連小鬼都逮不到的傻子，卻罵了我們四次『蠢貨』。」
戈碧絲的太陽穴爆出青筋。
「這小鬼至少……對我們說了『拜託』。」
「去死！」
戈碧絲的鞭子咻的一聲，甩在黑風衣的臉上。他手中的手冊和頭上的帽子都被彈至遠處，口罩破裂，噴出血來。
那是連骨頭都能斬斷的銳利攻擊。
「唉，搞什麼。妳又把其他府縣的公務員殺掉了，這樣要湮滅證據很麻煩耶。」
「哼！那是妳的工作，我才不管。誰教他仗著自己是京都府警察，就這麼囂張……沙汰晴吐不在的期間，我就是華蘇的法律！」
「應該說我『們』才對吧？」
戈碧絲得意洋洋地想將鞭子拉回手邊……卻發現鞭子彷彿被萬力鉗夾住般紋絲不動。
「……怎、怎麼回事……？」
黑風衣的臉仍被鞭子纏繞。
不過，他破裂的口罩下，卻露出猛獸般發亮的牙齒……
緊緊咬住鞭子的前端，使整條鞭子動彈不得。

「這、這傢伙是什麼人！」

戈碧絲大叫一聲，獄卒們立刻握住刀柄。

與此同時，黑風衣帽子下的鮮紅色頭髮烈火似的豎了起來。

「砍他！殺了他……哇啊啊！」

黑風衣宛如龍捲風般旋轉身體，用牙齒和頸部肌肉將鞭子拉向自己，眼見戈碧絲被拉過來後，朝她側腹使出一記空中後迴旋踢，將她狠狠踢飛。

「嗚呃——！」

戈碧絲整個人撞破牆壁，飛至屋外，途中波及了好幾名獄卒。

「妳真不乾脆。如果想打架，一開始就該這麼說。」

「這……這傢伙力氣太大了吧！」

「別大意，快包圍他！」

「嘻、嘻嘻嘻……」

副典獄長梅帕歐夏悄悄躲在拔刀的獄卒後方，臉上浮現略顯詫異的笑容。

「事、事情越來越離譜了……他怎麼偏偏在這種時候冒出來？」

「梅帕歐夏大人，您認得這傢伙嗎？」

「我要扣你薪水喔，笨蛋。身為獄卒，怎麼能忘記這張臉？」

黑風衣的目光彷彿能貫穿牆壁，右眼外圍有鮮紅刺青，梅帕歐夏指著他的刺青吞了口水。

「鮮紅色頭髮，配上右眼的紅色刺青。這個人就是過去懸賞金高達三百萬日貨，危害社會的大壞蛋……」

「……他、他難道就是……」

梅帕歐夏一說完，所有獄卒立刻望向那個人……

「如果知道我是誰，就放過那個小孩，來抓我這個大尾的吧，廢物們！」

他喀啦轉了一下脖子，翡翠色目光挑釁似的瞪著那些獄卒。獄卒們被他的氣勢嚇到步步後退，發出哀號。

「是、是赤星，是他本人！是食人菇赤星！」

「食人赤星，赤星來到華蘇了——！」

獄卒們議論紛紛，戈碧絲嘴角流著血從他們後方走來，破口大罵。

「閉嘴！一群蠢貨！不過是個蕈菇守護者，有什麼好怕的！讓他見識見識華蘇六道獄卒的恐怖。包圍他！敵人只有一個人。」

「笨蛋，別忘記原本的目的。應該殺了那個穿白衣服的，把小鬼搶回來。」

戈碧絲和梅帕歐夏下令完，獄卒們便接連上前包圍黑風衣……赤星畢斯可。白風衣無奈地嘆口氣，向畢斯可抱怨。

「結果又變成這樣，本來有機會騙過他們的。」

「我的忍耐程度已經是平常的三倍了。接下來怎麼辦？要逃嗎？」

「我也想逃，可是這孩子傷口太深，我想馬上幫她處理。」

白風衣唰的一聲脫下外套，內側口袋裝滿各種醫療用具，他迅速抽了幾樣出來。

「我很快就好。在我做完緊急處理前，別讓那些人靠近我們。」

「你說得太模糊了，具體來說要保護你們到什麼程度？」

「那麼……」

白風衣從腰際抽出蜥蜴爪短刀，飛快地在空中轉了一圈。

他的帽子飛走，露出飄逸的天藍色頭髮。就在獄卒們出神地看著那副優美姿態時，他在小孩周圍的地板上用短刀劃出一個完美的圓。

「五分鐘內，別讓任何東西進到這個圓內。」

「五分鐘？」

「蕈菇也不能用，我怕這孩子的傷口沾到孢子。辦得到嗎？」

熊貓胎記圍繞的眼中露出輕視目光，畢斯可咂舌後回答。

「哼，別小看我。」

「一群笨蛋，別光顧著看。快上，快上——！」

「你看好了，我三分鐘就能搞定！」

獄卒們自前後左右一同砍來，畢斯可將身上的黑色風衣拋了出去，遮住幾名獄卒的眼睛，將他們一次踢倒。接著抓住其中一名獄卒，將對方的身體當作槌子大力揮舞，再拋向圓另一頭的敵人。

畢斯可脫下風衣後，穿在裡頭的蕈菇守護者大衣隨風飄揚，纏住一名從背後砍來的獄卒。他靈活地操縱大衣，將被包覆在內的敵人甩至牆上，同時搶來一把刀，用刀背打倒了三四個人。久違的激戰令他舒暢地笑了。

「還好這種刀只有一面有刃，我用刀背跟你們打！」

在獄卒們接連不斷的怒吼和慘叫中……

唯有圓圈內保持著一股不可思議的平靜。

獅子從短暫的昏厥中醒來，眼前的光景讓她呆愣了好一會兒。有如戰神的紅髮少年瘋狂戰鬥，臉上甚至掛著笑容；另一方面，面前這名正在為自己療傷的少年，儘管頭上多次有獄卒飛過，他都不為所動。

「啊，妳醒啦？」

有著熊貓胎記的少年晃了晃天藍色頭髮，取下口罩，對著害怕到縮成一團的獅子露出笑容。

「嗚、嗚哇！好多獄卒……我要趕快逃跑！」

「別亂動，麻醉剛生效。我叫貓柳美祿，是一名醫生。妳全身嚴重燙傷，此外還有好幾處較深的撕裂傷。雖然是重傷但絕對有救，妳儘管放心。」

「可是，現、現在不是治療的時候……！」

「別擔心。只要待在這個圓裡，妳就不會受傷。」

美祿說的沒錯，在這捅了蜂窩似的混戰中，沒有任何東西進到圓內，就像變魔術一樣。

這一幕令獅子看得膽戰心驚，但那名火焰戰士與獄卒們瘋狂對戰的姿態，逐漸吸引了她的目光。

強健而柔韌的肌肉施展出震撼人心的體術。連晚一秒就會被砍頭的斬擊，他都能輕鬆躲過，展現堅定的注意力與爆發力。重點是面對這麼多殺氣騰騰的對手，他仍能自信微笑，那超乎常人的膽識，瞬間在獅子心中點起紅色火焰。

（……那個紅頭髮的人……是誰？他好強！又強……又美……！）

「妳胸口裂開了……傷得好重。我幫妳縫起來，痛的話跟我說。」

「…………」

少女忘卻疼痛，出神地望著畢斯可的英姿。美祿見狀露出微笑，發揮令人稱奇的醫術，以驚人的速度完成治療。

「畢斯可！我做完緊急處理，可以……」

美祿邊說邊轉頭，這時某個獄卒在被拋飛時掉落了一只面具，旋轉著飛到他面前。

他正想伸手揮開面具……

咻砰！

一支閃光般射出的箭刺中那只面具，旋即將它釘在對面的牆壁上。

「哇喔。」

「喂！你剛剛碰了嗎？」

「咦？碰什麼？」

「我問你，你碰到那東西了嗎？有東西跑進圓圈裡嗎？」

美祿見到搭檔踢飛湧上來的獄卒，認真地詢問這種事，忍不住笑了出來，自己也從背後抽出祖母綠色的弓。

「沒有，沒碰到！你成功完成任務，是你贏了。」

「……？我贏了？……嗯，那就好。」

畢斯可搞不太清楚狀況，但仍滿意地點了頭。被打趴的獄卒在他周圍疊得像山一樣高，各個嘴裡都發出痛苦的呻吟。

「太過火了～雖說這是我要求的，這麼說不太好意思，但你能不能下手輕一點？」

「我一個人都沒殺。如果想要和平，一開始就該把那個小鬼交給他們。」

「你很會說些歪理嘛，明明連漢字都不會唸。」

「這跟現在的事有什麼關係啊，可惡！」

梅帕歐夏看著他們為了無謂的小事爭吵，露出僵硬的笑容。

「嘻、嘻嘻嘻……我們有那麼多手下，他卻像對付小孩般全部打倒。這壞蛋比傳聞中更可怕。明明是個小鬼，怎麼會有那麼大的力氣……」

「現在是說這個的時候嗎？蠢貨！如果讓那小鬼逃了，我們不知道會遭受怎樣的處罰！」

「都是妳的錯，笨蛋！我已經呼叫支援了。若被五倍的人包圍，就算是赤星也沒轍……」

如梅帕歐夏所言，大批的黑袍獄卒已經趕到，幾乎將看守所的周圍淹沒。

「不需要活捉了。殺了他們，直接殺了他們！」

聽見梅帕歐夏的指令，獄卒們舉起刀來，衝向畢斯可等人。

「終於要拿出真本事了嗎？」

「這樣正好。喂，再畫一個圓，剛才那個太簡單了。」

「別說傻話了，快逃！」

美祿晃著閃亮的天藍色頭髮，將鋪在地上的白風衣踢至空中，以迅雷不及掩耳的速度拉起短弓，朝飄在空中的風衣放箭。

砰、砰！

土黃色的蕈菇瞬間綻放，爆炸似的噴出帶有刺激氣味的黃色孢子，覆蓋在獄卒們身上。

「嗚哇——！好癢、好癢——！這是什麼粉——！」

獄卒們全身被癢菇侵襲，癢到不斷扭動身體。美祿瞄了那些獄卒一眼後說：

「先把這孩子帶到安全的地方。走吧，畢斯可！」

「你剛剛不是說不能用菇嗎！」

「我用沒關係，我懂得拿捏輕重。」

美祿朝天花板射了一箭，鴻喜菇「砰！」地盛開，使屋頂崩落，陽光灑進室內。抱著少女的美祿和畢斯可便朝那個洞跳去，跳上屋頂，宛如天狗般快速離開現場。

「啊，別讓他們逃了，蠢貨！快追、快追——！」

「哼！不要以為人多就能抓住蕈菇守護者。」

戈碧絲的怒吼自後方響起，畢斯可聽見後笑了出來。兩人的蕈菇守護者大衣在春風中翩翩起舞。

「原以為可以在那裡找到福岡的蕈菇守護者，沒想到遭遇阻撓。」

「沒辦法，這孩子傷得很重，要是不早點正式治療，可能會有危險。」

麻醉完全生效，少女閉著眼在美祿背上熟睡。美祿感受著她的鼻息，喃喃說道。

「那個女獄卒的鞭子威力滿強的，我的耳朵和鼻子都裂開了。一個小孩承受了那麼多鞭擊……」

「真過分，那樣也能當六道囚獄的副典獄長？豈有此理。原來這個縣也徹底腐敗了……！」

「咦？啊，對啊。」

「嗯？你還想說些什麼嗎？」

「沒事，只是覺得……這小鬼真有骨氣。」

兩名蕈菇守護者不斷在屋頂之間跳躍，轉眼間就甩開那片黑海般的六道獄卒。

2

要說明兩名少年為何會潛入華蘇的看守所……

必須把時間往回推一些。

整件事始於「赤星壹號」，它是畢斯可等人與《東京》決戰之際，在途中打造出來的機器人，身上搭載了以畢斯可的血液作為媒介的程式。

可能因為繼承了畢斯可的血脈，它的個性十分凶殘，不斷地以過剩的精力在人類聚落搗亂，造成全國性的大新聞。那模樣就像過去的食人赤星，和狂暴時期的畢斯可如出一轍。

對於這點……

「它雖然是機器人，但既然和我有血緣關係，就是我的親人。」

畢斯可抱著這樣的信念，想阻止搗亂的弟弟，於是千里迢迢來到九州……這就是他們當初的目的。

不過，一行人從福岡登陸九州後，逐漸感受到整座九州飄散著一股奇妙的氛圍。

「噗哈！這裡空氣好新鮮呢，帕烏！」

「嗯，景色也很美……九州北部比較沒有凶猛的生物，是很受歡迎的觀光勝地。我聽說這裡的食物種類也很豐富……尤其水牛火鍋更是一絕。」

帕烏坐在芥川的蟹鞍上，美祿則從背包中探出頭來，兩人在溫暖的春風中愉快地聊天。

離開忌濱，脫下拘束的縣知事套裝後，帕烏迫不及待地換上便服。但以她的個性，即使是便服也花了很多錢。她身穿簡約優雅的白洋裝，頭戴有裝飾的大帽沿遮陽帽，手上戴著白鬣蜥皮做的長手套，好似參加奧斯卡頒獎典禮的女明星。

「水牛火鍋！畢斯可，你聽見了嗎？今天就吃這個吧！」

「你們太悠哉了吧，可惡！」

畢斯可的態度和貓柳姊弟截然不同，他大吼一聲，眼裡冒著血絲。

「要看什麼、吃什麼都行！等抓到壹號那個笨蛋之後再說！」

他窮追不捨的赤星壹號最近燒燬了蕈菇守護者之神，八咫那天的神像。從那之後，比別人更虔誠的畢斯可每晚都夢到自己遭天譴，因而滿腦子想早點逮到該死的弟弟，乞求神佛的原諒。

「這座山的深處有座隱密的村莊，去那裡補充菇毒和箭吧。」

「正好，我的衣服有點髒，我想換件新的。」

「我問妳，妳到底帶了幾套衣服？這些都不適合騎螃蟹的時候穿啊！幹嘛不穿平常的機車騎士服？」

「你真是不解風情。夫妻出來玩，不好好打扮一番怎麼行！」

聽見帕烏怒髮衝冠地大聲反駁，畢斯可尷尬到眉頭抽動……不久後，山頂映入眼簾，盛開的粉色花朵奪走了他的目光。

「……嗯？那是啥……」

「哇，好美喔！太迷人了。畢斯可，那是什麼花？」

「花……？這座山會開花嗎？」

畢斯可拉動轠繩要芥川加快腳步，從山頂通往隱密村莊的獸徑上仍有零星的粉紅花樹。一行人抵達村莊後，看見一片怒放的花海，幾乎覆蓋整座村莊。

「好美……這麼美的地方竟與世隔絕，太可惜了。」

「……奇怪，蕈菇守護者不可能放任村子變成這樣。」

兩人呆愣地望著村子時，美祿先從芥川身上跳下，跑向附近一棵花樹，拾起一片散落的花瓣仔細觀察。

「……沒錯。這是『櫻花』，畢斯可。」

「櫻花？櫻花有野生的嗎？我第一次見到。」

「不，現在只有京都自然保護中心才有種植。天然櫻花受鏽蝕風的影響，大部分都枯萎了。怎麼會……？」

「我聽說東京決戰過後，日本各地的鏽蝕風影響都變弱了。」

帕烏跟著畢斯可從芥川身上跳下，走到弟弟身邊。

「會不會是因為這樣，使植物恢復了原本的生命力？」

「即使是這樣也很奇怪。」美祿皺著眉頭，用拇指的指甲搔了搔嘴唇。「在這麼貧瘠的土壤上，開成這樣實在不對勁。究竟是以什麼為養分……？」

美祿說完便甩了大衣，衝進櫻花盛開的村子中。畢斯可和帕烏對看一眼，對愛蟹說了聲：「芥川，在這裡等我們！」連忙跟在美祿身後。

「這是怎麼回事……！」

他們來到村子中央，環顧四周，畢斯可露出了獵人般的眼神。

蕈菇守護者的房屋全都破敗不堪，被櫻樹覆蓋。遍地都是被某種巨大力量打倒的大蟹殘骸，櫻樹突破甲殼挺立而生。

「櫻樹把村子弄得一團糟。他們應該是受到什麼襲擊了！」

「看也知道！可是，到底是什麼……？」

這座村子原本有個特色，那就是村民會培育一種含有堅硬纖維的巨大「家菇」，然後將家菇挖空當作房屋。那些美麗而生意盎然的家菇，在蕈菇守護者之間相當有名，如今家菇的養分卻被櫻花的花朵和樹木吸食殆盡，宛如一株株蕈菇木乃伊。

「唔！畢斯可，閃開！」

陰影處散發殺氣，帕烏的細跟鞋劃破空氣，以一記銳利的飛踢將射向畢斯可的箭彈飛。那支箭飛向斜後方，「啵！」地開出一小朵鴻喜菇。

帕烏在空中抓住快要飛走的帽子，落地後戴上帽子大吼：

「是誰！還不現身！」

「不怕死的傢伙，又出現啦～～？」

「……咦？」

「別小看我這老太婆的弓術。把我的兒子和孫子還來～～！」

天狗般「咻！」地翻著筋斗現身的人，是一名蕈菇守護者……而且是一位老婆婆。她毫不懼怕帕烏的英姿，以不像老人的速度「咻、咻！」地接連射出蕈菇箭。

「您誤會了，老婆婆！我們只是碰巧路過……」

「天譴降臨～～」

老婆婆聽見美祿的聲音，朝他拉滿弓。

畢斯可「砰！」地蹬了一下建築物，以三角跳躍從側邊撲向老婆婆，抓住她的身體在地上翻滾。

「嗚嗚嗚～～混帳，你、你就殺了我吧！」

「冷靜點，老太婆！我們是妳的同伴，是蕈菇守護者！」

「呼……呼咦～～？」

老婆婆聽見畢斯可的話後，發出呆愣的疑問聲，將手伸向壓在自己身上的畢斯可，拍了拍他的臉。她似乎有嚴重的老花眼，這時終於深吐一口氣。

「不、不是惡鬼，是人。哎呀，嚇死我啦。」

「我才想這麼說。妳看清楚再攻擊好嗎！」

「老人家，這裡發生什麼事了？到處都沒人，重點是還變成這副模樣……」

「……嗚、嗚嗚，嗚嗚嗚～～」

老婆婆失去方才的戰意，抓著畢斯可的手臂，顫抖著聲大哭起來。

「是青鬼，青鬼出現了！」

「……青、青鬼……？」

「有個巨大的青鬼突然跑進村子……打倒村子裡所有的螃蟹，把年輕人全都帶走了。」

畢斯可皺著眉頭和帕烏對看一眼，搖了搖老婆婆問道：

「我不知道那傢伙是誰，但九州的蕈菇守護者高手雲集，全員出動都對付不了他嗎！」

「對付不了。大家用蕈菇箭攻擊他，但全都被吃了。」

「被吃……？是螃蟹被吃，還是蕈菇守護者被吃？」

「被青鬼的花吃了……那些花、那些花開得好茂盛，把所有東西都吃了。年輕人束手無策……全都被帶走了～～」

老婆婆的哭腔光要聽懂就很困難，帕烏發出苦思的悶哼。

「老婆婆講話顛三倒四的。這也無可厚非……畢竟她應該很慌亂。」

「嗯。不過村民們既然是被帶走的，就代表他們沒有被殺。喂，老婆婆，深呼吸……1、2，很好。妳冷靜回想一下。妳知不知道那些年輕人被帶去哪裡了？」

老婆婆照畢斯可說的在他懷裡深呼吸，讓呼吸速度放緩……時而想起恐怖的回憶而縮著身體，好不容易才開口。

「六、六道。青鬼說是六道，他說要把年輕人丟進六道輪迴之中。」

「喂！結果還不是被殺了……」

「畢斯可，」帕烏拍了拍畢斯可的肩膀，對他搖頭。「我大概知道她在說什麼，她指的應該是六道囚獄。那是位於南方華蘇縣的一座巨型監獄。」

「監獄？」

「對。那個人抓了一群凶狠的蕈菇守護者，除了華蘇的監獄外不可能去別的地方。或許是某單位的祕密警察，運用新型兵器將蕈菇守護者大舉逮捕……這種事也不是不可能發生。」

「……嗯，是這樣嗎？」

畢斯可想了想，點頭同意帕烏的話，揹著老婆婆站了起來。

「若真是這樣，其他村子也可能受到襲擊。讓芥川跑一趟好了。把老婆婆載走……順便去警告四國的蕈菇守護者。」

「我們則去華蘇一趟吧。那壹號怎麼辦？」

「先救了族人再說。美祿！我們走！」

美祿在離兩人稍遠的地方觀察櫻花的狀態，直到聽見搭檔的聲音，才轉頭回了聲：「我這就來──！」

他放棄觀察，正想掉頭離開時……

卻親眼見到櫻花瓣朝剛才開在地上的鴻喜菇聚集。不到數十秒，鴻喜菇就長出樹枝，變形成一小株櫻花樹。

「…………唔。」

美祿皺起眉頭，背上一陣惡寒。

『花吃了蕈菇！』

老婆婆的嗚咽聲在美祿腦中迴盪。他試圖從中找到一些線索……最後嘆了口氣，決定暫時放棄，邁步追趕搭檔和姊姊。

3

時間拉回現在，在華蘇縣西商業區。

畢斯可等人帶著受傷的少女，逃到了破舊的旅店街。

在華蘇經商的人幾乎都是獲得「緩刑」的罪犯。表面上雖然和一般市民沒有不同，骨子裡卻不知道在策劃些什麼。因此這裡對普通人而言待起來很不舒服。

不過惡人自有惡人治，這些人對畢斯可而言反而很好應付，「食人赤星」的名號在這裡相當管用。

既然知道他是善戰的蕈菇守護者，又收取了合理的費用，沒有人會那麼有正義感，向上面的人打小報告。

就這樣，畢斯可、美祿和帕烏，暫時住進一間渾身刺青的老闆經營的可疑旅店。

「很好，沒有人追來。看來你們甩掉那些人了。」

「當然啦，妳以為我是誰？」

「可是你們把我準備的京都府警察套裝弄丟了對吧？」

帕烏換上打架穿的機車騎士服（東京的遺產！），坐在保養弓弦的畢斯可旁邊。

「我想說應該會派上用場就帶來了。我花了好大的工夫才從黑市買到。如果你們因為無聊小事而暴露行蹤，可就麻煩了。」

「東西丟了就丟了，這也沒辦法。」

畢斯可不以為意，好似這筆損失是必要支出一樣。能夠理直氣壯和他爭論到底的，可能只有他師父賈維了。

「我們扮成間諜忙了一場，卻沒有太大的收穫。喂，帕烏，那些蕈菇守護者真的在這裡嗎？我開始懷疑妳引以為傲的大猩猩直覺了。」

「什、什……！這麼說太過分了，混帳！」

丈夫高傲的態度令帕烏怒火復燃，啪地打了一下他的頭。

帕烏覺得自己只是輕拍，但她的力氣實在太大。畢斯可像是被拳頭痛毆般倒在地上，額頭撞到地板。

「好、好痛——！妳、妳幹嘛突然打我！」

「虧我對你這麼用心……不，重點是！你撒了一個欺騙我感情的大謊把我帶出來，還敢、還敢這樣對我說話！這哪裡是探訪寺廟的蜜月旅行？是我太笨才會懷抱些許期待！」

「可是沒辦法，我需要打架強的人……哇！別拿鐵棍！太危險了！」

「別擔心，我很快就會隨你而去。」

「嗯？那眼神是認真的。嗚哇，我才不要在衝動下和妳殉情，住、住手啊！」

「吵死了——！我在幫人治療！要吵回去再吵！」

美祿大喝一聲，帕烏烈火般的怒意瞬間平息，有些難為情地「咳哼」清了清喉嚨。

他們剛才救出的那名肌膚白皙的小孩正躺在美祿面前的診療臺上。平時美祿很快就能結束治療，今天卻意外地碰到了阻礙。

（……這孩子不是人類。一般的治療方式對她起不了作用。）

美祿想用手術刀取出她身體裡的子彈時，纏繞在她皮膚上的爬藤植物聚集起來抵抗手術刀，令他相當訝異。

（她即使失去意識，還是想保護自己的身體……）

藤蔓宛如花紋遍布在白皙肌膚上，為純潔的少女胴體增添一股妖豔美感。更特別的是她左耳後方，髮絲中間露出的紅色花苞。這位患者太神祕，連經驗老到的熊貓醫師都感到困惑。

（……看起來應該無害，但這花苞是做什麼用的……？啊，不行不行……別再研究了，先為她治療。）

美祿好不容易取出子彈，為她輸入相容性高的人工血液後，暫時喘口氣，擦了擦額頭上的汗水。

「很少見到你這麼傷腦筋呢。」

「嗯，因為鸌菇安瓶不如想像中有效。」聽見搭檔的呼喚，美祿回答：「可能是體質問題，孢子全被這個像藤蔓的器官吸收了。只能老實地一步一步來了。接下來要檢查她的燙傷……」

「鸌菇沒效？怎麼可能。鸌菇能治療大部分的傷……」

「啊！不行！」

畢斯可探頭望向裸著上半身的小孩，美祿「啪！」地打了他一巴掌。

「嗯啊！連、連你也打我！到底在搞什麼！」

「不准看這邊！」美祿遮住畢斯可的雙眼，用告誡的語氣對他說：「我跟你說過，不能看少女的裸體！要記得你是有婦之夫。」

「這小鬼是女……女人？咦，她散發出的感覺完全是男……」

「讓開！治療還沒結束。」

美祿揮手趕走搭檔，再度幫少女包起繃帶……他忽然和紫色瀏海下的紅眸對上眼。

他屏息了好幾秒。

（這、這孩子醒……）

「嗚哇啊啊啊！」

白皮膚的少女發出充滿恐懼的哀號，扭動細瘦的身體，想從窗戶逃出去。美祿壓住她，發現她的力氣大得嚇人。

「等一下、等一下！我們不是獄卒，我正在幫妳療傷！」

「放開我——！你們要侮辱我到什麼地步才滿意！把你的手拿開——！」

少女用燙傷的腳踢了美祿好幾下，每一下都踢得他頭昏眼花。美祿雖然想說服她，但一開口就被她踢中臉，根本沒辦法說話。

這時……

「臭小鬼！」

畢斯可發出凶狠的吼聲，令少女不禁瑟縮。

「他好歹也是妳的救命恩人，妳怎麼能踢他的臉？想抱怨沒關係，先向他道謝完再說。」

畢斯可以自大的口氣說完，大步走到少女面前，拉起她的瀏海，和那紅色眼眸對視。

「……唔、啊……！」

少女在畢斯可的翡翠目光凝視下，瞬間想起剛才那一幕激戰。她左耳後方的寒椿花苞「啵！」地頓時綻放。那因恐懼和不安而緊繃的表情，逐漸轉變為燦爛的笑容……

「『王兄』！」

「「「啥？」」」

她嘴裡突然蹦出一個眾人想都想不到的詞。不僅畢斯可和美祿，就連靠在牆上觀望的帕烏，都發出呆愣的驚呼。

少女臉上散發著憧憬，不信任的表情完全消失，趁著美祿驚訝時從他手中溜走，撲向眼前的畢斯可，用那細瘦手臂使勁抱住他。

「王兄——！」

「唔哇——！妳幹嘛！」

「你是戰神。真正的戰士啊，請引導我走向王者之道！我一直在找像你這樣的人……！啊，我片刻都不要和你分開！」

「喂——等一下，先穿衣服、衣服！」

美祿和帕烏紅著臉，連忙為裸體的獅子裹上繃帶。獅子任由他們這麼做，視線一下都沒有從畢斯可身上移開。

「你宛如炎彌天般與那麼多人廝殺，你的容貌連死神看了都想逃，你就是我長久以來嚮往的

『男子漢』。從今天起，我就是你弟弟。王兄，有什麼命令儘管吩咐！」

「別在那邊自說自話！我和妳非親非故……！」

「我叫獅子！」

少女對畢斯可傻眼的口氣毫不掛懷，也不在乎自己身上的傷，翻了個筋斗站在畢斯可面前。那頭紫色短髮似乎沒怎麼打理，瀏海遮住了眼睛，卻仍美麗且具光澤。細瘦且柔韌的身體配上雪白的肌膚，有種純潔的美感，再加上藤蔓形成的紋路，使她看起來就像隻小虎鯨。

她的身體本來就很美，因此身上那些燙傷與鞭傷更令人同情。不過最引人注目的是她左耳後方盛開的鮮紅寒椿，像在誇耀少女的年輕生命般耀眼奪目，讓畢斯可看得目不轉睛。

「不用擔心我的出身！我是鳳仙王的親生子……雖然還不夠成熟，但是個如假包換的王子。」

「鳳、鳳仙王……？那是誰？」

「父王告訴我，身為繼承者，就該在遠離王道之處找到可以師法的對象。若有一天見到能夠照亮我內心的真男人……就該將對方視為兄長，為他奉獻，學習他的生存哲學。王兄，儘管吩咐我。我獅子今後就是你的手下了！」

「那妳就乖乖坐好，接受美祿的治療！妳全身都是燙傷……」

畢斯可儘管被少女獅子的氣勢嚇到，仍努力保持尊嚴命令道。

話一說完……

『咕嚕咕嚕。』

他的肚子發出巨大聲響。

仔細想想，他們從救出獅子到甩開追兵之間沒吃任何東西。

「……你餓了吧，王兄！」

「不，我現在還……喂，妳要去哪裡！」

「王兄待在這裡就好！我去向配膳的獄卒要點飯來吃！」

「啊，等一下，別跑啊！」

獅子從美祿手中溜走，動作敏捷到一點都不像受了重傷。她猛地打開房門，踩上門口的樓梯……

砰隆、咚、嘩啦！

接著腳一滑，像顆隕石般滾到樓梯下。

「哎呀……！」

美祿蹙眉低下頭，帕烏一個箭步衝下樓，將獅子扛了上來，讓再度暈厥的她躺好。

「哇，她的精神真是好到嚇人。看來應該是因為麻醉生效，才沒辦法活動自如。」

「她會醒來這件事本身就很奇怪。我得趁她昏倒時，趕緊幫她擦藥……」

「美祿，給你個忠告，你最好也在自己右眼周圍擦一下藥……我幫你化妝遮掩痕跡，你別轉向畢斯可那邊。」

「……帕烏，妳在說什麼？」

「哇哈哈哈哈！」

「來不及了。」

美祿疑惑地望向畢斯可，對方一見到他的臉立刻大笑起來。

帕烏遞了一面手持鏡給他，他健康的右眼浮現了瘀青，應該是剛才被獅子踢的。和左邊的胎記合起來形成完美的熊貓眼。

「熊、熊貓出現了！這麼好喔，免費讓我們看。」

「你這傢伙——————！」

兩人像平時一樣扭打在一起，帕烏看著他們嘆了口氣後，低頭望向安詳熟睡的少女。

滿身的傷痕，像是在對帕烏訴說少女經歷過的苦難，令她好一會兒都移不開視線。

「對不起，美祿。明明你好心幫我療傷，那是我踢的嗎……？」

「別放在心上！麻醉退了之後常會出現記憶混亂或恐慌的狀況。這代表妳心中有一些揮之不去的陰影。」

「可是應該很痛吧，雙眼都瘀青了……」

「哈、哈哈，這是……」

「別擔心，有一邊是天生的。託妳的福終於湊成一對了。」

「畢斯可，你安靜！」

「……………總之我很慶幸。如果沒有遇見你們，我現在……！」

獅子抱著自己細瘦的身體微微顫抖，三人見她這樣，對看了一眼。

她對畢斯可還是異常尊敬，不過接受完治療後精神終於恢復平靜，能夠和人正常溝通。

到現在她才意識到自己死裡逃生，對此感到心有餘悸，並回憶起慘烈的過去。

「這代表妳命不該絕。我們只是過客，和華蘇縣沒有任何關係。妳整理好心情後，有什麼想說的儘管說。」

「謝謝妳，帕烏……！」

美祿從自己的衣服中挑了件最合身的長版衣給獅子穿，盡量遮住走在街上會很醒目的白皮膚。儘管如此，她鮮豔的紫色頭髮還是飄出一股奇異的花香，與人擦身而過時仍很容易引起對方注意。

「抱歉，讓四位久等了。」

「只是些簡單的菜，卻讓我們等了這麼久。」

不只獅子，所有人都飢腸轆轆，因此四人便結伴到滿是罪犯的餐館，隨便點了些東西吃。

見到畢斯可張開大口，將味噌湯扒進嘴裡，獅子開心地湊近他。

「王兄，你餓了吧？連我的份一起吃吧！」

「不、不行啦，獅子！妳得先吃一點！」

「沒錯，傻瓜。這些都是點來給妳吃的。」

「……王兄，為了我……？」

獅子的臉再度欣喜地亮了起來，她耳後恢復成花苞的寒椿，瞬間「啵！」地綻放。

「我好高興，王兄……！不過我還是不能比你先吃。對了，你剛戰鬥完也累了吧！我來餵你吃！」

「妳怎麼這麼傻，連腦袋裡也開滿了花嗎？」

「來，啊～！」

「不要！別靠過來！」

（……這孩子，到底在做什麼？）

獅子對畢斯可崇拜至極，不時大膽地貼到他身上，讓美祿看得眉頭抽動。令人意外的是，他的妻子帕烏反而很冷靜，好奇地觀察獅子的一舉一動。

「獅子，如果畢斯可像妳說的是個真男人，就更不需要別人照顧了。好好吃飯也包含在美祿為妳設定的療程中，先吃飯吧。」

「沒事！這點傷對我來說……」

「救了妳一命的是美祿，不是我。妳應該更尊敬他。」畢斯可嚴厲地說：「乖乖吃飯，懂了嗎？」

「懂、懂了。對不起，王兄……」

獅子聽完畢斯可的話突然變得乖巧起來，向美祿低下頭。

「美祿，抱歉。你這麼照顧我，我還耍性子。」

「沒、沒關係啦！有活力是好事啊，沒必要道歉……」

美祿連忙收起不悅的表情，恢復成笑臉應道。這時他發現，獅子臉上雖然掛著笑容，耳後的寒椿卻完全縮了起來。

「我會照你說的，把這些都吃光。這樣可以嗎？」

「咦？啊，可以……」

「王兄！美祿原諒我了！你滿意了嗎？」

美祿有些困惑地說完「可以」之前，獅子就轉向畢斯可，寒椿登時綻放，她露出雀躍的笑容貼到畢斯可身上。

「妳啊，這不是什麼原不原諒的問題……」

「我們重來吧。來，啊～王兄，請把嘴張開！」

「妳根本什麼都沒搞懂！住手，吃妳自己的飯！」

美祿的眉頭抽動得更劇烈，他身旁的帕烏半好玩，半傻眼地笑著，悄悄拍了拍弟弟的肩膀。

（美祿，你注意到了嗎？獅子耳後那朵花……真有趣，好像只有她開心的時候才會綻放。看來她天生就沒辦法說謊呢。）

（帕烏，妳怎麼可以這麼冷靜？她對妳老公做那種事……！）

（哈哈。美祿，我才沒幼稚到會去嫉妒這些事。）

帕烏用手將黑長髮往後梳了梳，像要強調胸圍似的，得意地雙手抱胸。

（獅子還是個小孩。同樣是女人，「大小」可差多了。）

華蘇縣的料理大多都很質樸，因為這裡的食物幾乎都是由囚犯做的，這也沒辦法。這裡的名產是「華蘇餅」，那是一種由糯米粉和盔薯混合後烤成的點心，裡頭還包了碎豆子，吃起來乾乾的。雖然不難吃，但對於嚐過島根豪華料理的少年們而言仍稍嫌不足。

「嗯？好痛！」

「怎麼了，畢斯可？」

「這是什麼……哇咧，餅裡竟然有顆牙齒。」

「哈哈！你真倒楣，王兄！來，我的跟你換……」

「閉嘴，吃妳的飯！牙齒？好噁心，怎麼會有牙齒……」

「在那些做餅的地方，囚犯都會先吃飯再開始工作，他們總是會為了爭奪伙食吵起來。可能是有人牙齒被打掉，掉進餅裡吧。」

「這種東西怎麼能拿給客人吃！我要去客訴！」

「我陪你去，王兄！」

畢斯可氣沖沖地起身，獅子蹦蹦跳跳跟在他身邊。帕烏看準時機，壓低聲音詢問美祿。

「美祿。現在說這個好像有點後知後覺，但獅子不是人吧？」

「嗯，」美祿小心翼翼咬了口華蘇餅，確認裡頭沒有牙齒後，才塞進嘴裡配口茶吞下去。

「她是紅菱……我在熊貓醫院曾有一次為非法的紅菱看過診，獅子和那個紅菱的身體特徵幾乎一模一樣。」

所謂的「紅菱」……

是一群人造人的總稱。那是日本尚在重建，生活還未像現在這樣恢復常軌時，由紅菱仿生科技公司為了因應人手不足問題而製造的。

紅菱的個性被設定得極為溫順，天生就有服從人類的義務。他們體內具有植物基因，能行光合作用，只須吃少許的食物就能工作，因此在人手不足的日本廣泛流行，過去各縣都會採購來當作奴隸。

然而隨著重建的推進，施工用的重機械逐漸增多，四肢發達、頭腦簡單的紅菱不再受人重用。紅菱仿生科技公司便從人工奴隸事業轉換跑道，創造出容貌清秀的賞玩用紅菱。

「後來紅菱的外表被改良得越來越美，以舞蹈和樂器來取悅愛好者。最終作為男女娼妓……」

「美祿，獅子回來了。」

「啊，抱、抱歉……」

「美祿、帕烏！你們看！」獅子歡快的聲音打斷了貓柳姊弟的密談。

「老闆給我們這麼多帶骨肉。王兄只瞪了老闆一眼，他就給我們了！」

「畢斯可又威脅無辜市民了。就跟你說不能這麼做！」

「我只跟他說『你們的餅裡有牙齒』而已。」畢斯可毫無悔意，從獅子手裡拿了塊帶骨羊肉，啃了起來。「他回答得支支吾吾，我湊上前看他的臉，他就把肉拿出來了。把肉還給人家反而不禮貌吧。」

「你光用那雙眼睛盯著對方，就已經……！」

「王兄果然厲害。」

獅子陶醉的聲音蓋過了美祿的說教聲，盛開的寒椿散發出淡淡清香。

「父王說，有王者風範的人，不說話也能影響他人，因此可以避免無謂的紛爭……」

「她老爸真有智慧，你們最好也謹記他的話。」

（最愛挑起無謂紛爭的人明明就是畢斯可！）

美祿接住畢斯可丟來的羊肉，在得意洋洋的他面前，一臉不服氣地啃起羊肉。

「獅子，妳之後想怎麼做？有什麼打算嗎？」

「之後……？」

「如果妳有家人或監護人，我們可以把妳送過去……前提是妳有家人。」

「……我有家人，唯一的家人……」

「哦？」帕烏有些意外地點了點頭。「太好了，我們還以為妳無依無靠。妳的家人在哪裡呢？」

「……那裡。」

獅子指向窗外……聳立在單調街景中那座漆黑巨大的監獄之門。

「那裡……獅子，那是……！」

「六道囚獄，我父王還被關在裡面。」

獅子吃完一塊有點硬的羊肉，瞪著那座黑色大門，啃起第二塊。

「我一個人苟活也沒意義，其他紅菱還是會遭受同樣的對待……等我的傷好了之後，我要再次溜進那裡……去見父王。」

「妳要溜進六道囚獄？太亂來了……！」

「獅子，從妳的舉止看來……」

帕烏打斷美祿的話，詢問獅子。

「妳的父親莫非是位有名的人？」

「在我們紅菱之中，沒有人不知道父王的名號。」

獅子放鬆表情，露出得意的笑容。

「他是紅菱之王，鳳仙。他是過去率領紅菱對抗奴隸制度的英雄。大家都相信……父王總有一天能夠解放我們，讓我們自由。」

獅子耳後的寒椿花瓣翩翩飄動，接著說道：

「他是我心愛的父王，偉大的國王，紅菱的領袖……」

「妳父親是紅菱之王……！」

「我早有這種感覺。紅菱是被造來當奴隸的，獅子的意志力卻異常堅強。不過，先不說這個，我記得紅菱鳳仙他……」

獅子聽出帕烏想說什麼，臉上蒙上一層陰影。

「他前幾天才被列在死刑執行名單中。聽說他在獄中發了瘋，砍殺周圍的獄卒……因而被綁在刑場，正在等候處決。」

「……那是，呃，戈碧絲捏造出的謊言！」

獅子咬牙切齒地說完，胸口的傷令她痛得哀號。美祿連忙跑到她身邊關切，她抓著美祿，喘著氣繼續說道：

「那個沒人性的女人。只因為父王不屈從於她，她就捏造罪名，想要殺死父王。她只是想摧毀紅菱們的希望，藉此得到滿足……！」

獅子氣到聲音顫抖，美祿和帕烏不曉得該回些什麼，只好選擇沉默。

「……我拚命拜託她，請她撤回處決父王的命令。她卻一直鞭打我，打到我暈了過去……」

「接著妳就奇蹟似的從屍體焚化爐越獄，逃到了這裡。」

獅子擠出聲說完，帕烏摸著下巴陷入沉思。

「帕烏，妳有什麼好主意嗎？」

「嗯，像鳳仙這麼受矚目的囚犯，不能動用政治力量營救，這樣反而會讓六道囚獄的管理者更加固執己見。不過……」

帕烏想讓獅子安心，對她笑了一下。

「副典獄長戈碧絲只是暫時管理六道囚獄。原本的典獄長沙汰晴吐以鐵面無私著稱，不會屈服於權力或賄賂。應該將戈碧絲在獄中造成的腐敗狀況告訴沙汰晴吐，請他撤回死刑命令，才是上策。」

帕烏凝視獅子，握住她的手。這讓她的緊張緩和了些。

「沙汰晴吐是個全日本都搶著要的人才，不過聽說他最近正好回到九州。不如直接找他談談。」

「你們願意和我一起營救父王嗎？」

「你們幾個，不要擅自討論下一步。」

畢斯可吃完他後來向老闆要來的第六塊羊肉，責備起帕烏來。

「別迫於人情壓力，忘了自己本來的目的。聽好了！我們得先處理好自己的事，才能幫別人！先救福岡的蕈菇守護者，再找到壹號！自己事情就這麼多了，不要再多管閒事！」

獅子聽見畢斯可的話，難過地垂下眼眸。

「可是，畢斯可！只要見到沙汰晴吐……」

「這麼想幫這小鬼，就自己去。我可以一個人行動。」

「真是的！聽我把話說完！」

美祿開始思索該用什麼方法誘騙搭檔，這時眼前出現一個畫面，吸引了他的目光。

「……畢斯可。畢斯可，你快看電視！」

「我對相撲比賽沒興趣！反正一定又是怒波贏。」

「已經切換成新聞了！快看電視就對了！」

畢斯可見美祿如此慌張，不甘願地轉頭，望向餐館裡的電視……

『相撲比賽中緊急插播一則新聞。長期在全國各地出差的沙汰晴吐華蘇守染吉大人，剛剛已回到華蘇縣！為您連線至關隘……把時間交給記者山野。』

主播的聲音有些激動，與此同時畫面下方也映出「暌違半年　華蘇守返回六道囚獄」的字幕。

電視上出現一名身穿厚重的藍色系盔甲，身高約有三公尺的巨漢。他戴著完全遮住眼鼻的大頭盔，只露出白柱般緊緊咬合的牙齒，發出「哐啷、哐啷」的聲音大力踩在路上，隔著電視也能感受到一股令人震顫的壓迫感。

「是沙汰晴吐……那就是沙汰晴吐，王兄！」

「……這人竟然是法官？看起來更像劊子……」

畢斯可話說到一半，忽然發現沙汰晴吐手裡拖著一個冒著黑煙，不斷掙扎的身影，他驚訝到目瞪口呆。

『好的，記者現在在縣北關隘！各位看到了嗎！華蘇守大人扛著的，疑似就是在華蘇北部搗亂的知名重罪犯，赤鎧巨人！他犯下多起隨機破壞案件，在九州北部聲名狼藉……』

「「壹號！」」

畢斯可和美祿嚇到大喊，獅子和帕烏趕緊摀住他們的嘴。

『華蘇守大人，辦公辛苦了！所有縣民都在等您歸來！』

『……………』

『您獨力將知名的重罪犯逮捕歸案，力氣之大，真是令人佩服！』

『……………』

『那、那個～……』

沙汰晴吐看都不看那名菜鳥記者，繼續大力踩踏地面往前走。畢竟他個頭無比巨大，麥克風根本遞不到他嘴邊。

哐啷、哐啷！沙汰晴吐每走一步，攝影機就跟著震動，模糊到讓人看不清畫面，不過還是可以勉強看出他除了腋下夾著壹號外，背上還揹了個巨大的包袱，這包袱也大到超出攝影鏡頭。

『好、好大的包袱呢，裡頭究竟是……那個，請等一下，哇！』

菜鳥記者拚命舉著麥克風，小跑步追在沙汰晴吐身邊，卻不小心絆到路邊的石頭，下意識抓住那個大包袱。

記者摔跤的同時，包袱布也被解開，飄落在地……

一個個用來關人的鐵籠堆成一座小山，出現在畫面上。

『哇咧。』

「哇咧。」

菜鳥記者和畫面前的畢斯可等人有著相同的反應。

鏡頭繼續往上帶，那些疊在一起的鐵籠少說有十公尺高。沙汰晴吐用堅固的鐵鍊將鐵籠拴在自己身上，揹著鐵籠行走。

每個鐵籠裡都關著被打倒的戰士們，全身癱軟躺在裡面，隨著沙汰晴吐的步伐晃動。

「蕈菇守護者……！那些全是蕈菇守護者，畢斯可！」

「看也知道！」

『……他們是潛伏在福岡北部的賊黨。因造成人心恐慌，而將其逮捕。』

這時沙汰晴吐終於開口，以渾厚的嗓音對著鏡頭說道。

『邪惡的傢伙，這麼想拍出罪犯的身影是嗎？』

『啊、沒有，那個，我們只是……嗚哇！』

沙汰晴吐用他戴著臂甲的粗指將攝影機彈飛，接著便聽見攝影師的慘叫，畫面布滿雪花，瞬間失去訊號。

『……呃、呃——好的，感謝山野的報導……沙汰晴吐大人最快將於明日回到六道辦公，想旁聽的人……』

鏡頭轉回棚內，主播繼續播報新聞。

「……青鬼？原來如此。」

過了一會兒，畢斯可喃喃說道。他腦中浮現沙汰晴吐戴的青色頭盔。

「原來那個老婆婆並不是在胡言亂語。如果連整個村子聯手都打不過他，連壹號和他單挑都打不過他，那麼他那股震撼力應該不是電視臺在做效果。」

「可是，一般人對蕈菇守護者的誤會，應該在並肩對抗《東京》時就已經解開了。事到如今，沙汰晴吐為何還……？」

「誰知道，直接去問他比較快。」

「獅子！畢斯可也有事要找沙汰晴吐了，一起去找他談談吧！」

「王兄！」

獅子眼眶泛淚，抱住畢斯可的腰。

「太好了……！我很遺憾你的同伴遭遇不幸，但這一定是天啟。上天為了拯救父王，讓我順利越獄，還影響了你的決定。王兄，請助我一臂之力……！」

「我們只是碰巧同路而已，別說得那麼誇張！」

美祿明白，畢斯可其實也因為找到幫助獅子的藉口而鬆了口氣。但戳穿他可能會讓事情更複雜，於是美祿選擇保持沉默。麻煩的是，畢斯可最近學會觀察他的表情，所以他必須板起臉孔。

4

「戈碧絲——！戈碧絲，唔哇，出大事了！」

「吵死了，蠢貨！妳這樣會害我震動到傷口！」

六道囚獄的正門廣場。

梅帕歐夏的哀號使戈碧絲斷裂的肋骨震動起來，隱隱作痛。戈碧絲忍不住吼了回去，梅帕歐夏揪住她的衣領，不斷搖晃。

「哇啊啊，蠢貨住手，洋、洋裝的領口要被妳拉鬆了。」

「妳的乳溝露多露少不重要啦，笨牛。」平時喜歡高傲地嘲笑別人的梅帕歐夏，如今全身冒汗，眼鏡也起了霧。「現、現在顧不了那麼多。回、回來了，那傢伙回來了！」

「就算拋棄妳的男人回來找妳，也不關我的事。別再叫我，我正忙著玩弄奴隸。」

「才不是——！是沙汰晴吐，沙汰晴吐就快回來了！」

「……咦咦咦！」

戈碧絲甩開梅帕歐夏細瘦的手臂，正想走開，聽見這個名字不禁回頭望向對方。

「怎、怎麼可能，那個蠢典獄長接下來不是要去鹿兒島出差嗎……」

「聽說他在途中抓到了一群重罪犯，咳、咳。」梅帕歐夏咳了起來，仍努力把話說完。「便親自將那些人押送過來。說、說不定他已經聽說我們剛才讓赤星逃掉的事……」

「這、這種事妳幹嘛不早點告訴我，蠢貨！總之要瞞住他獅子逃獄的事，不然就慘了……」

「華蘇守大人回來了——！」

「開、門——！」

「嗚哇——！」」

門前響起一陣傳令聲，大門嘎吱作響，緩緩敞開。戈碧絲和梅帕歐夏害怕到表情僵硬，盯著那道門。

「…………」

身穿大型鎧甲的巨漢垂下藍色頭盔，瞪著一點一點敞開的大門。

「典獄長！長途旅行辛……」

獄卒聽說華蘇守突然歸來，連忙跑出來迎接，見到那雄偉的身影後卻目瞪口呆，愣在原地。

沙汰晴吐用鐵鍊將堆積如山的鐵籠綁在一起，揹在背上，因此看起來極具震撼力。鐵籠中不斷傳來「放我出去」、「把腳鐐解開，混蛋」等囚犯的怨嘆聲。

「這些人是某在福岡北部抓到的蕈菇守護者一族。」六道典獄長沙汰晴吐震懾人心的低沉嗓音使鐵籠震動，亦使囚犯陷入沉默。「雖然是不法之徒，卻都實力堅強。某認為他們有當獄卒的資質，已做好處置。將他們關起來，直到櫻吹雪刺青遍布全身為止。」

「好、好的。可是，那個……」獄卒抬眼望著沙汰晴吐，有些尷尬地繼續說：「如果只有一兩個人還塞得下，但有這麼多罪犯，牢房實在不夠……如您所見，我們這裡已經擠滿了罪犯。」

就像獄卒說的，鐵籠已經多到從六道囚獄中滿出來，宛如小山般整齊堆放在大門兩側。這幾個月，沙汰晴吐毫無節制地從全國各地抓來大量罪犯，人數早已超過囚獄能夠負荷的範圍。

「唔嗯。」

沙汰晴吐用粗手指摸了摸戴著頭盔的下巴。

「好吧，把他們用同樣的方式疊起來。」

「遵、遵命……哇！」

轟隆嗡嗡嗡！沙汰晴吐將鐵籠小山砸在地上，那陣衝擊使蕈菇守護者全部昏了過去。正門警衛室走出一個又一個獄卒，分工合作搬運鐵籠，每個鐵籠都需要十個人才勉強抬得起來，教人難以想像六道典獄長的力氣究竟有多大。

「……典獄長，呃，您腋下扛著的那個也是罪犯嗎？交給我們吧。」

沙汰晴吐聽完獄卒的話，低頭看向自己扛著的罪犯（這個人的身形也十分巨大），緩緩搖了搖頭。

「不了，你們應付不了他。」

「可是典獄長……」

「這道門還是開得一樣慢。」

嘎、嘎、嘎。這座緩慢敞開的大門，除了用來阻擋囚犯外，更重要的作用是象徵六道囚獄的權威，因此建造得無比厚重。

「如您所知，六道大門非常沉重……我們已經動用上百人在推門了。」

「行了，我自己來。」

「什麼……？」

沙汰晴吐推開一臉疑惑的獄卒，單手貼在巨大的門上，一個悶哼都沒吭，就用那驚人的力量開始推動鐵製大門。

嘎啦啦啦！大門發出轟響，以遠超乎剛才的速度打開。

「這、這就是法律守護者，沙汰晴吐大人的實力！」

「回府，沙汰晴吐染吉大人回府了——————！」

在獄卒們的陣陣呼喊聲中，六道法官沙汰晴吐華蘇守染吉以自己的力量，將六道囚獄的巨大鐵門完全打開，回到了他的根據地。

沙汰晴吐對於江戶時代那些知名的奉行懷抱強烈的憧憬與尊敬，並以此聞名。他身上的鎧甲以藏青色和天藍色為基調，這樣的配色也是為了致敬奉行穿的武士服「裃」。（註：奉行，江戶時代官名，多指町奉行，相當於地方的行政與司法長官）

不過，人們見到沙汰晴吐魁梧的身軀，通常都會被他的氣勢震懾，而不會意識到那纖細的江戶風情。

親眼見到他後……

（好、好巨大～……他、他真的是人嗎？）

（他的牙齒好嚇人，那張嘴是不是閉不起來？）

兩名獄卒跪伏在沙汰晴吐面前，興奮地小聲交談。

他們當然就是……

（畢斯可，我提醒你，這只是偵查。你可別激動到衝出去。）

（你當我是狗嗎！這我當然知道。）

畢斯可與美祿。他們悄悄打昏兩名獄卒，搶走他們的制服，混在獄卒中。

轟隆、轟隆！大地震動的聲音傳來……

兩人屏息看著沙汰晴吐通過自己面前。

他一隻手拿著沉甸甸的直尺，常人光是想抬起來就可能被壓垮；另一隻手則扛著不斷亂動的赤星壹號。

（那傢伙把壹號……！）

赤星壹號是個擁有怪力的木人，若只是個稍有名氣的戰士，不可能打得過它。畢斯可不得不承認，六道典獄長既然能打敗壹號，就代表他這副威武容貌並非虛有其表。

「你還挺有『活力』的嘛。」

『叭嚕嚕。』壹號吼道。

「你對判決結果不服氣嗎？」

『叭嗚。』

「那就再試一次吧。」

沙汰晴吐說完，便將壹號拋飛出去。獄卒們還來不及反應，壹號就以不符巨大身軀的極快速度翻了個筋斗，將推進器開到最大，揍向沙汰晴吐。

『叭嗚嚕——！』

「在法律之前——！」

壹號用拳頭重擊沙汰晴吐的腹部。然而那記銳利的直拳，在沙汰晴吐的鎧甲上連一道裂痕都沒造成。

「所有罪行都是無力的！」

磅、轟隆！

沙汰晴吐將手臂如槌子般往下一揮，壹號沉重的身軀便被砸向地面，傳來大地震動的聲響。

火花四散，螺絲釘等小零件向四周噴飛。

「還是不服氣嗎？」

『叭嚕、嚕……』

「定罪——！」

砰轟！砰、轟隆！

這座用來審判罪犯的監獄正門廣場開滿了櫻花。沙汰晴吐抓著壹號的手，將巨大的壹號往左、往右來回砸向地面，每一下都使櫻花飄散。

（那個混蛋！）

（等等，畢斯可！）

美祿努力拉住火冒三丈的畢斯可。還好周遭的獄卒都被眼前的景象震懾，沒有人懷疑兩名少年。

直到周圍樹上的櫻花全部掉光，沙汰晴吐才罷手。

「還是不服氣嗎？」

『…………』

「……沒力了吧？獄卒，把它帶去地獄釜……」

『……叭、嚕……』

「……唔嗯。」

壹號半毀、冒著火花，仍發出像要咬人的低吼，沙汰晴吐點了點頭。

「你有著抵死不從的骨氣。漂亮．六分開！」

沙汰晴吐猛地舉起手臂，將壹號拋至高空中。

「把這傢伙關進餓鬼道！」

他以宏亮的聲音說完，遠方傳來一陣尖銳的鳴叫回應他。

沒過多久，一隻受過訓練的大鷲飛來抓住壹號，將它帶往無邊無際的監獄深處。畢斯可見狀，下意識想從長袍中抽出弓箭，美祿死命制止他。

沙汰晴吐毫不理會這微小的騷動，對身旁的獄卒吼道：

「那傢伙經過洗腦後應該能成為優秀的鋼鐵獄卒。它似乎是機械，找縣裡的工程師過來。」

「可、可是，沙汰晴吐大人，它的審判還沒……」

「某在路上已經審判過了。這是它的罪狀，謹慎保管。」

沙汰晴吐扔下一只卷軸，上頭用毛筆字寫滿赤星壹號的罪狀。字跡優美但獨特，讀起來很花工夫，不過獄卒還是鞠了個躬，趕緊退下。

「……好久沒回來了，某想巡視一下監獄。」

沙汰晴吐站在跪伏的獄卒們面前，眼神銳利地環顧眾人。

「不過某在你們之中，聞到了罪惡的氣息。」

（……唔！）

「而且應該是二人組。」

兩名少年敏感地感受到沙汰晴吐低沉嗓音中的意涵。他們動都不動，猶如影子般隱去氣息，絲毫未表現出慌張。

「現在害怕地縮起身子的人……」
沙汰晴吐雙手抱胸，彎下巨大的身軀凝視獄卒們。
「是無辜的一般人。反倒是越常做壞事的人，越擅長隱藏自己的氣息。」
（……這傢伙……！）
（畢斯可，不要動！）
「膽小怕事的傢伙，該出來了吧——！」
汗水從畢斯可和美祿脖子滑落。沙汰晴吐將大手伸向他們的頭頂……
抓起他們正後方兩個穿長袍的人，扔向廣場中央。
「「呀啊啊！」」
長袍落下，從中現身的是……
身穿華麗洋裝的副典獄長戈碧絲，與身穿白袍的副典獄長梅帕歐夏。
「妳們是副典獄長，鬼鬼祟祟躲在那裡幹嘛？」
「嗚、嗚嗚……」
美祿看著跪伏在那兒的兩個女人，鬆了口氣。
（好、好險……我還以為被發現了。）
（她們不是之前的副典獄長嗎？看來要被罵了。）
「聽說妳們在某外出時惹了些事。戈碧絲、梅帕歐夏。」

沙汰晴吐看都沒看渾身顫抖的兩人，爬上階梯，坐上六道法官專用的氣派黑色座椅。

戈碧絲汗如雨下，連包傷口的繃帶都濕了，不斷發抖。

「由妳先說。跪在這裡，副典獄長戈碧絲。」

「典、典獄長，關於您聽說的事，事實上……」

「我叫妳過來，跪在這裡——！」

「好、好的——！我這就過去！」

戈碧絲慘叫似的應道，爬到椅子前，在沙汰晴吐面前趴下。

「妳身上的傷是怎麼回事？真難看。聽說妳追捕犯人時弄斷了肋骨，身為執法者卻在罪犯面前威嚴盡失。」

「是、是的……」

「某要扣妳兩分。再來，妳指導下屬時太過激動，不小心傷到下屬，這也要扣兩分。」

「……？好、好的……」

「不服氣嗎？」

「怎、怎麼會呢……」

戈碧絲仍趴在地上，但她的臉龐稍微恢復血色。

（……真奇怪，他怎麼盡說些瑣碎小事……難、難道他沒發現？獅子的事還沒傳進他耳裡？）

「這些遺忘初心的行為雖然難以原諒……但妳在某外出時看守囚獄有功，某不問妳的罪。妳暫時不准外出，專心在法律下精進。」

「遵、遵命——！」

戈碧絲將額頭貼在泥土地上，大聲回道。她流了一身汗，紅唇卻隱約露出笑意。

沙汰晴吐用直尺拍了一下大腿，點了點頭。

「這件事到此結束。接下來……」

「典、典獄長，請等一下。」

戈碧絲吐出憋在肺裡的空氣，放下心來，身後卻傳來梅帕歐夏的聲音。

「戈碧絲打算隱瞞她最嚴重的罪行。這點懲罰……嘻嘻嘻，才遏止不了她為非作歹的本性呢。」

「……梅帕歐夏，妳這混蛋——！」

戈碧絲氣得眼冒血絲，想要撲向對方，被好幾名獄卒攔了下來。名叫梅帕歐夏的眼鏡女見到戈碧絲的氣勢，晃了晃針葉樹般的頭髮，輕笑道：「嘻嘻，好恐怖喔，笨蛋。」

「我、我要殺了妳……妳這個蠢女人！我說到做到，我要把妳四肢砍斷，丟到飢渴的男人堆中！」

「試試看啊，笨牛。妳總是高高在上地把麻煩事推給我，我再也不要幫妳擦屁股了。我要趁此機會，把妳從副典獄長的位子拉下來。」

梅帕歐夏對充滿殺意的戈碧絲回以輕蔑的目光，繼續說下去。

「典獄長外出時，戈碧絲就像變了個人似的為所欲為……她從紅菱囚犯中挑選外貌出眾的少女，要她們舔自己的鞋子，鞭打她們……利用神聖的囚獄，滿足她不潔的私慾。」

「妳說的可是真的？」

「嘻嘻嘻……您的雙眼應該能輕易辨別真偽。您覺得我看起來如何？」

「唔嗯。」

沙汰晴吐咬牙切齒，發出嘎吱聲。

「妳、妳也是，妳也是啊！妳明明也找了漂亮的紅菱陪侍……！」

「我接下來要說的才是問題所在，典獄長。」

戈碧絲聽見梅帕歐夏的話語，瞬間臉色蒼白。

「就在前幾天，戈碧絲疼愛的紅菱奴隸，獅子，活著爬出地獄釜，從六道囚獄逃了出去。」

「住口……住口，混蛋，別再說了！」

「本來戒備森嚴的六道，因為副典獄長要求囚犯陪侍的關係，失去了監獄的功能。那個名叫獅子的紅菱，徹底利用了戈碧絲的弱點……」

梅帕歐夏說得正得意，忽然感受到空氣轟轟震動，立刻閉上嘴，冒著冷汗內心忐忑不安。

「妳說六道囚獄出了『逃犯』？」

處於震動中心的是全身包著鎧甲的沙汰晴吐，他的鎧甲縫隙「啵！啵！」冒出染井吉野櫻，四周都飄著花瓣。

「妳說有『逃犯』，是嗎？」

「典、典獄長！」

戈碧絲在地上爬行，想抱住沙汰晴吐的腿，向他求饒。

「那、那個蠢小鬼還沒逃出華蘇！紅菱沒辦法通過關隘。我已經想盡辦法派人去找了，我們一定會……」

「縱容囚犯逃獄，扣一千分。」

「啊……」

「妳這愚蠢的傢伙——！」

沙汰晴吐發出彷彿能撕裂天空的怒吼，一把抓起嚇到顫抖的戈碧絲裸露的美腿，像剛才對待壹號那樣，將她用力砸向地面。

「沙、沙、沙汰晴吐大人——！」

「請您開恩，這樣下去戈碧絲大人會死的。」

沙汰晴吐想要施予第二次制裁，獄卒們圍上前向他求饒。不知是憤怒還是煩躁，他「哼！」地低吼一聲，將完全昏厥的戈碧絲隨手拋飛。

啵、啵！沙汰晴吐鎧甲下冒出一株株櫻花，好似他的憤怒化作實體噴出，震動他的巨大身軀。紛飛的花瓣色澤鮮豔，然而在場所有人都沒興致欣賞。

「某真愚昧。」他壓抑怒火，用渾厚的嗓音說道：「沒想到戈碧絲的作風竟如此腐敗，某真是瞎了眼……幫她包紮，某還有工作要交給她。等到適合的時機再進行審判。」

「嘻、嘻嘻嘻，典獄長，您又想親自追捕犯人了嗎？」

梅帕歐夏扶了扶眼鏡，湊到沙汰晴吐身邊。

「下屬的錯就是某的錯，犯了錯就必須自己收拾殘局。」

「您、您的態度令人敬佩……不過那名逃犯只是個紅菱小孩，不須勞煩您親自出動。不如解僱戈碧絲，交給我梅帕歐夏……單獨指揮。我只要兩三天就能找回逃獄的……」

滔滔不絕的梅帕歐夏話還沒說完，沙汰晴吐就用大手抓起她細瘦的身軀。她的骨頭被擠壓到嘎吱作響，喉嚨發出微弱的哀號。

「呀、啊、啊啊——！……典、典獄、長……」

「妳明知戈碧絲的腐敗狀況，為何坐視不管？」

「咿、呃呃呃……請……請原諒、我……饒我一命……！」

「正因妳們各自都有不足，某才讓妳們搭檔互補。下次戈碧絲再惹麻煩，梅帕歐夏，妳也別想活命。」

梅帕歐夏被扔在地上，痛得扭動身體，沙汰晴吐對她說：

「某說的話，妳聽懂了嗎——！」

「聽、聽懂了——！」

那陣彷彿能震裂大地的怒吼，使梅帕歐夏嚇得蜷縮起來。
沙汰晴吐回頭望向亂成一團的六道囚獄，咬緊裸露的白牙。
「這是某招來的腐敗。傾斜的天秤一定要矯正回來。」
他喃喃說完，深吸一口氣。
「寒緋！過來——！」
他用撕裂天空的聲音叫道。
一匹朱色毛髮的巨馬回應他的呼喊，穿過大門現身。沙汰晴吐跳了上去，那匹馬承受他的重量仍紋絲不動，非常健壯。
「追著逃犯的味道，寒緋。千萬別讓她逃了！」
名馬寒緋發出高亢的嘶聲，穿越六道囚獄的大門，如火球般飛奔過華蘇的街道。
變裝過的兩名少年待在鬧哄哄的六道囚獄門口，望著那個遠去的巨大身影好一會兒。
「見過本人後，更覺得他這個人真不得了。」畢斯可傻眼地低語：「我們要怎麼跟那種人交涉？請他吃壽司嗎？」
「我們就是要找交涉用的把柄，才潛入這裡的。剛才那陣騷動正好使裡面一團混亂。要做事就要趁現在！」
「做事？我們不是來看那個閻羅王的嗎？」
「我就知道你忘了！好了，跟我來！」

這樣下去，沙汰晴吐可能會在盛怒之下殺了獅子。兩名蕈菇守護者像融入空氣一樣隱藏自己的氣息，宛如雲霞般迅速潛入慌亂的六道獄卒值勤室。

5

『華蘇守沙汰晴吐　史無前例同時處死上百人！』
『六道囚獄關押人數　增為去年的8．5倍』
『不讓座給老人，死刑！　失控的華蘇縣法律』……

帕烏邊走邊翻閱寫滿聳動標題的《京都新聞》報紙，白大衣和黑長髮在風中優美地飄動。她在這純樸的街上散發出一股鮮明的美感，使低著頭走路的行人全都抬頭看她。

不過，帕烏本人看起來卻不怎麼開心。

（沙汰晴吐確實以嚴格冷酷的性格著稱……但就像報紙寫的，他自《東京戰爭》過後變得更為偏激。這個掌管日本法律的鐵面男，改變竟如此之大……究竟發生了什麼事？）

帕烏目不轉睛地盯著報紙，走著走著，額頭「叩」地撞上面前的電線桿。她連忙東張西望，確認四周沒人後，清了清喉嚨。

「想這些也沒用，還是要會一會本人。」
她嘆了口氣喃喃自語，不經意轉進大路旁的小巷子……終於找到一間外觀風雅的和菓子店。
（嗯，這間店應該還不錯。）
她看著乾淨的門簾點了頭，穿過門簾進到店內，瀏覽起整齊排列的各種和菓子。
「歡迎光臨……」
「看來我找到了一間好店。這城市太枯燥單調，我正覺得困擾呢。」
「太好了。在這樣的城市開和菓子店有點可笑……不過能得到您的讚美，也就值得了。」
步入老年的女老闆拄著拐杖，起身點了個頭。帕烏微笑制止她，指向其中一種和菓子。
「請給我蟻蜜漬。」
「好的，現在有火莓、番茄、疣薯這幾種口味。」
「各來一個。再來……妳有什麼推薦的嗎？」
「有種點心剛出爐。」
老闆退到裡頭，過了一會兒，拿出一種格子狀的「最中」和菓子，中間包著紅豆餡。
「這菓子的形狀真特別。」
「這是一種叫免獄最中的名產。」
「免獄最中？」
「您看，這格子狀的餅皮很像監獄對吧？紅豆餡裡還包著囚犯形狀的麻糬喔。」

「呃……」

「這是華蘇有名的開運菓子，一口氣吃下，那一年就能免受牢獄之災。」

店內的氛圍才剛讓帕烏放下心來，突然冒出這趣味低級的菓子，讓她嚇了一跳。但眼前這位面帶微笑的老闆看起來沒有惡意，免獄最中似乎真的如她所說，在這一帶很受歡迎。

「那、那麼……請、請給我一個……」

「一個就夠了嗎？」

「是、是的。錢在這兒，不用找了……謝、謝謝妳！」

「歡迎再來。」

帕烏冒著冷汗走出店門，拆開包裝，仔細端詳免獄最中。

「這造型也太寫實，真的像監獄一樣……我買點心是要幫獅子打氣，不能讓她看到這種東西。」

她邁開步伐，咬了咬免獄最中，一口氣塞進嘴裡。

「……嗯，味道還不錯。」

帕烏無意間討了個免於坐牢的吉利，沿著來路快步趕回暫住的便宜旅店。

「獅子！我回來了。妳不能出門一定很無聊，我買了點心回來……」

帕烏探頭往旅店房間內一看，不由得屏住氣息。

在充滿陽光的房間中，獅子身上的汗水使她的白皙身體閃閃發亮。

她俐落揮舞手中的摺扇，用那纖細柔韌的身軀跳著優美的舞蹈。那支舞既激昂又風雅，不像任何國家的風格。獅子數度配合扇子的軌跡，跳起來在空中翻滾。

令人驚訝的是，她做了這麼多特技般的動作，卻完全沒發出腳步聲。這是所有武術包含棍術在內共通的身法，因此連帕烏也看得出她的技巧有多高超。

（這支舞太精采了……）

獅子最後深吐一口氣，「唰」地闔上扇子，跨大步落至地板，做了個華麗的結束動作。

這時，她正好看見了……

帕烏驚訝的臉。帕烏手中的點心袋掉落在地，用雙手替她鼓掌。

「咦……咦咦？」

獅子那張帥氣的臉逐漸變紅。

「帕、帕烏……！妳、妳站在那裡多久了？」

「好棒的舞，獅子！原來妳身懷這樣的絕技……」

「嗚哇！被、被看到了！」

獅子用扇子遮著臉，滾到房間角落縮起身子。剛才那支舞被人看見，似乎讓她很難為情。

「妳幹嘛這麼害臊？妳的舞明明就很精采。」

「真、真的嗎？」獅子從扇子後方露出一雙眼睛，抬眼看著將手放在她肩上的帕烏。「那、那個……我看起來強不強？有沒有散發出……能讓人嚇呆的氣勢？」

「那是用來嚇人的舞嗎？」

帕烏聽見獅子的問題愣了一下，說出自己真實的想法。

「不，妳並未散發出威嚇他人的氣勢，反倒柔美且惹人憐愛……就連不懂藝術的我都看得入迷。」

「……柔美且惹人憐愛……」

「唉——」獅子深深嘆了口氣，又縮起身子。

「唔嗯，看來妳有些心結。」

「我果然還不成熟，才會讓王者之舞看起來楚楚可憐……我必須跳出強大的『男人』之舞，否則就不具備王者風範，不夠格繼承父王的位子。」

帕烏輕撫沮喪至極的獅子身體，拿出一個蟻蜜漬火莓。

「冷靜點，吃點甜的……我看了妳的舞真的很感動。我們絕對不會看不起妳。」

「……」

獅子照帕烏說的，將蟻蜜漬火莓含進嘴裡，在舌頭上轉了轉……接著眼眶泛起斗大的淚珠，她連忙用手擦掉。

「……豪好吃。」

「是嗎？那就好，不枉費我上街尋找。」

「謝謝妳，帕烏……想在華蘇找甜點店，應該很辛苦吧？」

「不會，這跟照顧老公和弟弟比起來，一點都不辛苦……真可憐，留下這麼多傷痕在漂亮的……」

帕烏連忙將「少女身體」這幾個字吞了回去。

和獅子相處的短暫時間裡，帕烏逐漸明白獅子自認是個「少年」。

獅子時常將「強大的男人」、「王者風範」等話語掛在嘴邊，這也顯示了她的自卑之處。要繼承敬愛的父王之位，就必須有強壯的男性肉體……這樣的想法根植在獅子心中。

對帕烏而言……

（這問題微不足道。在現代日本，戰士不分男女。只要有強韌的精神就夠了。）

話雖如此……

對於獅子這樣一個青春期的「少年」而言，會更煩惱這方面的事。

（她的肉體還是少女。她可能覺得自己離理想的「男性」越來越遠吧。）

獅子擦拭眼淚，依舊無比消沉，靠著帕烏說了些喪氣話。

「……其實父王也常對我說，既然生為女人，不如忘了繼位的事，幸福過生活就好。可是我不想那樣。我一直嚮往父王的英姿，活到了今天。我想獲得足以勝任國王的強大能力，成為完美的繼位者，證明給他看……」

「……」

「但到頭來用這副身體，果然還是辦不到……」

「獅子，妳所說的強大，僅限於男性肉體而已嗎？」

「咦？」

帕烏對抬起頭的獅子回以微笑，接著拿起她靠在牆邊的鐵棍，「霍！」地揮了一下。

獅子的瀏海被風吹起，露出驚訝的眼眸。

「我也跳支舞，回敬妳剛才的表演。」

帕烏像拿木棒一樣，輕鬆揮舞她擅長的鐵棍，將整個房間吹得嘎吱晃動。

霍、霍！鐵棍每揮一下，獅子的頭髮就像被疾風吹過似的飄起。帕烏甩著黑色長髮，簡單露了一手。她一滴汗都沒流，對獅子笑了笑，將手中的鐵棍拋給對方。

「唔哇哇、哇！」

哐啷！獅子承受不住鐵棍的重量跌坐在地，但她隨即表情一亮跳了起來，眼神緊盯著帕烏。

她左耳後方開出鮮紅的寒椿。

「女性的肉體不夠有力嗎？」

獅子用力搖了搖頭，露出難以言喻的表情。看來帕烏展露的鐵棍功夫替她帶來了滿滿的勇氣。

「好厲害，帕烏！女、女性的肉體，也能有這樣的戰士身手……！」

「這全是因為妳還年輕，身體還不成熟的緣故，獅子。戰士資質沒有男女之分……妳只要繼續鍛鍊下去，肯定能成為不輸妳父親的戰士。」
「好……！」
帕烏受獅子的閃亮目光注視，愉快地撩起頭髮。
「原來我只是身體太幼小。只要像帕烏一樣有男人的靈魂，力量和氣勢都可以再慢慢補足！」
「沒錯……嗯？等一下，我靈魂也是女人。」
「……嗯？帕烏，好像有人來了。是不是王兄回來了呢？」
「喂，獅子！妳搞清楚，我……」
轟隆隆！
一陣巨響傳來，房間轉眼間就被削去一半。帕烏連忙抱住被那陣衝擊彈飛的獅子，迅速往後跳。
（是誰？）
只見便宜旅店像是遭到雷擊似的被劈開，正午的陽光流瀉進來。
帕烏手持鐵棍探頭往樓下看，看見嚇到流淚的旅店老闆，以及……
『喀啦喀啦。』
一名穿著藍色鎧甲的巨漢背對崩落的屋頂，用肉身擋開屋頂保護了老闆，然後用雙手將木屑拍掉。

「某不小心下手重了些。」

「咿咿咿咿…………」

「這是給你的賠禮，用這筆錢重建旅店。」

巨漢從懷裡抽出一疊日貨，撒在老闆面前。

「再來，千萬別將今天的事說出去。」

「好、好的……」

「好好回答——！」

「遵命——！」

老闆心想，說什麼「別說出去」，用這種可以震裂大地的聲音說話，根本不可能保密。巨漢毫不在意老闆的想法，聽到回答就心滿意足，接著和透過天花板破洞往下看的帕烏四目相對。

（沙汰晴吐染吉！）

帕烏倒抽口氣，瞬間緊張了一下。

地獄法官沙汰晴吐可沒有漏看她的反應。那巨大身軀跳上樓來，在警戒的帕烏面前「砰！」地落地。

「女人，妳剛才為何緊張？若做了虧心事，最好從實招來。視妳有無悔改之意，判決結果也會有所不同。」

「如果真的有事，我當然會向您稟告，法官大人。」

帕烏的聲音不帶一絲恐懼。沙汰晴吐的威嚇力雖然非比尋常，但女傑帕烏出生入死的經驗比普通戰士多太多了。

「我是清白的，沒做任何虧心事。難道華蘇財政困窘，必須捏造罪名亂抓無辜之人嗎？」

「挺伶牙俐齒的。好，某認定妳沒罪。」

沙汰晴吐雙手抱胸，點了點頭。就在帕烏的緊張情緒稍微緩和時，他再度開口。

「那躲在衣櫃裡的那個紅菱呢？」

帕烏嚇到肩膀彈了一下。

「妳不知道她的來歷，純粹救了個受傷的少女是吧？妳藏匿的傢伙是犯下逃獄罪的重罪犯，立刻將她交……」

帕烏在沙汰晴吐說完前，便朝身後的衣櫃揮下鐵棍。不知是如何辦到的，竟能在不傷到獅子的情況下將衣櫃剖成四塊。接著她抱起獅子，疾風似的躍至窗外。

「身手真優雅！可說是，漂亮．七分開。」

沙汰晴吐看著她們的背影，裸露的牙齒喀喀作響。

這似乎就是他專屬的「笑」法。

「沒想到這場追捕劇會變得如此精采。大岡奉行，您看好了！」（註：江戶時代的奉行，大岡忠相）

沙汰晴吐有如重型戰車的巨大身軀一口氣加速，想像帕烏一樣華麗地翻過窗戶，但他的身體實在太大，因而撞破了旅店的牆壁。

帕烏注意到身後狀況，甩著長髮狂奔，冒出了冷汗。

「這傢伙比傳聞中還厲害！獅子，抓緊我！」

「可是，帕烏！我們不是要跟沙汰晴吐談談嗎？」

「還不行！美祿和畢斯可已經潛入六道囚獄去找證據了。在他們回來前，我們最好不要跟他……」

帕烏說著轉頭一看，發現身穿藍色鎧甲的男人已追到她身旁，正高高舉起他的手臂。

（明明是個大塊頭，動作卻這麼快！）

「定！罪——！」

磅轟！

伴隨空氣炸裂的巨響，一把巨大的直尺從帕烏側邊揮來，擊中她的身體。帕烏在危急之際用鐵棍擋住攻擊，她的身體卻像棒球般被彈至高空，經過四秒左右的飛行後，摔落在沒什麼草的公園沙地上。

「咳、咳！帕烏！妳還好嗎？」

「沒、沒事……不過，他力氣怎麼這麼大？像個怪物一樣！」

幸好帕烏及時做出護身姿勢，加上這裡是沙地，兩人並無大礙。不過這是帕烏第一次被這麼強的怪力擊中。

畢斯可也擁有非凡的怪力，但沙汰晴吐的力量和那銳利且具穿透力的力量不同，他是以龐大的重量襲捲而來。比起人，更像是在和重機械對戰。

「許久未見這般豪傑！看來是個有名號的人物……」

咚！沙汰晴吐捲起沙塵，落至地面。一面寫著「華蘇中央公園　別在這裡玩硬質球！」的告示牌，被他的大腳踩扁。

「某不太會記人，請告訴某妳的大名。」

「我是忌濱縣知事，貓柳帕烏。」

帕烏轉了轉鐵棍，報上名號。

「沙汰晴吐先生，聽說你先前在《東京戰爭》中，在大分縣擋住敵軍部隊的進攻，保護了九州。我們都是守護日本的同志，何必在此爭鬥？」

「喔！」

沙汰晴吐的牙齒喀喀作響。獅子壓抑恐懼想要站到他面前，帕烏往前一步制止她，將她護在身後。

「黑鐵旋風帕烏。果真是有名的習武之人……不過，某不明白。忌濱知事為何會來到九州，包庇一個來歷不明的紅菱？」

「任何大人看見不認識的小孩受襲擊，不都會保護小孩嗎？」

「漂亮！七分開的心態。」

沙汰晴吐「霍！」地揮了一下直尺。

「帕烏小姐，妳用鐵棍回擊某的罪行可以酌量減刑，某不問妳的罪。不過某是執掌鐵之紀律的法官，若妳執意阻撓某審判逃犯，這把尺不會放過妳。」

「別以為和我交手之後還能平安無事，沙汰晴吐！」

「只有妳會有事，某不可能受傷。」

轟隆！沙汰晴吐高舉直尺，用力甩向地面，造成一陣強烈衝擊，地面向上震盪，使獅子瘦弱的身體高高彈起。

「嗚哇，帕烏──！」

「糟了！獅子！」

「死刑，行刑──！」

帕烏隨即縱身一躍想要追上獅子，但沙汰晴吐揮尺的速度比她還快。獅子纖細的身軀眼看就要被閻羅王的直尺壓扁，就在這時……

啵咕！

「？嗚喔喔！」

兩支箭插在獅子和沙汰晴吐中間，瞬間開出巨大的杏鮑菇，將沙汰晴吐的巨大身軀狠狠彈飛。本來重得不像話的沙汰晴吐，竟像顆橡膠球般飛向晴朗的天空。

畢斯可接住在衝擊中噴飛的獅子，大衣隨風飄動，在盛開的杏鮑菇旁帥氣落地。

「全壘打。」
「王兄！」
獅子環住畢斯可的身體，緊抱住他，這時美祿也在他們身旁降落。
「趕上了！獅子，妳沒事吧？有沒有受傷？」
「美祿！沙汰晴吐本人是個遠勝傳聞的怪物。我們真的能跟那可怕的傢伙溝通嗎？」
「硬要說的話，剛才保護妳的那個女人更可怕。」
「我聽見了！你的悄悄話說得也太大聲！」
「我說的是真的啊，妳光用一根鐵棍就能保護小孩免於怪物襲擊。」
畢斯可扶起晃著肩膀喘氣的帕烏，用那雙閃耀著翡翠光芒的眼眸盯著她的眼睛。
「這點除了妳以外沒人辦得到。論臨場實力和氣概，也沒人贏得過妳。」
「……你、你是在稱讚我嗎？我才不會被你騙，反正你一定又……」
「相對地，妳覺得我軟弱時一定要跟我說。」
畢斯可說完，解開帕烏歪掉的護額，幫她綁回原本的位置。
「我在婚禮上答應要保護妻子和家人。如果我反而拖累了妳，會遭天譴，也會被雷劈成焦炭的。」
「……才、才沒那種事。你很優、優秀，畢斯可……」
帕烏在丈夫直勾勾的目光注視下，頓時說不出話，紅著臉低下頭，這幾天的不滿一掃而空。

「美祿，王兄和帕烏是在吵架嗎？」

「不不，他們在打情罵俏，只是方式有點笨拙。」

美祿瞇著眼，用難以形容的微妙笑容望著兩人，接著忽然換回蕈菇守護者戰士的表情，對搭檔喊道：

「畢斯可！那傢伙快回來了！」

「我想也是。只用一發杏鮑菇就能解決，就太沒意思了。」

「王兄，我也要戰鬥！」

「別礙事，笨蛋！帕烏，她就交給妳了！」

兩人將獅子交給帕烏照顧後，迅速拿起弓，這時在他們斜上方……

「唔嗚嗚嗚——嗯！」

一個裹著鎧甲的巨大藍色球體，沿著斜向生長的杏鮑菇滾了下來。

「那是啥，保齡球嗎？」

「畢斯可，該放箭嘍！」

兩人朝沙汰晴吐放出連鐵板也能射穿的必殺之箭，化作巨大砲彈的他卻將那些箭一支支彈飛。接近杏鮑菇根部時，他突然張開四肢，躍至空中，將手中的直尺甩向地面。

「美祿，快跳！」

咚！大地再度搖晃起來。兩人連忙避開地震波攻擊，卻沒做好護身姿勢，在草地上滾了幾圈。

「唔嗚嗚嗚、喔喔喔喔——！」

纖維被扭斷的劈啪聲傳來。兩人起身望向沙汰晴吐，只見他伸出巨大雙手抓住杏鮑菇根部，想將杏鮑菇連根拔起。

「嘿咿咿、咻喔喔喔——！」

「開、開玩笑的吧……？」

沙汰晴吐最後終於拔起巨大杏鮑菇，甩了幾圈後，扔向遙遠的彼端。

巨大杏鮑菇柱消失在藍天另一頭，在遠方街道墜落，激起白煙。

「……第一百一十五條，不得在市民休憩場所造成危險。」

沙汰晴吐完全不介意亂甩杏鮑菇造成的災害，指著二人，用宏亮的聲音吼道：

「如果你們也要阻撓某執法！就做好準備，接受相應的判決！」

「你砸毀遠方的街道就沒關係嗎！你這……」

「請等一下，法官！」

美祿阻止想和對方吵架的畢斯可，往前站了一步。

「抱歉用了較為粗暴的手段，但我們有些事想告訴你，關於紅菱獅子逃獄的理由……以及副典獄長戈碧絲有多殘暴。」

「唔。」

聽見戈碧絲的名字，沙汰晴吐停下動作。他已得知自己外出時六道囚獄的腐敗狀況，戈碧絲的問題如今是他少數的弱點之一。

「……無論如何，逃獄都是死罪。某先處理完那個小孩，再來問戈碧絲的罪。」

「別操之過急，法官！」

「不准干涉華蘇守的判決！乖乖把那小孩交出來，不然……」

「我不會逃也不會躲！沙汰晴吐！」

美祿正想開口，令人驚訝的是，獅子竟溜到了他身前。

「獅子！」

那細瘦的身軀嚇得不斷顫抖，滲出了汗水。儘管如此，她仍努力接近沙汰晴吐的大腳邊，抬頭望著他的臉。

「妳竟自己跑到某面前。妳不怕死嗎？」

「我不怕！」

獅子的眼眸在瀏海下閃爍，耳後的寒椿完全綻放，呼應著她必死的決心。

「我一點都不怕死。你想的話儘管將我斬首，掛在監獄正門示眾。但你得聽完我的話再動手！我逃出監獄來到你面前，就是為了說這些！」

「這種陳情通常只是變相在求饒。」

「你若真的這麼想，就立刻將我斬首！難道說，六道典獄長沙汰晴吐如此膽小，連個『男人』的遺言都不敢聽嗎？」

（……這、這孩子……！）

（……）

美祿和畢斯可看見在沙汰晴吐的霸氣下，獅子嚇得冷汗直流，氣喘吁吁，喘到肩膀上下晃動。

她雖然是個瘦弱的孩子，卻憑著驚人膽識大聲陳情，這副模樣確實打動了地獄法官沙汰晴吐的心。

卻也見到那朵血一般的紅色寒椿，鮮明地展現她的意志力……

「唔唔嗯……！」

沙汰晴吐低吟一聲，思考了一會兒，抱起粗大的雙臂佇立在原地。

美祿看出這代表「快說」之意，對獅子使眼色，要她說下去。

「父王……不，我們紅菱之王鳳仙因為殺死獄卒而被問罪，如今確定被判死刑。」

「這件事某聽說了。殺死獄卒在眾多罪行中屬於重罪，鳳仙雖然曾是模範囚犯，但犯下如此暴行也難逃死刑。」

「……連下屬的陰謀也無法識破，看來法官沙汰晴吐並不像傳聞那般慧眼獨具。」

「什麼……」

「他的罪完全是子虛烏有的謊言！」

獅子的怒吼劃破空氣，使沙汰晴吐的鎧甲微微顫動。

（獅子太激動了。要是惹他生氣，可能會被踩死！）

（等等！應該還沒問題……！）

畢斯可和美祿仔細觀察沙汰晴吐的動向，緊握懷裡的短刀刀柄，以便隨時可以撲上去。

另一方面，沙汰晴吐並未改變姿態，意外地仍保持冷靜。

「這全是副典獄長戈碧絲一手策劃的。高貴的鳳仙王不願服從於戈碧絲，她為了洩憤，企圖趁著典獄長外出時判鳳仙王死刑。那傢伙……想要粉碎紅菱的希望，讓我們絕望……並服從於她，藉此獲得滿足，她就是這樣惡毒的女人！」

「某無法認同。她確實有偏激的一面，但那也是為了守護法律……會認為她惡毒，應該是因為妳太恨她。」

「那你看看這個！」

獅子說著脫下向帕烏借來的外套和上衣，露出她蒼白的上半身。

「見了這個……！你還這麼想嗎？沙汰晴吐典獄長……！」

獅子是王位繼承人，卻不得不在人前露出相當於奴隸證明的鞭傷，她咬緊嘴唇忍受這股屈辱。

她美麗的白皙肌膚上有許多令人心疼的鞭痕，數量多得誇張。美祿和帕烏見到那些淒慘的傷痕，不禁別過視線。

「……這是戈碧絲做的嗎！」

「受害的不只我。」獅子說著說著，流下了淚水。「那傢伙最愛鞭打弱小的紅菱女孩……摧毀她們的心。她在我面前殺了好幾個不服從她的女孩。她們年紀都還很小……」

「唔嗯嗯——」

獅子咬著嘴唇流淚，沙汰晴吐站在她面前發出低吟。聽見自己人做出這種事，他一時之間也很難接受。

「竟有這種事？某明白了。某會在審判戈碧絲時，採用妳的證詞。」

「那、那麼……！」

「不過！這和鳳仙殺死獄卒一案無關。即使戈碧絲是極惡之徒，也不代表鳳仙是清白的。」

「法官！關於這點，請看我手上的東西。」

美祿眼見沙汰晴吐已經冷靜下來，恢復成可以溝通的狀態，便加入他們的對話。他手裡高舉著照片，上面映出五具被殘殺的獄卒屍體。

「這是六道門口的停屍間嗎？」

「這就是據稱被鳳仙殺死的五名獄卒。」

「你是從哪弄到……」

「這點我待會兒再解釋，請容我先說明一下。」

美祿的手指在照片上滑動，解說屍體上的傷痕。

「據稱，鳳仙是從獄卒手中搶來倭刀，砍殺了這些獄卒。然而這些致命傷怎麼看都不像刀傷。請看這長長的弧線。能造成這種傷口的武器，比較有可能是……」

「……鞭子！」

沙汰晴吐對比照片和獅子身上的傷痕，發出極具震撼力的低沉吼聲，微微震動大地。

「在六道囚獄中，能將人鞭打致死的只有戈碧絲……唔唔唔唔，這一切都是她為了踐踏鳳仙設計出來的嗎！」

「典獄長，請撤銷鳳仙王的死刑！」

獅子拋開恐懼和面子，跪伏在沙汰晴吐的甲冑之前。

「我怎樣都無所謂，請饒了鳳仙王……饒了我父王！」

「不准靠近本奉行！」

沙汰晴吐的怒吼激起一陣暴風，將獅子和美祿吹飛。

「混蛋！結果還是要打架嗎！」

「開庭！審判，開始——！」

沙汰晴吐吼了一聲，大地轟隆裂開，樹木以驚人速度從各處冒出。那些樹形成一個圓將所有人包圍，接著「啪！」地一同開出美麗的櫻花。

「怎、怎麼會，冒、冒出花樹……」

「所有人聽候判決。」

這種出個聲就能使周圍長出樹木的技術，畢斯可等人聽都沒聽過。這誇張的畫面令他們目瞪口呆，這時沙汰晴吐對著他們大吼。

「縱使某長期出門在外，但未注意到獄中腐敗，實屬疏忽。下屬做出這麼多暴虐之舉，身為監獄最高負責人，必須接受同等責罰。此外，某甚至差點被下屬的陰謀所騙，有損六道囚獄的威信，實在難以原諒！」

沙汰晴吐的直尺「砰！」地甩向地面。

「在此判處被告六道囚獄典獄長沙汰晴吐染吉，有期徒刑一百年——！」

空氣嗡嗡震動，周圍的櫻花紛紛掉落。畢斯可和美祿既驚訝又傻眼，張大嘴巴愣在原地。

「……他說要判誰一百年？」

「他、他自己！這法官居然審判自己……也太忠於法律了吧！」

「不是忠於法律，而是他太笨了吧？」

「噓！他還沒說完！」

「這個判決也連帶影響到紅菱鳳仙的處分。」

「典獄長！」

「退下——！」

獅子臉上浮現喜悅之情，想朝沙汰晴吐跑去，卻被他的怒吼彈開。

「鳳仙被控殺死獄卒，實為冤罪。因此，某在此撤銷他的死刑，下令將他關回人道。」

淚水從獅子雙眼中滴落，她全身癱軟跌坐在地。獅子深埋在心中的一切終於了結，那硬撐到超出極限的精神，彷彿隨著靈魂脫離了肉體。

「太好了，太好了，獅子！妳父親有救了！」

「美祿……！」

美祿朝獅子伸手，獅子將帶著淚痕的臉頰貼了上去，這時……

「愚蠢的傢伙，六道審判可不會這麼輕易地結束！」

沙汰晴吐張開牙齒，「哈」的一聲吐出蒸氣般的氣息。

「鳳仙的判決事小，某還未審理這法庭上最重要的案件。紅菱獅子，對於妳逃獄一事，某將處以史無前例的嚴刑。」

畢斯可和美祿想保護癱坐在地的獅子，反射性地擋在她身前。

「這種小事就算了吧！她只是為了救她老爸賭上性命！」畢斯可氣得頭髮倒豎，凶狠地吼道：「她之所以逃獄，也只是因為繼續待在那裡會被燒死，才不得不逃出來，這有什麼不對！」

「這不是對錯的問題！」

沙汰晴吐的吼聲蓋過畢斯可的聲音，吹動少年們的頭髮。

「奴隸生命體『紅菱』本來不可能違抗人類。能從地獄釜逃出來，就代表她戰勝了奴隸基因，獲得了自我意識。證據就在於她身上的藤蔓。那是紅菱打破隸屬魔咒的進化證明。」

沙汰晴吐用直尺指著獅子，獅子被他的氣勢嚇到，寒意竄遍全身。

「進化的徵兆已然顯現。此後應該會接連出現像獅子這樣，突破奴隸枷鎖的紅菱。太危險了……因此——！」

巨尺「啪！」地甩向地面。

「一週後！六道囚獄裡所有紅菱！一律處死——！」

一陣暴風「嘩！」地捲起，使四周的櫻花散落。

「紅菱全部判死、死刑……？」

獅子臉色變得慘白，不斷顫抖，發出呻吟般的聲音。

「因、因為我逃獄的關係，害所有紅菱……騙人，怎、怎麼會……！」

「這判決太沒道理了！」美祿忍不住大叫。「生命進化是理所當然的事。你竟然認為生命自由成長是重罪！一個法官竟敢說這種話！」

「沒錯，紅菱是危險的種族。當奴隸還行，但若所有紅菱都有自我意識，會對日本造成威脅。必須將之剷除。」

「你的做法太極端了！法官，你自己應該也覺得這麼做很殘忍吧！」

「這件事跟某怎麼想無關。法律就是法律。」

「沒用的，美祿！這傢伙已經被所謂的法律堵住了雙耳。」

畢斯可隨即換上戰士的表情，翡翠瞳眸變得更加閃亮。他從背上抽出自己的弓，搭檔美祿也跟著這麼做。

「得讓他嘗點苦頭。我這就把你的耳朵打通，大塊頭！」

「哼！」

見到少年們散發出耀眼的戰意，沙汰晴吐情緒激動，全身的櫻花「啵、啵！」綻放，身體隨著那陣衝擊晃動。

「既然你們拔了弓，就好說了。進入最後的審判。」

「你就只會說這個嗎？混帳！別說了，快放馬過來！」

「愚蠢的傢伙。掌管天下法律的某，怎麼可能忘記危害天下的大惡人？」

「哇咧……你該不會……」

「罪大惡極的蕈菇守護者，食人赤星！某一直在等審判你的這一天。嘗嘗某的法律之槌吧！」

轟隆隆！

沙汰晴吐將直尺往下一甩，使周圍的地面裂開，出現圓形凹痕。兩人跳過沙汰晴吐的頭頂，邊回頭邊拉滿弓。

「等、等一下！法官，我們的通緝令應該已經解除了！」

「不讓我們請律師就要開庭！太不公平了！」

「罪狀一！使群馬的赤城山長滿蕈菇，導致當地產業大幅衰退。因此判處有期徒刑四十年！」

沙汰晴吐再次揮動直尺，將周圍盛開的櫻花花瓣捲上了天，那些花瓣像有自我意識般，襲擊空中的兩人。

「唔哇！這是啥！」

「花力．血煙櫻花！」

花瓣包圍住兩人，每片都像剃刀般鋒利，將兩人機動力的來源，亦即蕈菇守護者大衣割得破破爛爛。

「這、這傢伙……竟然用花當武器！原來村子裡的蕈菇守護者們，就是被這打倒的！」

「罪狀二！你們騎乘名叫芥川的巨蟹踐踏大地，弄得人心惶惶！判處有期徒刑二十年！」

「說、說什麼傻話！騎蟹是蕈菇守護者的重要技藝……」

「畢斯可，別被他牽著鼻子走！」美祿滾到畢斯可身邊，低聲對他說：「隔著鎧甲沒辦法種出蕈菇！我們必須破壞一部分的鎧甲，讓箭射進他的肉裡。」

「光靠短刀根本沒辦法剝開他的鎧甲！」

「把鎧甲砸爛也行，如果有圓形的鈍器就好了……」

「鈍器，你說鈍器嗎？」

「此外還有各種數不清的罪行——！」

直尺在畢斯可跳起來那瞬間甩了下來，他以翻滾避開攻擊，隨後在懷裡的箭筒中翻找了一下，找到想要的箭後，將那支箭架在弦上。

他拉滿弓鎖定目標，眼神充滿氣勢，彷彿用目光就能射穿他人的身體。

「……嗯！就是這個。最壞的就是你這張臉，像支箭般破壞世間的安寧！因為你凶惡的長相，追加有期徒刑二十年！」

「那你自己該判幾年？先照照鏡子再說吧，混蛋！」

畢斯可被沙汰晴吐的話語氣到怒髮衝冠，加強了拉弓的力道。

沙汰晴吐似乎打從一開始眼中就只有畢斯可，那巨大的身軀震動著地面，大步衝了過來。

「任何箭——！都射不穿某，赤星！」

「來試試看啊……！」

畢斯可拉著弓深吸一口氣，倒豎的紅髮隨風搖曳，翡翠眼眸閃閃發光。

「唔哦？」

在那股驚人的殺氣下，閻羅王沙汰晴吐也不禁低吟，用尺保護自己的臉。

趁著這個空檔……

咻磅、咻磅！畢斯可一口氣連續射出兩支箭，刺進沙汰晴吐兩側膝蓋。那兩箭射破藍色鎧甲，造成大片裂痕。

然而如此強勁的箭仍未觸碰到沙汰晴吐的肉體，就差一點點。

「……你光用殺氣就能使某分心？漂亮！不過某的膝蓋絲毫沒……」

砰咚！

「……哦哦？」
「你下次應該說，所有箭都射不穿你，但我的箭例外。」
砰咚、砰咚！
「錨菇」從沙汰晴吐的膝蓋綻放，泛著鈍色光芒逐漸膨脹。縱使沙汰晴吐具備驚人的重量和無敵的怪力，仍單膝跪地，發出「唔唔——」的呻吟，最終雙膝跪地。
「竟能阻止某的動作？這就是赤星的蕈菇之技嗎！」
「帕烏！」
「給你，畢斯可！」
畢斯可瞄準帕烏拋來的鐵棍射出一箭，兩人配合得默契十足。錨菇箭準確射中鐵棍前端，綻放成鐵球狀，形成巨大的圓形槌子，插在畢斯可腳邊。
「混……帳，這點功夫——！」
沙汰晴吐抬起長出錨菇的雙膝，想要站起身來，畢斯可朝著他的胸膛舉起錨菇槌，惡狠狠地大吼。
「聽說你的工作是揍人(shibaku)，但濫用職權可就讓人無法忍受了！」
「……揍人……？某的工作是審判(sabaku)犯——」
「偶爾也該找回初心吧！」
畢斯可大吼完，用全身的力氣「嗡、嗡、嗡」加速揮動槌子。

「你自己才該被揍！」

砰隆！

畢斯可憑著怪力揮下槌子，成功擊破沙汰晴吐胸前的鎧甲。那片胸甲被敲得粉碎，而錨菇也在這陣衝擊下碎裂一地。

「唔喔喔——竟敢！將某的武士服——……！」

「美祿，趁現在！」

畢斯可和搭檔一同躍至空中，背對背拉滿弓。

「和我一起用秀珍菇！」

「知道了！2、1！」

咻砰！

兩人射出的箭貫穿沙汰晴吐用來防禦的直尺，刺進他裸露的厚實肌肉中，轉眼間……

啵咕、啵咕！

伴隨著壯烈的爆炸聲，紅與藍的秀珍菇在沙汰晴吐身上綻放，將他肩膀和背上的鎧甲彈飛。

「唔、唔、唔唔喔喔喔——！」

沙汰晴吐發出粗獷的吼叫聲，那巨大身軀在發芽的力道下被彈飛，彈了兩三次後擦過地面，刨了約二十公尺的土才停下來，失去動靜。

漫天飛舞的沙塵令獅子咳了起來，但她仍驚訝地睜大眼睛，忍不住大叫。

「好、好厲害……！王兄打倒了……地獄法官，六道典獄長沙汰晴吐！」
「這是當然的！他們是我的老公和弟弟……不過，唉，打倒華蘇守也是件不妙的事。」
「沒辦法，他不是可以放水的對象。」
獅子和帕烏跑向兩名少年，兩人在她們身旁落地。畢斯可將甩動槌子時脫臼的肩膀喀啦調整回來，將弓收回背上。
「要不要趁此機會把整個縣攻下來？就當作是妳一個人打倒的吧。」
「你把政治當什麼了！」
「……等等，有點不對勁……」
美祿打斷他們的對話，定睛細看沙塵中的狀況。在他面前……
漫天塵埃中「嘩！」地站起一個巨大的身影。那人用力揮了下直尺，強風便將沙塵吹散，站得直挺挺的沙汰晴吐出現在眾人面前。
「哈——……！」
「唔哇，畢斯可！他還活著！」
「某沙汰晴吐同時對付過上百名蕈菇守護者。原以為區區兩名少年不會構成什麼威脅……」
沙汰晴吐用那鈍器般的拳頭揍了一下膝蓋上的錨菇，鉛球般沉重的錨菇便碎裂開來，從他膝上脫落。
「但你們的技藝和其他人大不相同。漂亮．九分開，赤星！」

「喂，真的假的？他真的是人類嗎？」

沙汰晴吐的胸膛確實開著毒蕈菇，而且仍散發出孢子。若是頑強的巨型生物就算了，但對方是人類，都已經受到蕈菇直接攻擊，卻還站得起來，這對兩名蕈菇守護者而言是前所未有之事。

「某……不是人類。某是在法律下獲得櫻花之力的紅菱。」

「紅、紅菱！華蘇守竟然是紅菱！」

「看好了！這就是在六道盛開的櫻吹雪——！」

沙汰晴吐將力量灌注至全身，被蕈菇撐破的胸膛竟冒出一根根櫻樹枝椏，纏繞住蕈菇。櫻樹吸收完蕈菇的養分，又回到沙汰晴吐體內，從他兩邊肩膀「咚、咚！」開出茂盛的染井吉野櫻。

「這、這傢伙……把蕈菇吃了嗎！」

「花力，填充～～！」

沙汰晴吐將秀珍菇的生命力占為己有，體內湧出一股令他驚異的新力量，他激動得渾身顫抖，一口白牙喀喀作響。

「你們的技藝非常精湛。不過，這蕈菇之技畢竟贏不過某！」

「糟糕！畢斯可，後退！」

「花力．花繭絡——！」

沙汰晴吐將胸膛扯開，大吼一聲，從中飛出多到遮蔽視線的櫻花瓣，襲擊畢斯可等人。

「獅子，我們快逃！快，來我這邊……嗚哇！」

花瓣彷彿一大群有意識的飛蟲般，像繭一樣完全包住帕烏和獅子的身體，害她們摔倒在地。

「帕烏——！那個混蛋！」

「畢斯可！我們用爆炎菇把這些花瓣燒掉！」

「某已經說了——！」

兩人再次拉滿弓，放出無比銳利的箭，不偏不倚刺進沙汰晴吐的胸膛。

蕈菇孢子「啵、啵！」使沙汰晴吐皮開肉綻，接著……

「用蕈菇是贏不了某的——！」

櫻樹枝椏再度冒出，穿破蕈菇，又一次遏止了發芽的力道。

「蕈菇開不出來。這一箭明明很完美的！」

「花力展現！祕技．枝垂舞——！」

「畢斯可，危險！」

沙汰晴吐將胸前冒出的枝垂櫻當作鞭子，重重打在跳起來保護畢斯可的美祿身上，將他彈飛至遠處。

「呀、啊啊！」

「美祿！」

「在奉行面前，你竟然還有心情看別的地方！」

畢斯可趕緊又架了支箭，沙汰晴吐用回彈的櫻枝鞭子纏住他的腳，刨土般將他的身體沿著地面拖向自己。

「唔唔喔喔？你這傢伙！」

「不堪一擊！蕈菇之技被箝制後，你就只剩這點程度嗎，赤星！」

「……這招如何！」

畢斯可在被拖行的過程中拔出蜥蜴爪短刀，迅速蹬了一下地面，朝沙汰晴吐戴著頭盔的眉心揮刀。

那把出奇鋒利的短刀穿透頭盔，就快刺中沙汰晴吐……

「哈——！」

短刀接觸到沙汰晴吐吐出的氣息後，瞬間被櫻花瓣包覆住，接著就像凋零的花朵般崩解散落。

「你的力量、意志力和氣概都很不錯，赤星！殺了你太可惜了。」

「少、囉、嗦——！」

「唔嗯。」

畢斯可不但沒有意志消沉，還想赤手空拳毆打沙汰晴吐。沙汰晴吐抓住他的後頸，隔著頭盔和他鼻尖相碰。

「決定了。此後你就是鐵面法官的候補人選。」

「唔、喔……！你、想、做什……！」

「花力展現！櫻花・奉行彫——！」

「唔喔喔喔啊啊啊——！」

沙汰晴吐以萬力鉗般的力道掐住畢斯可的後頸，櫻吹雪圖樣的刺青從他的掌心一點點轉移到畢斯可脖子上。

「唔哇哈哈哈……花果然很能適應蕈菇守護者的血。」

畢斯可感受到宛如烙鐵燒灼的熱度和劇痛，痛到手腳亂揮，沙汰晴吐以強大的力量壓制住他，以他的脖子為中心，使他鎖骨至左臉一帶布滿刺青。

「這是櫻吹雪刺青。」沙汰晴吐將畢斯可扔在地上，不慌不忙地說：「某在先前抓到的蕈菇守護者身上也刺了。這刺青可以讓人遵守法律，一旦違法，全身就會被劇痛和麻痺侵蝕……接著詛咒很快就會滲進腦袋，讓你們變成法律忠實的僕人。」

「你、你這傢伙……為什麼要這麼做！你和蕈菇守護者有什麼仇！」

「罪犯的實力越來越強，吾等急需強化獄卒能力。擁有力量和技藝的蕈菇守護者非常適合當獄卒，而且你們本來就是一群反社會勢力，這麼做能幫助你們重獲新生，一石二鳥。某現在抓了些蕈菇守護者來，試圖培育成遵守法律的優秀獄卒。」

「蕈菇守護者只會服從自己內在的神！」

畢斯可忍著侵襲全身的麻痺感，大吼一聲，以具有穿透力的視線瞪著沙汰晴吐。

「你竟敢踐踏我們的信念。我絕對會讓你吃不完兜著走……！我很快就會打倒你！解開所有

人的詛咒！」

「死到臨頭，你的意志力卻更加耀眼。果然和其他人大不相同！你很適合在某死後繼承某的職務，擔任法官。」

「你、你說什麼……？」

「某也是紅菱，無法逃脫死罪判決。距離處決所有紅菱還剩一週。」

沙汰晴吐用粗手指敲了敲自己的頭盔。

「屆時櫻花就會侵蝕你的腦部，將你的性格改寫得和某一樣。你將就此接管只剩人類的六道囚獄，代替某審判罪犯。」

「哇咧……」

「這段期間千萬別觸法。要是敢惹事生非，櫻吹雪會殺了你。」

沙汰晴吐這麼說完，張開大口「哈——」地吐出大量櫻花瓣，吹向倒在他面前的畢斯可。

「唔、嗚、啊啊啊！」

「住手——！啊啊，畢斯可——！」

「別擔心，我馬上就把你變得跟他一樣。」

美祿咳著血爬向畢斯可，想去救他。沙汰晴吐朝他吐出同樣大量的櫻花。兩名少年被襲捲而來的花瓣包覆，變得像蓑衣蟲一樣，掙扎著在地上來回彈跳滾動。

「可、可惡，把這東西解開——……！」

沙汰晴吐環顧四周，公園地面上躺著四個被櫻花瓣包覆的物體，每個都在扭動掙扎。他點了點頭，將直尺高高舉起——

「這件案子——到此結束——！」

他高聲呼喊，做出華麗的結束動作。他的亮相在紛飛的櫻花瓣點綴下顯得氣勢十足，也很精采，但現場沒有人能欣賞他的英姿，他只好自己配了聲「登登」音效，以此收場。

沙汰晴吐首先大步走向帕烏，將她臉上的櫻花抹去。

「咳、咳！這判決根本就只是為了你自己。我看錯你了，華蘇守！要行刑就快點動手！」

「某判妳無罪，不過妳必須回到忌濱。」

沙汰晴吐將帕烏拋至高空，不知何處飛來一隻大鷲，抓起帕烏飛向遙遠的東方。

帕烏喊了些什麼，沙汰晴吐目送她離去後，扛起三個扭動的櫻花蓑衣蟲，大叫了聲：「寒緋！」不久後，一匹朱色毛髮的巨馬便奔至主人面前。

「你想把我們關進監獄嗎？現在不殺我們，你一定會後悔！」

「某說過了，你是某的後繼者，某不會殺你。至於你的搭檔，貓柳美祿，某聽說他曾為絕望的人民治病。不管怎樣，你們都得去六道囚獄靜候指示！」

沙汰晴吐跳上馬鞍，抓起韁繩，聲音莫名有些興奮。

「身為法官，不該說這種話……」

「說、說什麼？」

「剛才的追捕劇，久違地讓某感到心情雀躍呢，赤星、貓柳！」

（這傢伙搞什麼？）

（這個人是怎樣……！）

無論過程如何，兩名少年和獅子在強大的法律力量之前，終究成了俘虜。他們在櫻花繭包覆下，被送往六道囚獄。

罪狀證明

壹、松級大罪人・赤星畢斯可

右者又名食人赤星・顯有擾亂社會之嫌。
罪狀一、胡亂發射蕈菇・破壞城鎮與關隘。
罪狀二、長相如修羅般凶惡・造成人心惶惶。
本來應處死罪・因其意志力超凡・
判定其適合擔任下任法官・關押至餓鬼道。

貳、竹級大罪人・貓柳美祿

右者又名食人大熊貓・顯有擾亂社會之嫌。

罪狀一、調配出危險的蕈菇安瓶與猛藥。

罪狀二、開發新藥・致使製藥業崩潰。

但此人曾不求回報救治人民・得酌量減刑。

判處有期徒刑四十年・關押至人道。

參、紅菱獅子

右者身為紅菱・卻擅自逃出六道囚獄。

已判決紅菱一律處死・無特殊處置。

行刑前・先關押至餓鬼道。

沙汰晴吐華蘇守染吉

六道囚獄獄長

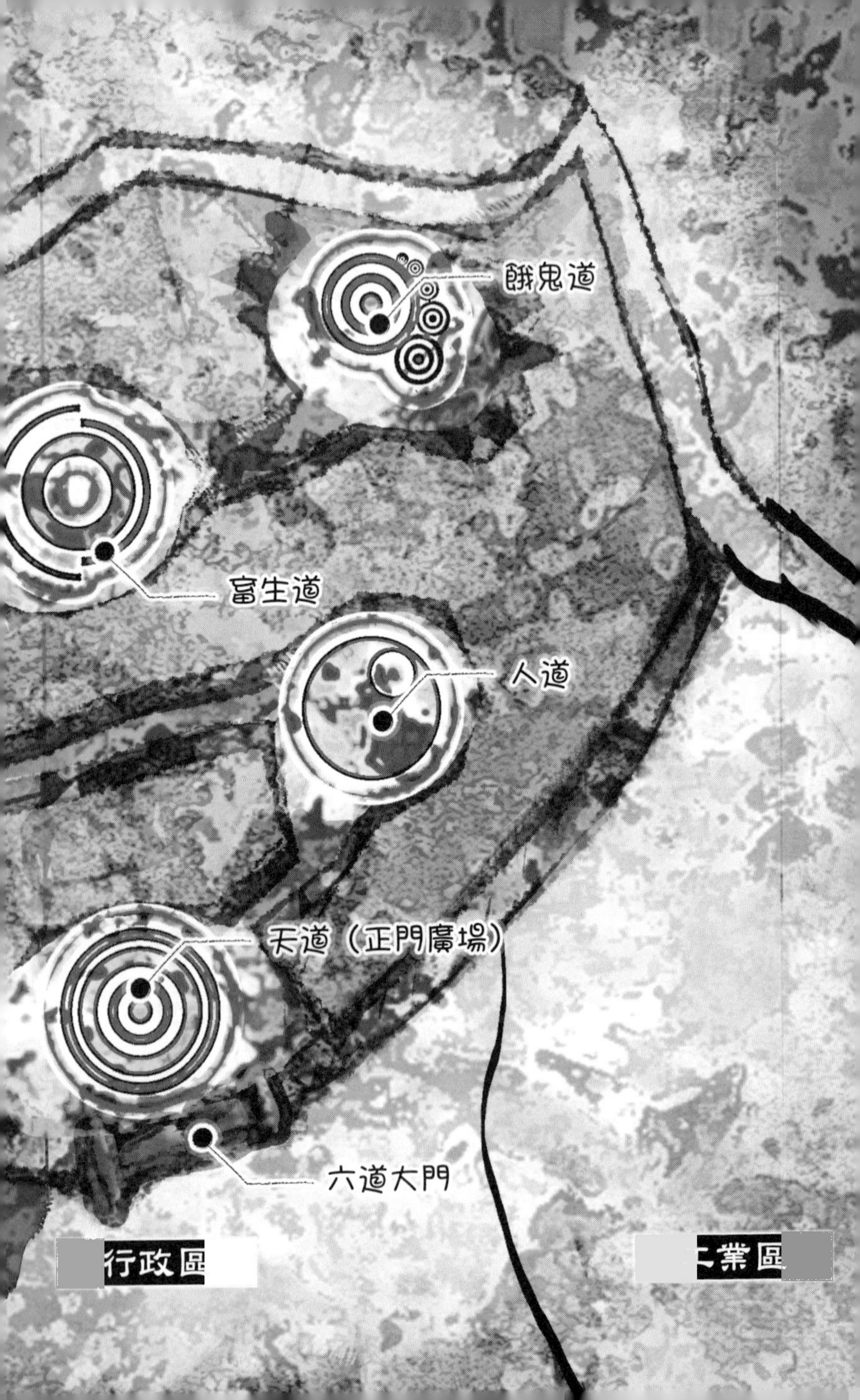
餓鬼道
畜生道
人道
天道（正門廣場）
六道大門
行政區
業區

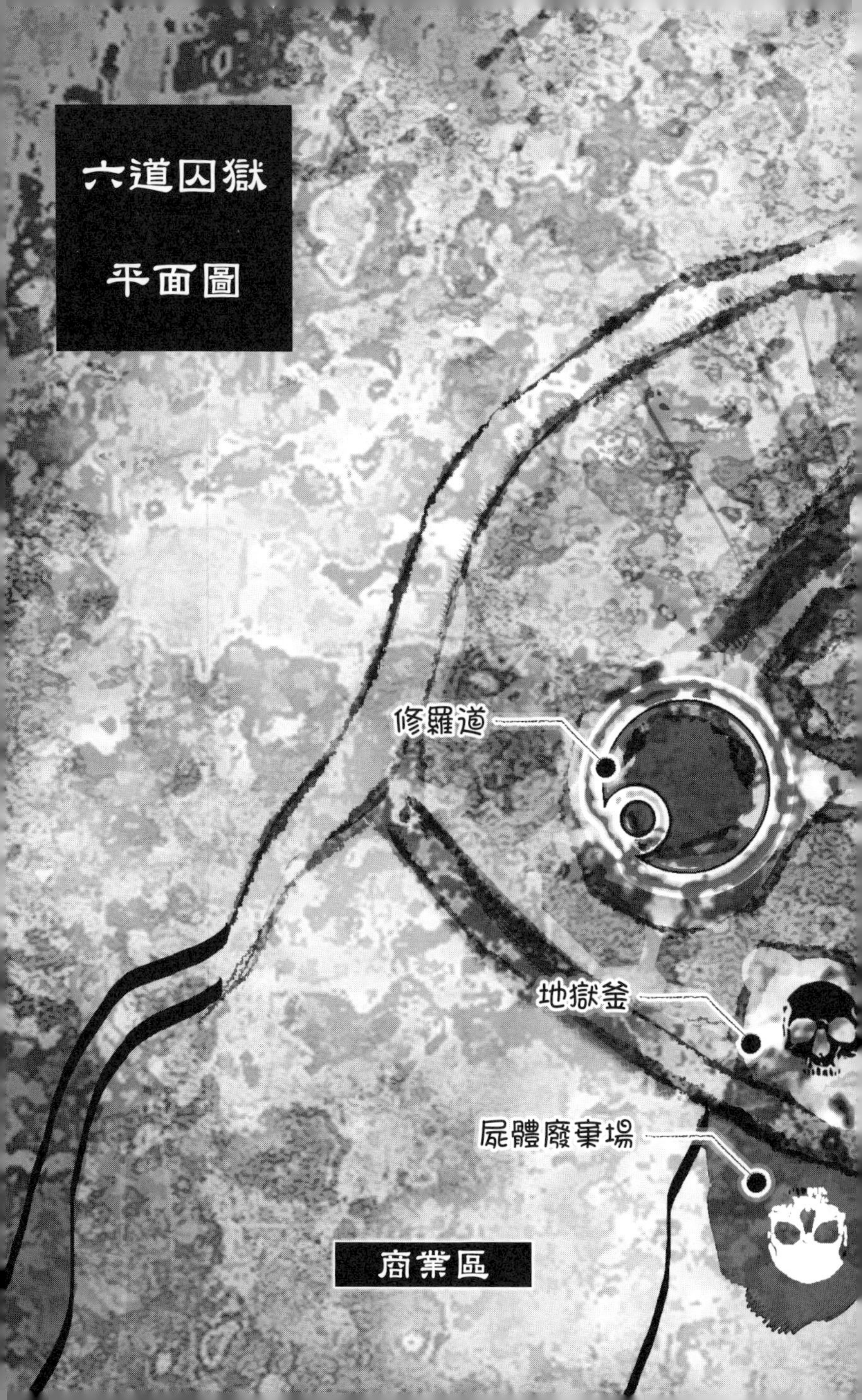
六道囚獄
平面圖
修羅道
地獄釜
屍體廢棄場
商業區

6

六道囚獄是個利用天然山岳地形打造而成的長型監獄，這裡和一般監獄不同，僅僅一座建築物，就關押著所有罪犯。

從正門到最深處，就像一條捲成漩渦狀的蛇……那條連貫到底的道路兩側都是懸崖峭壁，裡面的空間又分為「人道」、「修羅道」等特徵各異的單位。

被關進最裡面的「餓鬼道」，實際上就與被判無期徒刑無異……

畢斯可和獅子現在正被載往該處。

「可惡，那個混蛋。竟然用他的蠻力痛揍了我一頓……！」

兩人被關在用櫻木做成的牢籠中，畢斯可喀啦一聲，將被沙汰晴吐打歪的脖子調整回來。

六道的代表物，大鷲騎兵抓著櫻木牢籠在空中飛翔，將他們載往六道囚獄盡頭的「餓鬼道」。

畢斯可被沒收的不只弓、短刀、菇毒等武器，連蕈菇守護者大衣也被扒了下來（唯有貓眼風鏡，沙汰晴吐似乎認為那是他臉的一部分，而沒有拿走）。他上半身裸露，那宛如鞭子般緊實的肌肉暴露在高空的寒風中，直打哆嗦。

他的身上……

從脖子到鎖骨，如今布滿驚人的櫻吹雪刺青。

「可惡，好冷！喂，能不能飛低一點？風太強了！」

畢斯可從牢籠中對拉著大鷲韁繩的獄卒喊道。然而那名獄卒戴著耳機，大聲播放音樂，不但沒注意到畢斯可，還兀自哼著歌。

「王、王兄，還是別惹獄卒……」

「聽見沒？我叫你飛低一點！我要把這隻鳥烤來吃喔，你這……！」

「王兄！」

同個牢籠中的獅子從剛剛起就緊張地在旁觀望，此時連忙撲向畢斯可，用手掌摀住他的嘴。

「唔唔！」

「王兄，別小看櫻吹雪刺青！」獅子騎在畢斯可身上，努力摀住他的嘴並說服他。「最近頑強抵抗的人都會被這詛咒強行洗腦。若對獄卒動手，詛咒就會生效。我明白你很生氣，但請你忍耐一下……！」

「唔嗯嗯嗯！」

畢斯可不滿地發出低吟，但正如獅子說的，他剛才說完那些話後，櫻吹雪刺青真的開始慢慢變熱，他姑且點了點頭。

「……混帳。不過是花的刺青，不可能拿我怎麼樣。那個臭典獄……」

「噓！小心點，王兄。不准說人家臭，王兄！也不准說笨蛋和蠢貨！」

「……那……呃……那個渾身顏色像刨冰的傢伙……」

罵人是畢斯可行為中最基本的部分，禁止他罵人似乎會使他產生相當大的壓力。他咬牙切齒地發洩怒氣，想要坐起身來……

這時，他和呆坐在自己身上的獅子四目相對。

「……喂，獅子，我已經聽懂了。妳要坐到什麼時候？」

不知從何時開始，獅子的注意力已從畢斯可的言行轉移到他的肉體上。瀏海下的眼眸欣羨地盯著畢斯可。

「王兄，你的傷痕……好驚人……！」

畢斯可柔韌肌肉上那些數不清的傷痕吸引了獅子的目光。

若論出生入死的次數，全日本可能沒人贏得過食人赤星。黑革的子彈、克爾辛哈的長槍、阿波羅的大弓……這些武器造成的深刻傷痕和那些生死決鬥的回憶，一同留在畢斯可身上。

「這就是……男人的戰鬥傷痕。到底要經歷怎樣的絕境，才能……」

「……喂、喂，妳幹嘛？快點讓開……唔哇，不要碰我！」

獅子瀏海下的雙眼閃閃發光，忍不住觸碰那些傷痕，用細長的手指愛憐地撫過。

「這是獠牙的痕跡……？還有長槍的痕跡……背上也有，唔哇……好厲害……！」

「就叫妳住手了——！很、很癢啦！」

畢斯可扭動身體，獅子輕巧地避開他的手，撫過好幾道傷痕，吐出炙熱的氣息。畢斯可在牢籠裡滾來滾去，好不容易才抓住少女的身體將她拉開，讓她坐在自己面前。

獅子紅著臉喘氣，寒椿再度盛開，在她耳後搖晃。

「妳這傢伙！竟敢亂摸別人的傷痕，這也是妳老爸教妳的嗎！」

「啊，不是，我……！對不起，王兄。因、因為……你雄壯的身體，讓我看了很嚮往……」

畢斯可的喝斥讓獅子回過神來，她回憶起先前的行為，羞愧到滿臉通紅。

「呼、呼……現在這世道，傷痕有那麼稀奇嗎？妳身上不也有鞭痕嗎？」

「我的傷和王兄的不同，是奴隸被凌虐的痕跡……我好羨慕你有那種很深的傷口。不過瘦弱的我受那種傷，應該會死吧……」

「實際上我也死過一兩次啊，身上還留有當時的傷。」

「？」

「……嗯嗯？趴下，獅子！要掉下去了！」

大鷲突然鬆開鉤著牢籠的爪子，兩人的對話戛然而止。牢籠在獅子「哇啊啊！」的哀號聲中朝地面落下，在斷崖上「砰、砰！」碰撞了數次，順勢滾落谷底。

「唔、好痛……！王兄，你沒事吧？」

「原來所謂的天然監獄是這麼回事。」

畢斯可從內側踢了一下翻倒的牢籠，讓它恢復原形後，環顧四周。

這座「餓鬼道」的構造很像在岩山中挖出一個圓筒狀的大洞，周圍全被懸崖峭壁環繞。仔細觀察峭壁，可以看見上面到處都是人工挖鑿的洞穴，許多囚犯在那裡進進出出。獄方似乎要求囚犯在這座岩山中進行類似採礦的工作。

「六道囚獄就像你說的，是個利用天然地形打造的監獄。天道實際上就等於出獄，地獄道則是死刑，此外由人道、修羅道、畜生道、餓鬼道等四座監獄組成。」

獅子細心地幫畢斯可拍掉身上的灰塵，向他說明。

「罪刑越重的人，關得越裡面。而在這狹長監獄的最深處……」

「就是這座餓鬼道，新來的。」

遠處有道陰沉的聲音，接了獅子的話。

畢斯可瞪向說話者，只見一群身穿黑袍的獄卒魚貫地朝剛落下的這個牢籠走來。

「哦？你們看，這不是之前那個京都府警察嗎？」

帶頭的獄卒看了看牢籠，做出誇張的驚訝表情，他身後傳來好幾個猥瑣的笑聲。獄卒探頭望向牢籠內的畢斯可，帶著奸笑俯視他的臉。

「一陣子沒見了，食人赤星。很高興見到你。」

「我對你沒印象。」

「那是當然的，因為我當時戴著面具……而且還被你砍裂了。你看，被你這麼一砍，我帥氣的臉成了這副模樣。」

獄卒用手指撫過自己臉上那道斜向的慘烈傷痕，發出「嘻嘻嘻」的笑聲。周圍的獄卒們似乎也都是營救獅子那場激戰中被畢斯可打倒的人，每個人都對畢斯可露出既憎恨又愉悅的笑容。

「只受這點傷不是很好嗎？還好我只用刀背砍你。」

「沒錯，我很慶幸自己還活著，赤星。這樣我從今天起，就能每天好好答謝你了。」

「班長，我要打開嘍。」

「小心點，他就像隻野生的老虎。」

得到臉上有傷的獄卒……班長的許可後，那名獄卒粗魯地打開牢籠的鎖，好幾個人一同將畢斯可和獅子拉了出來，將他們帶到外頭的岩石地。

「歡迎來到餓鬼道，赤星。我最喜歡欺負你們這種人，讓你們哭著屈服。好好加油，讓我可以玩久一點。」

（……王八蛋……）

畢斯可平常不太搭理小混混的挑釁，此時卻覺得渾身不爽快，忍不住睜大閃亮的翡翠眼眸，瞪著班長的臉。

「……唔，你、你想怎樣！竟敢對六道獄卒露出那種表情！」

那股強大的氣魄使班長感到害怕，同一時間，畢斯可身上的櫻吹雪刺青也「窣！」地縮了起來，散發出灼人的熱度。

（王兄！）

（嘖，我只不過瞪了他一眼！）

畢斯可咬牙聽從獅子嚴厲的提醒。櫻吹雪詛咒的威力比想像中還強，只要稍微違逆獄卒，它甚至會限制住畢斯可肌肉的動作。

「你瞪了我是吧？喂，你是不是瞪了我，赤星！」

「沒有啊，我只是覺得這傷痕跟你真配。」

「你在耍我嗎，混帳！」

暴怒的班長舉起腰間的警棍朝畢斯可打了好幾下。其中一下打到他額頭裂開，鮮血四濺。

「王兄！住手，濫用暴力太卑鄙了吧！」

「哼，小鬼就安靜在旁邊看……哎喲，班長！這個紅菱是女的呢！」

獅子想介入阻止，肥胖的獄卒抓起她的頭髮，露出下流笑容。

「賺到了，這傢伙由我接收。喂，快向主人打招呼。」

「嗚哇，放開我！不准碰我！」

獅子瘋狂地揮手，抓傷肥胖獄卒的臉頰，使他皮膚裂開噴出血來。笑嘻嘻的獄卒表情一變，抽出腰間的警棍。

「妳這不安分的紅菱！」

獅子緊閉雙眼，準備忍受警棍帶來的痛楚，下一秒……

砰！畢斯可蹬地跳起，踢向肥胖獄卒的後頸，將他踢得老遠，撞上岩山的峭壁。

畢斯可站在那些目瞪口呆的獄卒中間，說了句：

「不小心下手太重了，他脖子上有蚊子啦。」

儘管因劇痛而滿身冷汗，他說完話仍露出桀驁不馴的笑容。

（王、王兄……！）

獅子看見櫻吹雪刺青在保護她的畢斯可身上逐漸擴散。強烈襲來的疼痛和麻痺感使畢斯可呻吟了聲，彎曲膝蓋，「咳」的一聲朝地面吐出鮮血。

「……把、把他抓起來，痛打他一頓！」

畢斯可並未反抗那些圍毆他的獄卒。在一旁發出哀號呼喚他的獅子，也被人從背後用力勒住脖子，沒多久就失去意識。

『全體整——隊——！』

陽光灑落在早晨七點的餓鬼道。

岩石地的高臺上設置著白柱牙齒造型的擴音器，廣場上大聲響起沙汰晴吐的聲音。

『六道體操第一套——！將雙手輪流往前伸直，正拳運動，開始——！』

囚犯們在廣場上整齊排列，老實地遵照沙汰晴吐的廣播聲，一同重複體操動作。這似乎是餓鬼道每天早晨的例行公事。

在囚犯之中，可以聽見一陣「咻、咻！」的聲響。

畢斯可劃破空氣，不斷出拳，獅子在一旁看得目瞪口呆。

「王、王兄……你狀況還好嗎？」

「問什麼蠢問題。已經沒事了……如今我的心就像一道清流。」

畢斯可有些答非所問，乖乖做著六道體操第四套，前空翻的動作。

「我本來就是個謙虛的人……只要內心常保平靜，櫻吹雪也奈何不了我。真的生氣時，唸首俳句就能消氣。」

「咦咦！王兄會唸俳句嗎？」

「沒錯，這是我師父常唸的俳句……山林幽且靜，牛聲滲入岩。」

「是蟬聲吧？」

「或許是，但別潑我冷水。」

「王兄，呃，我是問你身體狀況……」

獅子望著專心做體操的畢斯可，將「你昨天明明被揍得很慘」這句話吞了回去。

（那些傷都痊癒了……！王兄的身體怎麼這麼厲害？）

畢斯可未接受仔細包紮，才過一晚就活蹦亂跳。和獅子想的一樣，他真的有著非凡的生命力。

「體操結束！眾人回到各自的工作崗位！」

獄卒在高臺上大聲說完，囚犯便魚貫離去，爬上梯子，進入岩壁上開鑿出的洞穴。

在這座餓鬼道裡，囚犯的工作如名稱所示，就是找到能填飽肚子的食材。

岩石中長著一種俗稱「餓鬼薯」的薯類，囚犯必須用十字鎬挖掘餓鬼薯，如果沒挖到自己的份就沒飯吃。這裡畢竟是六道囚獄最深處，囚犯的工作可謂相當嚴苛。

在岩洞油燈的照亮下，化為餓鬼的囚犯們拖著疲憊的身軀揮動十字鎬……

在此狀況下……

哐、哐、哐！有個新人精神飽滿地以驚人的力道不斷揮動十字鎬，同個洞穴裡的囚犯全都看傻了眼。

畢斯可戴著貓眼風鏡，面不改色地以強大的力氣，毫不停歇地揮著十字鎬，宛如重型機械般持續開鑿隧道。

「獅子！又積了一些砂石，拿去外面倒掉。」

「好、好的，王兄！」

獅子勤奮地協助畢斯可，抓到機會小心翼翼地問他：

「王兄，我們已經挖很多了，差不多該休息了吧？」

「還不夠，該找的東西還沒找到。」

「已經挖了這麼多餓鬼薯……！」

「等等……有了！」

獅子疑惑地望去，只見畢斯可的十字鎬挖到了某個……猶如黑炭般漆黑的蕈菇，顯現在油燈的亮光下。

「長得好大。這麼大，應該一個就夠了。」

「王兄，這是什麼菇？」

「這是……等等，有人來了。」

有群外貌凶惡的囚犯走了過來，畢斯可趕緊將蕈菇收進褲子後方的口袋，面向他們。

「嗨，我們聽說有個活潑的新人進來，就來看看。沒想到是個大名人。」

帶頭的男人大步走向畢斯可，吹了聲口哨。他有著壯碩的體格，頭髮剃得精光，側頭部有畢斯可熟悉的蕈菇刺青。

「擾亂天下的蕈菇之神也落入這種鬼地方啦，赤星？」

「彼此彼此。」畢斯可掀起風鏡，擦拭額頭上的汗水。「看你們的刺青，應該是熊本的蕈菇守護者吧……你們好像在這兒待了很久，這兒真的有那麼舒服嗎？」

「才不是。我們和你一樣，被這老氣的刺青限制住，哪裡都去不了。」

光頭指了指畢斯可肩上的刺青，將自己背上一大片櫻吹雪刺青露給他看。跟在光頭後方的蕈菇守護者們似乎也都被刺了櫻吹雪。

（……受害的不只福岡，他真的到處亂抓蕈菇守護者進來。）

「就算我們團結起來，也打不過那個臭……咳，典獄長大人。不過山不轉路轉，這就是熊本人的精神。我們這群蕈菇守護者決定占領餓鬼道，在這裡當山大王。」

「這樣的乾脆態度很好啊。你們自己去玩吧，我不打算和我搭檔以外的人組隊。」

那群囚犯擋在想離去的畢斯可面前。

「等等，這可不行，赤星。你在四國或許被當成神一樣對待，但九州人可是現實主義者。要是讓你一個小鬼在這兒亂搞，我們面子掛不住。聽好，按照餓鬼道的規矩……」

「你們想要餓鬼薯？好啊，要多少儘管拿。」

「呃咦？」

光頭習慣性地想要說些威嚇的話，卻被畢斯可巧妙閃避，因而發出怪異的驚呼。獅子雙手抱著一堆餓鬼薯，扔在他旁邊。

「好、好強！新人一天竟能挖到這麼多……！」

光頭的一名同伴不禁出聲讚嘆，光頭打了他一下，努力裝出冷靜的表情。

「哼、哼哼，不愧是傳說中的赤星。好吧，既然你挖了這麼多……」

他故作鎮定轉頭望向同伴，這時獅子又抱來一堆餓鬼薯扔在他旁邊。一次又一次，將餓鬼薯扔在張口結舌的眾人面前……

「不、不對不對！等一下，你到底挖了多少？我們不需要這麼多，吃不完會爛掉的！」

「大家一起吃就行啦，這洞穴底下還有。」

畢斯可不耐地打了個呵欠，將十字鎬隨手一扔，向獅子招手。

「要分給蕈菇守護者以外的人吃喔！走嘍，獅子。」

「好的，王兄！」

獅子一臉得意地轉頭看了看光頭的表情，跟在畢斯可身後，回到他們自己的牢房。

「……食人赤星並非浪得虛名。年紀輕輕，卻這麼了不起！」

強壯的熊本蕈菇守護者們全都面面相覷，接著只能呆愣地看著畢斯可他們走出洞穴。

「來吧——餓鬼們！又到了歡樂又寒酸的放飯時間——！」

開闢岩石建成的餐廳中，響起兩三聲放飯的銅鑼聲。

這座餐廳由囚犯輪班做飯，供大家短暫用餐，緩解飢餓。不過，餓鬼薯是衝破岩壁長出的野生植物，不管用煮的或烤的，口感都硬邦邦，很難讓人吃得開心，因此餐桌上總是迴盪著悲傷的嘆息。

然而，今天的餐廳卻有些不同……

「嘻嘻嘻，我們獄卒也來吃飯吧。」

「班長，今天又是乾癟的魚配上海獅油湯，一如往常地寒酸。」

「別這麼說。我們差點就成了囚犯，是戈碧絲大人網開一面，我們才能繼續當獄卒，不能要求太多。而且……」

班長從監視用的高臺俯視餐廳，喝了口帶有腥味的海獅湯。

「囚犯們在底下安靜吃著沙子般的餓鬼薯，那股絕望對我們而言不就是最美味的風景嗎？他們今天也吃著沒味道的……」

說到這裡，俯視餐廳的班長忽然語塞。

「班長？您怎麼……了……」

下屬順著班長的視線往下看，驚訝地睜大眼睛。

今天的餓鬼道餐廳和平時截然不同，囚犯們興高采烈排隊領餐，整座餐廳朝氣蓬勃。

「怎麼這麼軟！這真的是餓鬼薯嗎？」

「他們說沒有配額限制，想吃多少都可以。」

「我要再來一碗！讓我過啦！」

位於人群中心的是個攪著大鍋，扯著嗓門的少女。

「喂！大家不要推擠，要多少有多少！如果不遵守紳士淑女的禮節，我就不幫你續飯喔！」

「獅子，這真好吃！吃多少都不會膩。」

「太好了！儘管來續飯。來，王兄，這是你的份！」

「我沒排隊耶，這樣行嗎？」

「當然，這是你挖的餓鬼薯啊！」

獅子自願負責今天的伙食，一個人做了這道餓鬼薯燉菜。餓鬼道的囚犯們平常總是得忍受味如嚼蠟的食物，這道菜好吃到讓他們眼睛一亮。而且畢斯可又挖了大量的餓鬼薯，可以讓所有人吃到飽，簡直無可挑剔。

「原來妳會做菜啊。怎麼做才能把沙子般的餓鬼薯變得這麼好吃？」

「父王教過我，不會下廚就不能成為真男人。」

獅子聽完畢斯可的稱讚，害羞地笑了，耳後的寒椿瞬間綻放。

「這種薯類雖然叫餓鬼薯，但只是長在岩地缺乏營養而已，只要注入少許花力就會變得好吃很多。將餓鬼薯放進冷水裡煮，再加些已去除毒性的爛蔥，就能煮出好喝的高湯。最後再將岩梫木的種子磨碎加入，代替辣椒，就完成了。」

「哇，用花的力量去除蔬菜毒性？真有本事。」

「還稱不上力量啦，比不上我父王。我的花力還太弱，只能用來做菜……真是愧對王位繼承人的身分。」

「才不呢，大家都在等妳。」

狼吞虎嚥吃著燉菜的畢斯可動了動下巴，要她看看那些眼睛發亮想要再來一碗的人，吃飽的囚犯中還有人朝獅子合掌敬拜。

「國王的工作不就是讓人民幸福嗎？妳做得很好……喂，妳的手停下來嘍。」

「……是的，王兄！」

在畢斯可的鼓勵下，獅子耳後開出鮮紅的寒椿，全心全意地幫飢餓的囚犯們打菜。

另一方面，畢斯可飽餐一頓後伸了個懶腰，正想回到牢房……卻見到一群強壯的囚犯在餐廳角落向他招手。

仔細一看，他們正是白天來找碴的熊本蕈菇守護者。

畢斯可回應對方的呼喚，大步走了過去，坐在光頭老大的對面。

「赤星，謝謝你讓我的夥伴們吃飽……這張桌子位於監視室的死角，我們可以在這裡談些深入的話題。」

「喂，我說了很多次，我不打算成為你們的同伴——」

「我不是要說這個。赤星，像你這種人，應該不會想在這兒安穩度日吧？你很想立刻越獄，清除身上的刺青，對吧？」

「…………」

「老實說我們也一樣，想在刺青侵入腦髓，害我們變成典獄長的傀儡前，除掉這些刺青。我們可以成為你的助力，你要不要考慮——」

「不行，人多只會礙事而已。我心裡已經有計畫了。」

畢斯可搖了搖頭，站起身繼續說道：

「別擔心，我一定會清除所有蕈菇守護者身上的刺青，包含你們在內。我本來就是為了這個目的來的……我要走了，不然獄卒會起疑。」

「等等！等等，赤星。知道了，我不會多管閒事……你至少看過這個再走。」

光頭說完，從懷裡拿出一塊岩石狀的蕈菇，以握力捏碎蕈菇後，將粉末撒在桌上。

鐵色的蕈菇粉末逐漸改變位置，形成一張手繪的平面圖。

「哦，是磁力菇？這是什麼圖？」

「我們調查了這座岩洞，在桌子上埋了鐵砂，畫了這張地圖。」光頭小心翼翼掃視四周，指給畢斯可看。「你看，這兒是餐廳，這是牢房，這是獄卒辦公室。離辦公室稍遠處有個存放骨炭的倉庫。」

那張鐵砂地圖畫得相當詳細，畢斯可看了一會兒後佩服地點頭，將內容記進腦袋裡。

「怎麼樣，有幫上忙嗎？」

「嗯，我本來想自己調查的，謝啦。這些地下牢房是？」

「禁閉室。被帶往禁閉室的路上都會被蒙眼，所以詳細格局我們也——」

「老大，獄卒來了！」

聽見同伴犀利的警告聲，光頭隨即將磁力菇粉末抹除，畢斯可則揍了自己的臉一拳，刻意揍出鼻血。

「你們幾個——！在講什麼——！」

臉上有傷的班長「啪！」一地拍桌子大吼。剛才顯示著餓鬼道地圖的桌面，現在什麼都不剩。

「沒事啦，班長。我只是看這個叫赤星的傢伙太無禮，教了他一些餓鬼道的規矩而已……不過這小鬼就算被揍，還是不肯聽話。」

光頭說完後，班長望向畢斯可。儘管他流著鼻血，仍若無其事地用手撐著臉頰。班長雙手抱胸懊惱地低吟了一會兒，對下屬們吼道：「喂！這些人全都得接受教育指導。把他們帶走！」

「等一下！我們這麼做是在幫你們耶！」

「你該稱讚我們才對，怎麼會處罰我們？」

「好了，少囉嗦。今天發生太多讓人不爽的事了。把他們全都痛打一頓，讓他們不敢亂來！」

熊本的蕈菇守護者們被粗暴地帶走，走在最後頭的光頭向畢斯可使了個眼色，畢斯可微微點頭回應，接著他自己也被班長硬拉了起來。

「站起來，赤星。剛進監獄就鬧事。你等著，我一定會好好折磨你，讓你那張神氣的臉痛到扭曲變形！」

「不准再做可疑的舉動，赤星。聽懂了嗎！」

「努力工作還要被揍，也挺奇怪的。」

「少囉嗦，快進去！」

哐啷！牢房的門被粗魯地鎖上，吵醒了昏昏欲睡的獅子。

「……王兄，你回來……啊，你受傷了！」

「嗯嗯～～？」

畢斯可過了熄燈時間還沒回到岩洞中的牢房，令獅子心裡七上八下，如今出現在她面前的畢斯可，全身都是被殘暴毆打的痕跡。

「啊，太過分了……！那些卑鄙的傢伙，一定將王兄當作眼中釘！我幫你包紮，請躺下。」

「妳太誇張了，這根本稱不上傷。」

「哪裡誇張……！」

「我告訴妳，我三不五時就被伴侶用嚇人的鐵棍痛毆，被那種細細的警棍毆打根本不算什麼。比櫻吹雪刺青的痛好多了。」

畢斯可正如他所說，雖然傷得很重卻毫不在意。他隨便用手臂擦了擦流下的鼻血，從褲子口袋拿出白天挖到的黑蕈菇。

「我只擔心他們會發現這個。還好他們只顧著揍我，沒注意到。」

「……王兄，莫非那個蕈菇……」獅子壓低聲音，靠近畢斯可悄悄說道：

「是我們越獄的關鍵王牌……？」

「妳也很想出去吧？」

「當然！」

獅子激動地說完，畢斯可用食指按住她的嘴。她連忙降低音量說道：

「我的越獄惹火了沙汰晴吐，這樣下去所有紅菱都會被處死。必須請父王率領人民一同發動叛亂！」

「這很奇怪。他若是個賢明的君王，不用妳說應該早就開始行動了。事到如今都沒有任何風吹草動，該不會是認為自己敵不過那個閻羅王……決定倒頭睡悶覺了吧？」

「不可能……他不可能會這樣！」

獅子頭一次這麼大聲說話，令畢斯可目瞪口呆。

「噓！笨蛋，太大聲了！」

「父王是個偉大的國王，不可能對人民的不幸置之不顧！一定是沙汰晴吐怕他造反，將他囚禁起來。我們得去救他。說不定他正遭受嚴刑拷打……！」

「好啦好啦，妳冷靜點！只有冷靜的人才能貫徹自己的信念。」

畢斯可用手指彈了一下獅子的額頭，她「啊！」地叫了聲，仰著身摸了摸變紅的額頭，深呼吸的同時頻頻點頭。

「對、對不起，但我還是很擔心父王，想設法離開這裡……」

「我們當然要逃。不過，我們還缺了個夥伴。我若對獄卒動手，詛咒就會加劇，但又不能讓妳一個人負責打架。」

「夥伴？可是王兄，蕈菇守護者全都被刺上了櫻花刺青，餓鬼道的紅菱也都瘦弱不堪。照今天這樣看來，沒有能幫我們的人……」

「不，還有一個人……嗯？它能算一個人嗎？隨便啦。」

畢斯可邊說邊從另一側口袋拿出一根細長的棒子，將剛才的黑色蕈菇含了一些進嘴裡，接著「噗嗚」一聲，將化為黑霧的蕈菇粉末吹向棒子。

「咳、咳！王兄，你在做什麼？」

「這是類炭菇，是一種被埋在岩石之間，沒能完全發芽的蕈菇。只要給它苗床，它就能發育成不同的蕈菇。」

「苗床？」

「我把它吹在對講機的天線上。我剛才假裝發狂，從獄卒身上偷了天線。」

畢斯可隨口說了些關於蕈菇的知識，獅子努力理解他說的話，這時天線上「啵、啵！」冒出一顆泛著黃光的小蕈菇。

「哇，好可愛！」

「這是收音菇，是一種能夠接收無線電的蕈菇。它會毫無限制地接收各種訊號，所以平常派不上用場。不過監獄裡能接收到的無線電，只有獄卒之間的通訊而已。」

「……好、好厲害，王兄！竟然能竊聽獄卒的無線電！」

「噓！他們開始說話了……獅子，靠過來點。」

收音菇的黃光閃爍起來，那長得像低音揚聲器的蕈傘微微顫動，傳出微小的聲音。獅子靠向畢斯可，兩人的耳朵分別抵在天線的兩側。

『地下牢房回報，特別禁閉室全都沒有異狀。』

『好，辛苦了。你可以下班了。』

『可是班長，上級什麼時候才要處理八號房的大傢伙？它之前才在我面前扯碎鐵鍊，害我嚇出一身冷汗。』

『它是機器人，典獄長的詛咒對它無效。後天會有工程師進來幫它洗腦。嘻嘻，別那麼害怕嘛，它很快就會成為我們的同事呢。』

『和那傢伙當同事～？太令人毛骨悚然了吧。』

『真的很難共事的話，再把它砸爛就好。掛嘍，我想睡了。』

這段通訊戛然而止，收音菇隨即開始接收其他獄卒無關緊要的閒聊。畢斯可點了點頭，判定天線沒用後，一把將其捏碎。

「他們剛剛說禁閉室八號房對吧？」

「原來王兄的夥伴在那裡！可是，要前往地底的禁閉室，必須避開好幾個負責監視的獄卒。現在做準備不知道來不來得及……」

「我們不需要那種小手段，可以大大方方進去。」

「大大方方進去？」

「只要做些能被關進去的行為就行了。」

畢斯可說完，調皮地望著獅子，露出閃亮的犬齒。

「最快的方法就是打架……喂，別露出那種表情嘛。我們現在在同一條船上，獅子。我怎麼可能毫不留情地揍妳呢？」

（還不是揍了！）

獅子坐在禁閉室的地板上，四面全是冰冷的鐵牆。她生著悶氣，輕撫自己瘀青的臉頰。

兩人說好在早上做六道體操時互相叫罵，毆打對方，最後好像真的如願被關進禁閉室。會說「好像」，是因為獅子被畢斯可揍了一拳就昏了過去，不記得被關進禁閉室前的事。

「王兄，我是王子，不必對我客氣！」這是獅子自己要求的，她也沒辦法向對方抱怨些什麼，可是她沒想到那一拳的力量竟會大到讓她整個人浮起來，這也讓她明白畢斯可完全不會控制力道。

（……可是，他真的毫不留情地揍了我……）

不滿歸不滿，這件事卻也加深了獅子對畢斯可的嚮往。

過去獅子無論再怎麼努力，表現出勝過男性的武術、舞藝，還是無法改變身邊的人對自己的印象，人們依然覺得她是「需要被保護的公主」，因此……

有人不客氣地揍了她的臉，她反倒產生一種扭曲的心理，覺得有點開心。

（說不定王兄真的將我當作男人……）

啵咕！

突如其來的爆炸聲，打斷了獅子的思緒。禁閉室內黑煙瀰漫，鐵牆被打出一個圓形的洞，畢斯可從洞的另一頭探頭進來。

「……力道好像太小了？這個洞好小。」

「王兄！」

「算了，也不是不能過……嘿咻，獅子，把我拉過去。」

畢斯可從洞的另一頭伸手，獅子連忙拉住他的手，他靈巧地把自己的關節弄脫臼，接著那結實的軀體就滑進獅子的牢房內。畢斯可喀啦喀啦調整關節，對獅子露出得意的笑容。

「爆破菇順利綻放了。我沒對獄卒動手，所以櫻花詛咒也沒生效。一切都按照計畫進行！除了妳昏倒這點以外。」

「我的確要你別客氣，但總該有個限度！被你那麼一揍，連老虎和河馬都會昏倒。」

「不是啊，我也想控制力道，可是妳揍我那拳威力很強，我的身體下意識就……」

「咦，威力很強……我的拳頭威力很強嗎？」

「這裡還留著瘀青呢，那一拳滿管用的嘛。所以我們扯平了。」

畢斯可指著左臉上被獅子擊中的瘀青，愉快地笑了起來，隨後將耳朵貼在這間牢房的牆壁上，再敲了敲牆壁確認厚度。

（扯平了……）

獅子不自覺摸起自己的瘀青，出神地望著做事的畢斯可，寒椿翩然綻放。

「……喂？喂，獅子！我們還在越獄中，別愣在那邊。」

「啊，對、對不起，王兄！」

「只有這面牆特別厚，牆後應該就是八號房了。我再把爆破菇的火力提高一點。」

「王兄的蕈菇之技好驚人，而且你明明什麼武器都沒有！」

「想把蕈菇守護者關在某處，真是太天真了。我一定要讓那個閻羅王明白這點。」

畢斯可說完，將口袋裡的類炭菇剁碎放入口中，咀嚼起來。接著再將變得像黑色口香糖的類炭菇黏在禁閉室牆上，撿起剛才爆炸時噴飛的大小螺絲釘，塞進類炭菇中。

「王兄，我來幫你！」

「妳坐著，外行人別碰蕈菇……離遠一點趴下來，保護臉和耳朵。」

「好、好的！」

「……好，要來嘍。」

畢斯可望著牆上製作好的黑色黏稠物，點了點頭，輕巧地跳了起來，迅速踢向牆壁。

那陣衝擊使黑色蕈菇口香糖震動起來，出現發芽的徵兆，接著以塞在內的金屬片為苗床，「噗、噗」膨脹出好幾顆宛如岩漿般發出紅光的蕈菇。

「……嗯？糟糕，用太多了。」

「咦咦？」

「繼續趴著，獅子！」

畢斯可連忙跳了過來，護住獅子的身體，下個瞬間……

啵咕——！

驚人的爆炸聲傳來，伴隨著大量黑煙。獅子繼續趴了一會兒以免吸進黑煙，等到煙霧散去才吸了口氣，咳了幾聲。

「王、王兄……咳，你沒事吧？王兄！」

「獅子，快過來，跟我想的一樣！」

聽見畢斯可精神奕奕的聲音，獅子鬆了口氣。她看向鐵牆上開出的大洞，吞了吞口水。在幾乎無法取得道具的餓鬼道，畢斯可僅憑身體和孢子就能完成這些事，蕈菇守護者的技藝實在不同凡響。

「它好像在睡午覺。連發生爆炸都沒醒，還真悠哉。」

「……啊、啊啊，這個人！」

獅子穿過大洞進入八號房，映入眼簾的是個比她大上兩圈，身穿紅色盔甲的巨漢。

不，仔細一看，那不是盔甲，而是它的身體……有著鋼鐵身體的機器人被一圈又一圈的鐵鍊捆住，限制住行動。

「機器人？王兄的夥伴就是它嗎？」

「它有名字，叫赤星壹號。把它當作機器人，它會生氣喔，妳小心點……不過，幹嘛這樣大費周章捆著它？」

綁在壹號身上的鐵鍊多到讓畢斯可受不了。這或許是獄方用來拘束這怪力木人的必要手段，但要解開這麼多鐵鍊，需要耗費相當多的時間和精力。

「我在外頭焚燒了睡菇的孢子，獄卒應該已經昏睡過去。不過到了放飯的時候又會有人來輪班……必須在那之前把鐵鍊解開。」

「好的，馬上開始吧，王兄！」

「什麼叫『馬上開始』？又不是變魔術，總需要一些工具吧？」

獅子邊聽畢斯可說話，邊望向赤星壹號身上的鐵鍊，盯著那無數的鑰匙孔瞇起眼睛，下定決心似的深吐一口氣。

「不需要工具。王兄，交給我吧。」

「妳這股自信是從哪來的？我們可沒時間磨蹭！」

「給我十秒就好，你看好了……我要證明，我並非只會礙手礙腳！」

獅子不等畢斯可回應，吸了口氣，將雙掌「砰！」地拍向禁閉室冰冷的地板。在畢斯可目瞪口呆的注視下，獅子的兩側手腕伸出無數的藤蔓，纏上鐵鍊的鎖頭。

「……獅子，妳還有這招！」

「……結構比我想的還簡單。這種鎖，我也能開……！」

獅子咬著牙一用力，頭髮便飄了起來，露出平時藏在瀏海下的紅色雙眸，發出強烈而奇異的光芒。

她耳後的寒椿開得更漂亮，下個瞬間……

「發花！」

啪擦、啪擦、啪擦！

獅子喊出聲的同時，藤蔓一同彈起，將無數鐵鍊鎖頭一口氣彈飛。

「喔喔！」

「唔！成、成功了……！」

畢斯可發出真心的讚嘆聲，旁邊的獅子氣喘吁吁，癱坐在地。

「獅子！妳好厲害！妳有這種技術，從一開始就該……」

畢斯可興奮地喊著獅子的名字，卻發現欣喜微笑的獅子臉色蒼白，手腕也流出鮮血，畢斯可臉色一沉。

「剛才那招害妳受傷了嗎？要亂來前至少先說一聲吧。」

「你是不是對我刮目相看了呢，王兄？」

「什麼刮目相看，我從一開始就……不，做得好，妳立了大功，獅子。」

「我的力量派上用場了吧！」

「妳的反應太誇張了。讓我看看妳的傷，我幫妳止血。」

畢斯可從褲腳撕下一塊布，綁在獅子的傷口上，在他身後……

傳來「啵嗡！」一聲響，一道翡翠色強光打在兩人身上。

「嗚哇！」

那道翡翠色的光來回照了照驚訝的獅子和畢斯可後，仔細端詳剛從束縛中解放的自己。

『叭嗚！』

它用渾厚的聲音低吼了聲，巨大身軀啪滋啪滋竄起火花。緊接著，翡翠色光芒彷彿血管裡流動的血液，接連流向紅色軀體的各個接合處。

先是右臂，而後左臂也通電找回了力量。它握緊拳頭，以怪力扯下自己被大釘子固定在牆上的手。

「哇、哇啊啊！」

那股強大的氣勢令獅子嚇到哀號，畢斯可護住她，仰望面前的巨人。它用怪力扭斷幾條獅子遺漏的鐵鍊，威風地屹立在八號房中，像要展示自己的英姿般擺出顯眼的姿勢。

『叭喔喔——！』

「你醒啦，壹號！你剛才可是被五花大綁呢，看來你睡相很差喔。」

叛逆的自立型木人，赤星壹號發出咆哮，畢斯可也扯開嗓門回應它。壹號不悅地瞪著畢斯可，後腦杓冒出的無數電線如頭髮般晃動。

「我想你應該也快受夠監獄生活，所以來找你玩了。」

「王兄，沒必要討好一個機器人吧？」

「噓！聽好，千萬別以為它是普通機器人。它最討厭被人『命令』，要是惹它不開心，它會殺了我們。」

「我、我從來沒聽過這麼荒唐的機器人！」

「沒事啦，只要捧捧它就好了，輕鬆得很……嗚、嗚哇！」

『嗚——！叭嗚！』

壹號不知何時來到竊竊私語的兩人面前，舉起那粗木般的雙臂，對著兩人「砰隆！」砸下。畢斯可在危急之際抱著獅子跳開後，禁閉室的地板在他眼前碎裂，不成原形。

「喂！你這呆子，我們是來救你的恩人，你那什麼態度！」

「王、王兄！你剛剛不是說不能激怒他嗎！」

「少囉嗦，我也一樣討厭被人激怒！」

壹號追著畢斯可，揮出一記左勾拳，畢斯可用旋風般的迴旋踢將它的攻擊彈開，接著蹬地揍向壹號的臉，壹號以右勾拳迎擊，雙方都以強勁力道噴飛，狠狠撞上兩側的牆壁。

「王、王兄！」

「咳、咳，不懂禮貌的傢伙……你就這麼討厭我嗎！」

「王兄，冷靜點！」獅子安撫著擦拭鼻血想要站起身的畢斯可，轉向後方面對壹號。「壹號，聽我說！我不知道王兄和你之間有什麼過節……但我們現在必須一起逃出監獄！」

『…………』

「有了王兄的蕈菇之技和你的機械之力，我們一定能成功越獄。拜託你，和我們合作吧！先逃離這裡，之後再吵架也不遲啊！」

聽見獅子真誠的請求……

壹號望著兩人，停下動作。它的頭部發出「嗶嗶嗶嗶」像是在演算些什麼的聲音，然而他們無法看出它在想什麼。

「沒用的，獅子！它是個無法溝通的傢伙。讓我再揍它兩三拳……啊、啊啊！」

畢斯可惡狠狠地說完，轉向壹號……驚訝地睜大眼睛。

壹號的機械身體嘎吱蠢動，它的手臂形成了一支大口徑的巴祖卡火箭筒。

「嗚哇啊啊，那是什麼！」

「快趴下，獅子！」

畢斯可連忙蹲低保護獅子，一枚熱彈「轟！」地擦過他頭頂，擊中禁閉室的門，將厚鐵板宛如冰淇淋般熔化貫穿，開出圓形的大洞。

「……嗚喔喔……這傢伙！」

『嗚——』

哐啷、哐啷！壹號走向那扇門，將雙手伸進自己用砲彈打出的洞中，憑著強大怪力試圖將門扒開。它背部的推進器噴出煙霧，將馬力開到最大。最後它終於扯破那扇如紙箱般的鐵製大門，胡亂丟在地上。

「好、好厲害……！壹號的力氣太驚人了，王兄！」

『叭嗚。』

赤星壹號瞄了眼驚訝到嘴巴不斷開闔的獅子，動了動下巴催促他們，接著大步走出牢房。

「哼，總算聽話了。叛逆期也該有個限度吧，受不了。」

『叭嗚——』

「它要我們動作快。走吧，獅子。」

「王兄聽得懂壹號說的話嗎？」

「怎麼可能，我只能大概猜到意思……我們畢竟是有血緣關係的兄弟。」

獅子有時聽不太懂畢斯可的話，但也沒時間一一追問。她茫然看著畢斯可追著壹號衝了出去，一會兒後才回過神來，連忙追在兩人身後。

「都已經春天了，餓鬼道還是寒風刺骨。」

「這些岩石會讓溫度變低。這麼冷，拿的薪水還跟其他監獄一樣，真受不了。」

「嘻嘻，真希望我們的長袍能換成厚的毛皮大衣……喔，我胡了。」

「嗚呃，你又贏啦，班長！」

「炎三色、斷么、寶牌3。」

「是倍滿！嗚哇，輸光了……囚犯們給我的賄賂全輸光了。」

「哈哈，這週又是你負責打雜啦。」

岩壁鑿成的房間中充滿了熱鬧的氣氛。

獄卒們蹺班在打天雀牌。餓鬼道的囚犯全都頹廢無力，沒人會反抗，因此獄卒的工作很少，他們每天都會像這樣打發時間。

「不過，真是白緊張了一場。聽說大壞蛋食人赤星要來，我們還特地加派警衛駐守餓鬼道門。那傢伙雖然臭屁，但看起來並沒有逃獄的打算。」

「因為有典獄長的櫻花詛咒……那也是個不可思議的鬼東西。總之有了那個刺青，赤星就沒法子亂動了。赤星也是人，他贏不過那個閻羅王的……喂，你的休息時間結束了吧？」

「咦，真的耶，已經到交班時間了。禁閉室那兩個人怎麼還沒上來？」

「嘻嘻嘻，因為今天赤星也在啊，他們應該揍他揍得很開心吧。認真工作是好事……那我們就再打一局吧，這局輸的人下週要負責巡邏……」

房間角落傳來「撲簌簌」的怪聲，壞了獄卒們的興致。他們轉頭一看，只見原本燒得正旺的骨炭爐，火勢大幅減弱。

「啊，暖爐裡的骨炭快燒完了。」

「難怪這麼冷。喂，打雜的，你的工作來了。去拿點炭過來。」

「嘖，為什麼我輸了錢，還要打雜……」

剛才慘輸的獄卒喃喃抱怨，起身去外面的骨炭倉庫拿暖爐的燃料……

「哇啊——！」

他立刻發出驚呼，折了回來。

「幹嘛，有這麼冷嗎？真誇張。」

「不、不是，沒、沒有，沒有了。」

「我們都知道你沒錢了啊。別開玩笑，快點去，傻子！」
「是骨炭沒了！倉庫裡的骨炭一塊都不剩了！」
獄卒們面面相覷，一同前往隧道最深處的倉庫……
接著，他們也發出同樣的驚呼。
「嗚哇！真的不見了，骨炭全都不見了。」
「怎麼可能？我們上週才徵收了囚犯的配給品啊。」
「等等……快、快看這個！」
班長聞到一陣焦味，探頭望進倉庫，發現岩石地面多了個圓形大洞，一路通往地下深處。
倉庫裡堆積如山的骨炭，似乎全被人經由那個洞運往地下室。
「怎麼有個大洞？」
「好深，好像連通到地下室。這裡什麼時候多了個洞？」
「地下室……？……你、你說地下室？」
班長愣了一會兒後臉色大變，轉頭對著下屬們大聲怒吼。
「這下面是禁閉室！赤星那傢伙肯定做了些什麼。快召集所有人去地下室看看！把夜班的也叫起來。愣著幹嘛？動作快，動作快！」
「壹號，又有得吃嘍！來，啊～！」

『叭嗚。』

聽見獅子明亮的呼喚聲，正在執行挖掘作業的赤星壹號哐啷一聲打開背上的門，露出燃料槽。獅子雙手捧著骨炭，嘩啦嘩啦丟進燒得火紅的燃料槽裡。

「它還真耗燃料。那麼多的骨炭，被它用到連一半都不剩。」

「可是它的馬力很強啊！獄卒想必認為要逃出餓鬼道，非得穿越餓鬼道門不可。然而我們只要鑿出一條通往畜生道的路，就能躲過警備網！」

「是嗎？原來如此。」

「……什麼叫『原來如此』？我還以為你知道這一切，訂定了計畫……」

畢斯可見獅子一臉問號，便從頭髮間取出細細的紙捲。獅子接過後將紙捲攤開，發現上頭密密麻麻寫著逃脫計畫概要。

「這是！」

「搭檔在分開前給了我這個。雖然過程中發生了不少意外，但大致都按照計畫進行。」

「美祿給了你這個……！可是為什麼全都是平假名？」

「他是笨蛋，不會寫漢字。」

「太好了，所以不是你看不懂了嘍？」

「我看妳是明知故問吧，混帳。」

獅子和畢斯可坐在鋼鐵木人，赤星壹號的雙肩上吵吵鬧鬧，壹號則將雙臂變成巨大的鑽頭，以驚人速度鑿穿岩壁前進。

畢斯可透過熊本蕈菇守護者的地圖掌握骨炭倉庫的位置，再用壹號的火砲從地下室打洞通往倉庫，偷出所有骨炭當作壹號的燃料。壹號灌滿燃料後精力十足，馬力遠遠超越一般的戰車和重型機械。

「……沒想到有這麼厲害的機器人，世上真的有太多我不知道的事了……原來父王之所以要我拜同族以外的人為師，是希望我增加身為王者的見識。」

「獅子，妳真的要當下任國王嗎？我勸妳還是別當掌權者。我見過前忌濱縣知事和大宗教的教祖，他們最後都不得好死。」

「我不管自己的性命和名譽會如何，只要紅菱人民幸福就行了……我一直很嚮往父王奉獻一切，為人民效力的態度。」

「是喔？妳真特別。我只要有同伴和螃蟹陪我就足夠了……嗯？真奇怪。壹號，等一下！先停一下！」

『叭嗚嗚──！』

「不要動不動就生氣！好像有奇怪的聲音。」

壹號不滿地停下鑽頭，畢斯可從它身上跳下，將耳朵貼在隧道地面，雙手抱胸陷入沉思。

「王兄，是什麼聲音？」

「應該是水，底下有流水的聲音。」

「流水……底下有河嗎？在這麼深的地底……」

「怪了，水聲每隔一段時間就會停頓一下……壹號，再挖下去可能會挖到地下水脈，我們退回來一點。」

「赤──星──！」

「哇咧。」

畢斯可等人注意到地層不穩時，一聲充滿怨恨的怒吼沿著他們鑿出的這條隧道，從後方遠處傳來。

「王兄！那是班長的聲音，他們來了！」

「他們發現得比我想的還早，可能是暖爐沒燃料了吧？」

畢斯可立刻戴起貓眼風鏡往那頭看去，只見臉上有傷疤的班長正率領一群獄卒往這裡走來。每個獄卒都戴著夜視鏡，全副武裝。

「班長！那個大傢伙果然也和他們在一起！」

「用沙羅曼蛇火箭砲射他們！這條路這麼窄，他們再怎麼掙扎也逃不出去。」

「可以嗎？我開砲嘍！」

「射吧射吧，對逃犯不用客氣。把他們全都炸成焦炭！」

砰、砰！多枚火箭彈噴出白煙，射向畢斯可等人。壹號立刻用翡翠色探照燈捕捉到砲彈，站到兩人面前伸出手臂，展開魚鰭狀的盾牌。

轟、轟、轟！砲彈接連在盾牌上炸開，發出巨響。爆炸的光芒照亮了壹號搖晃的身體。

「還好嗎，壹號！這片地層這麼不穩……他們根本沒帶腦子！」

「王兄！腳下……地面要崩落了！」

每當砲彈炸在壹號的盾牌上，脆弱的岩床就出現蜘蛛網狀的裂痕，裂痕的面積越來越大。

「喂！快停止砲擊！底下有水源，這片地層很脆弱。要是繼續射擊，連你們也會掉下去，到時候就完了！」

「嘻嘻嘻！你也會說這麼爛的求饒藉口啊，赤星！放心吧，我會把你們的屍體全部丟進臭水溝的——！」

「大傢伙膝蓋跪地了！再加把勁，快射快射！」

砰！壹號擋住追擊而來的沙羅曼蛇火箭砲，下一秒……

轟隆隆隆！大地震動的聲音傳來，地面開始搖晃，龜裂的地面接連崩落，逐漸將整群獄卒吞噬。

「地、地面竟然！嗚、嗚哇、嗚哇，崩落了——！」

「哇——！救命啊，班長——！」

「他、他說的是真的……住手，放開我！放……哇啊啊！」

眼見獄卒紛紛摔落，裂痕也逐漸逼近自己，獅子抱住畢斯可的手臂，用力閉上眼睛。

「沒救了……！啊，父王！您一定要平安無事……！」

「妳放棄得太早了。不過是地層裂開，這樣就死，怎麼當日本人？」
畢斯可對準備赴死的獅子笑了一下，抱住她細瘦的身子保護她。
「開始落下後，盡量屏住呼吸。壹號，保護我的背！」
「……好的，王兄！」
『叭嗚。』
獅子緊抱住畢斯可，壹號又用龐大的身軀保護畢斯可，三個人縮成一團，就這樣被崩落的地面吞噬。

7

「哇，醫生！我聽得見了！之前被獄卒揍完，我的右耳就再也聽不見聲音了！」
「你耳中的痂被鏽蝕風吹到，變得堅硬。我幫你夾出來之後就沒事了。」
「喂，讓開。先幫我看，我的手最近常會痙攣……」
「你給我乖乖去後面排隊！醫生，我的皮膚最近越來越容易脫妝，是因為壓力太大了嗎？要是生意做得不好，我就得坐更久的牢……」
美祿應付著蜂擁而至的患者，擦了擦額頭上的汗水，疑惑地思索。

（……這是刑罰嗎？感覺不像啊。我只是在做平常的工作而已……）

他看完大約三十個患者，幫最後一名患者綁上繃帶後喘了口氣。那名患者竟然是獄卒，美祿幫他挖除背上的輕度鏽蝕疣，他臉上隨即露出多年煩惱獲得解決的輕鬆表情。

「啊！鏽蝕疣真的沒了嗎？這樣我每次睡覺翻身時就不會痛醒了！」

「請每天塗抹我給你的軟膏，一不注意很可能會復發。」

「好，我知道了。」

獄卒重新穿上黑袍，清了清喉嚨，用筆在筆記本上寫了點東西。

「好了，貓柳美祿，你今天的工作結束了。讓我看看患者給你的木牌……一、二、三……哦？開店第一天生意就這麼好。」

「大家來看病時都會給我這個木牌，請問這究竟是什麼？」

「你不知道嗎？這是刑期牌。面額太零散了不好用，我幫你兌換。來，你今天一天就賺到免刑六個月。」

獄卒說完便從懷裡拿出六枚木牌，塞給呆愣的美祿。

「你只要累積四十年份的木牌就能出獄。之前也有醫生被關進來，不過你優秀多了。真希望你在這待久一點，但照這樣看來，你應該很快就能出獄。」

（……哈哈，原來如此……？）

美祿仔細看了看寫著「免一月」的木牌，終於開始理解這座「人道監獄」的運作方式。

（也就是說，這裡把刑期和貨幣系統結合在一起。只要努力做生意，就能縮短刑期……）

和畢斯可相比，美祿被送至相當外層的監獄。獄方只沒收他的武器，並未上手銬腳鐐。關押時的對話也很和平。

「這上面說你的職業是醫師，對嗎？」

「咦？呃，對。」

「你可以將牢房布置成診療室，藥材則可向中央廣場的攤販購買。」

「好的……嗯嗯？意思是我可以離開牢房嗎？」

「牢房每晚八點會上鎖。屆時你若不在房裡，就會被視為逃獄，自己小心點。」

……獄卒就只說了這些，於是美祿就順勢開了這間「熊貓醫院　獄中分院」。

（六道囚獄正如其名，裡頭每座監獄對待囚犯的方式都不太一樣。）

美祿有些不知所措，但能自由行動當然是好事。他確認過離上鎖還有一段時間，便穿上自己帶來的蕈菇守護者大衣，緩步走向「人道監獄」寬廣的公共空間。

「歡迎光臨！這裡有熊本產的新鮮水果，紅玉瓜、木通果、白醋栗，現在吃正好，全都只要免三日！」

「……要不要來點紅菱師傅做的水餅？有紅糖漿、黑糖漿兩種口味。綜合口味還附禮盒包裝……一份只要免十八日。」

這裡是人道監獄中央廣場。

就連出身自忌濱這種鬧市的美祿……

（這是監獄……？比一般的市場還要繁榮。）

見到這熱鬧景象也不禁這麼想。

賣點心和正餐的攤販一家挨著一家，此外還有書本等娛樂用品，甚至還有酒，品項齊全的程度和外面的世界並無二致。

要說哪裡不同……

就是這些商品的價錢全是用「刑期」來支付。

剛才還有個穿著性感的女人纏上美祿，對他說：「兩週怎麼樣……呵呵，你長得好可愛，一週就好。」他趕緊逃離那女人。

（這裡的人雖然都是階下囚，但這裡實際上就像一座紅菱的城鎮。）

按照六道囚獄的規定，紅菱就算成為模範囚犯，也一生都不能離開這裡。不過換個角度想，他們也可以盡量利用自己的刑期，在人道監獄中過上富足的生活。

在這裡，人與紅菱的貧富狀態自然地反轉。就某種意義來說，這裡可能是最安全的紅菱庇護機構。

美祿斷斷續續想著這些事，不知不覺盯著漂亮的橘色水果，拿起來在手中把玩……

「喂。」

一道有威嚴的低沉嗓音響起。美祿起初以為那個人在叫老闆而不以為意，但很快地……

「喂，熊貓男。」

他才知道對方是在叫他，連忙轉頭。

轉頭後他看見……

那男人有著強壯身軀和白皙肌膚，將頭髮綁成一束，身上披著極為華麗的長袍，盯著美祿的眼睛。

從那白皙肌膚和紅色眼眸看來，他應該是個紅菱。然而他有著不像紅菱的壯碩身體，顯得相當突出，還散發出一股威嚴感。

「向新人提出這種要求，似乎不太禮貌……」

「咦、咦？請說，是什麼要求？」

「借余一些刑期吧。」

「……咦咦？」

在人道，向人借刑期就等同於借錢的意思。眼見這看似高貴而威武的男人突然向自己要錢，就連美祿也一時之間說不出話。

「余想吃鯨柑。」

他伸出白皙手指，指向美祿手中的水果。

「那是余的最愛。余很想嚐嚐產季第一批鯨柑……不過余剛從刑場回來，手上沒有刑期，借余一些吧。」
「你怎麼對陌生人提出這種無禮要求！」
「……我的天，是主公……！」
水果攤的紅菱老闆發出不像紅菱的驚呼，包了好幾個鯨柑，想遞給那個魁梧的男人。
「……您想要的話跟我說一聲就行，請您收下。」
「余不能白拿你的東西。等等，余正在跟這個人借。」
「就說我不借了！」
「……光是聽到主公活著回來，我們就喜出望外了。請收下吧……今天的鯨柑非常甜喔……」
「真煩人，這樣余很為難哪。」
那男人似乎很受紅菱歡迎，連路過的紅菱也朝他低下頭。然而他本人見到老闆堅持要給自己水果，露出了不耐煩的表情。
「……好吧，這些水果就由我來買。」
「哦？」
「此外再給我一盒火莓。多少錢？好，給你……」
「……謝謝，我找錢給您。」
「不用了！人好多，我們快走。」

越來越多紅菱聚集在男人周圍，這樣可能會引來獄卒注意，美祿因而悄悄拉著男人離開現場。

「好了，給你！」

美祿避開人群，將男人帶到陰暗處，生氣地將整袋水果塞給他。

「一個就好，你給太多了。」

「沒關係，全部給你，不要再纏著我就好！我不知道你是誰，但你好像很引人注目。」

「你吃過嗎？」

「咦？」

「余問你，你有沒有吃過春天的鯨柑？」

男人拿起碩大的鯨柑，指甲掐進皮裡輕鬆剝開後……將皮隨手一丟，這麼說道。

「你這個人感覺挺有趣的。來余房間，余教你鯨柑好吃的祕訣。」

「不用了，再見。」

「就在對面轉角而已。」

美祿氣憤地看著男人快步離去，正打算回自己的房間……卻發現掛在肩上的醫療包不見了。

「奇怪……啊、啊啊！」

美祿一回頭，只見男人正要轉彎，肩上掛著他的包包，他小聲慘叫起來。

「那、那傢伙，什麼時候偷的！」

美祿感覺自己完全被那男人牽著鼻子走，但除了追上去外別無他法。

「你嘴上拒絕，表情看起來卻很感興趣。從外貌可以看出，你的本性就和那些愛玩的女人沒有兩樣。」

「我不知道你用了什麼手段……」

美祿踏進那個房間，裡頭有柔軟的地毯，以及附有頂篷的床，一點都不像牢房。

那房間豪華到讓美祿有點嚇到，但他不想被對方發現，便大步走進房間，以平常少有的憤怒口氣吼道：

「怎麼可以偷別人的謀生工具！這不是高貴之人該做的事！」

「你承認余是高貴之人了？那你應該也能明白余沒有惡意。看好，從尾巴開始剝鯨柑的都是外行人，這樣有損它的香氣。一開始應該用指甲從它的腹部刺進去……」

（傷腦筋……這個人到底是誰？）

美祿已將越獄計畫交給畢斯可，自己心中也設定好一套時程表。

他已經料到會發生一些意外事件，也對畢斯可的能力有著鋼鐵般的信任，因此時程表設定得相當緊湊。

（要是我來不及配合畢斯可的越獄時間就糟了。）

這就是他擔憂的事。

美祿必須在畢斯可從餓鬼道逃來之前，從人道經由修羅道前往畜生道，盡早和他會合。

因此他沒時間在這裡瞎耗，然而眼前的男人卻有股不可思議的奔放魅力，使美祿跟著他的步調走。

「……這麼做就能得到漂亮的果肉……喂，你有在看嗎？」

「咦、咦？啊，有，當然有。」

「那就好。」

男人和美祿對話的同時，每次都塞三瓣鯨柑進嘴裡，轉眼間就將整顆鯨柑吃完了。

「……咦？你、你沒有要給我一點嗎？」

「余什麼時候說過這種話？余只說要教你鯨柑好吃的祕訣。」

男人很快地又剝起第二顆鯨柑。

美祿感到這一切都很愚蠢，深深嘆了口氣，撿起被亂丟的醫療包掛在自己肩上，打算離開男人的房間。

「你好像給了沙汰晴吐染吉一頓痛擊。」

美祿嚇了一跳。

他停下動作，回頭看見男人躺在沙發上，正將剝好的鯨柑塞入口中。

「像你這樣瘦弱的少年，對上那個宛如暴衝火車頭的傢伙……哎呀，簡直就像源義經對上弁慶的那一幕。」

「痛擊他的是我的搭檔……不對，你怎麼知道這件事？」

「不過，蕈菇之力是敵不過『花』的。」

聽見這句話，美祿的表情瞬間從濫好人醫生轉換成蕈菇守護者戰士，瞪著眼前的男人。男人看見他的轉變，刻意做出驚訝的仰天姿勢說了聲：「哦？」接著又吃了一顆鯨柑。

「況且余給染吉的又是『櫻』之力，只要他遵守法律，就能擁有無限的生命力。就算再多蕈菇衝破他的身體，也只會變成『花』的養分。你們一點勝算都沒有。」

「……你是……！」

美祿吞了口口水，與此同時男人猛地站起身，甩了一下長袍，以那優美的修長身材俯視美祿，一雙紅眸閃閃發亮。

「別急著離開，蕈菇守護者。你以為你們不靠余幫忙，可以逃出這座六道囚獄？……呵呵，太天真，太天真了。」

（他就是紅菱之王，絕對沒錯！）

「余是紅菱鳳仙，你有很多問題想問余吧？唉，你剛才的冷淡態度讓余好受傷，這樣余當然會關上心房。余倒要看看，這位蕈菇守護者客人要怎麼安慰余呢……」

美祿一時語塞，氣到咬牙切齒。紅菱之王鳳仙開心至極地呵呵笑了起來。

「這對你來說是個難題吧，食人熊貓？」

鳳仙迅速拿起一瓣鯨柑，丟進想開口的美祿嘴裡。

美祿看著鳳仙彎起白皙健壯的身子大笑，不悅地嚼起鯨柑。

鯨柑就像鳳仙說的一樣甘甜，然而美祿現在沒心情享受這味道。

8

「唔、唔……」

獅子感覺到岩石壓在自己身上，小聲哀號。她好不容易拍掉岩石脫身後，看見眼前一片漆黑中似乎站著一個人。

「啊，王兄，還好你沒……」

「獅子！快閃開！」

「唔！」

畢斯可的聲音從後方傳來，獅子連忙往後跳，一把鋒利的刀狀物擦過她的瀏海，「鏗！」一聲砸在岩石上。

「唔唔，可惡，沒砍到……」

畢斯可抱住差點向後倒下的獅子。獅子在黑暗中感受到畢斯可的體溫稍微鬆了口氣，但他們面臨的狀況似乎不太妙。

「呼、呼，這齣逃脫劇演得真精采，赤星。」

好幾支攜帶型火把亮了起來，照亮黑暗。獅子看見洞穴內部在火把照亮下彷彿水晶般泛著藍光，還看見並排而立的獄卒們。

（糟糕，他們也沒事……！）

「你們害得我們要被減薪了。光是殺了你們還不夠……我要拔光你們的指甲，剝你們的皮，再用電刑和水刑，還有……」

「你就不怕我們在你打如意算盤時逃走嗎？」

「閉嘴！……嘿嘿，你們以為有了那大傢伙當同伴，就能安心了是吧？」

臉上有傷疤的班長終於找回平時的陰險笑容，高高舉起一閃一閃類似開關的東西。

「真可惜，我們以減薪為代價，換得了能夠炸碎它的權利！」

「！」

畢斯可回頭望向壹號，看見它體表有許多閃爍的白色光點，和開關的光點呈連動反應。看來它體內被嵌入了一些具爆炸效果的東西。

「你以為我們不會防備那個危險的傢伙嗎？蠢蛋。我們早就在它體內嵌了好幾顆炸骨榴彈以防萬一。只要按下這個開關，它就會爆炸！」

「你說什麼……！」

『叭嚕——！』

「哈、哈哈！機器竟然也會不甘心！赤星！我會聽取你的建議，不要掉以輕心。我現在就按下去！……咦？按下去……」

「……班長，不要開玩笑了，快點按。」

「我、我知道！奇、奇怪？我的手，手指不能動……」

「……什麼？那傢伙怎麼了……」

（……王兄！）

畢斯可撿起洞窟裡的石頭，舉了起來。獅子緊張地向他低語。

（這裡好像有生物，別丟石頭。我們慢慢後退，不要被發現……！）

（……好，我知道了！）

「這、這是什麼……嗚哇，我的、我的身體——！」

班長用勉強能動的另一隻手照亮自己的身體，這一幕連畢斯可看了也不禁屏息。身穿黑袍的班長從腳到手中高舉的開關……轉眼間無聲無息地，被一堆又小又硬的集合體緊密覆蓋。

「嗚呃，我的腳、我的腳被固定住！動不了——！」

「班長——！這到底是？嗚呀，爬到我身上來了！」

「你、你你你們快救我……快把我的腳砍斷！快救我！」

（王兄，那是！）

（……是藤壺！我們遇到了不得了的東西。）

畢斯可對獅子和壹號使了個眼色，壓低腳步聲往後退。眼前的獄卒一個個被那小東西爬滿全身，逐漸變得像雕像一樣僵硬。

「……啊啊！王兄，糟糕了！」

「看也知道！會被發現的，妳講話小聲點！」

「不是啦，是另一頭！有水……有一道濁流沖過來了！」

壹號聽見獅子的話用探照燈一照，只見一道滾滾濁流從獄卒的反方向洶湧而至。畢斯可嚇得「嗚喔喔」大叫，頭髮直豎，連忙拉著壹號和獅子躲到洞穴邊緣突出的岩石下方，將身體擠了進去。

「赤、赤星，救我，救救我！我幫你縮短刑期……減少工作！」

「你們講話都很沒禮貌耶，應該說『拜託你』吧，混蛋！」

「拜、拜託你！赤星先生！畢斯可先生救救我——！」

「很好！就是這樣。要是你早十秒這麼說，我就會救你了。」

「怎麼會！不、不要，水來……嗚、嗚哇啊啊、嗚呀啊啊啊——！」

嘩啦啦啦啦！奔騰的水勢極強，將岩石下的三個人全都沖成落湯雞，過了三分鐘才退去。

「……咳、咳！我想起來了，這裡叫三途川！這是一條貫穿整座六道囚獄的下水道，用以將囚犯的屍體和垃圾沖到處理場。所以水會定時……」

「……嗚哇，他們的死狀真淒慘……」

「王兄……？」

獅子看見畢斯可一臉嚴肅地盯著壹號照亮的地方，順著他的視線望過去，嚇到全身寒毛直豎。

獄卒們方才被固定住的地方經過濁流的沖刷……已將獄卒們的軀幹全部帶走。

然而，他們的雙腳仍被藤壺緊密覆蓋，固定在地面，鮮血從那些被水沖斷的小腿汩汩流出。那些腳不知有二十還是三十隻……無論如何，這幅慘烈的景象足以讓年輕的獅子心驚膽寒。

「嗚、嗚哇、啊、啊……！」

「我不知道藤壺是怎麼做到的，總之牠們可以嗅到生物的氣息，襲擊活的東西。牠們吸完那些腳裡的血，很快就會過來。」

「咕嚕。好、好的……！我們走吧，王兄。我走前面……」

獅子的話語倏地被打斷，一團毛茸茸的東西飛了過來，撲到她臉上。事出突然，獅子來不及反應，被那個動物用小獠牙狠狠咬住肩膀。

「好痛、好痛！」

「獅子！」

畢斯可連忙將蝙蝠從獅子肩膀上扒下來，她被咬的地方噴出鮮血。被抓住的蝙蝠痛得嘰嘰哀號，立刻引來藤壺大軍注意，彷彿隆起的地面般「唰唰唰唰唰唰」朝三人襲來。

「被牠們發現了！快跑，獅子！」

「好！」

畢斯可將手中的蝙蝠扔向地面，藉此攔住藤壺。蝙蝠不到一秒鐘就被整群藤壺吞噬，全身血液被吸光，像木乃伊般倒在地上。

「可惡，體型大的敵人就算了，偏偏遇到一整群小生物。沒有蕈菇根本贏不了！」

「王兄，藤壺是不是不吃植物？」

「突然問這個幹嘛？誰知道啊，快跑！」

獅子在畢斯可的怒吼下跑了起來，態度卻意外冷靜，感受著這座洞穴內部的脈動。四處飄來濕潤藻類的氣味，洞穴頂部垂掛下來的藤蔓閃過她的眼角，她腦內的拼圖越來越完整。

（既然草沒被吃，就代表藤壺是肉食性的。可以嗅到生物的氣息……？對了，說不定！）

『叭嗚———！』

跑在最前面的壹號低吼一聲，停下腳步。轟隆隆隆！又有一道間歇性洪流伴隨著震動從遠處噴出。

「唔喔喔，也太不巧了吧！獅子、壹號，躲這邊！」

三人硬是擠進一個勉強能容納壹號的岩塊下方，濁流驚險地從他們身邊流過。然而那群藤壺竟聰明到變換路線，沿著洞窟側邊爬上頂部，以快到不像貝類的速度「唰唰唰唰唰」爬向動彈不得的三人。

「沒辦法了，我去當誘餌爭取時間！獅子繼續躲在這裡……」

「等等，王兄！我有一招可以賭賭看。你準備好了嗎？」

「妳有妙招？那就交給妳了，什麼都行……嗯唔？」

畢斯可聽見獅子的聲音轉頭時，獅子忽然吻上畢斯可乾裂的嘴唇，用唇舌推開他試圖拒絕的舌頭，以不像少女的粗魯方式蹂躪畢斯可。

「嗯嗯嗯唔唔唔唔————！」

（……就是現在，發花！）

啵、啵！在獅子全神貫注下，畢斯可聽見胸口處傳來爆裂聲。緊接著，無數的藤壺落在動彈不得的三人頭頂。那些吸血藤壺毫不留情地落下，將仍在接吻的兩人完全淹沒……

最後間歇性洪流終於退去。

『……』

『……』

『唰、唰、唰。』

『唰唰唰唰唰唰唰唰唰。』

一會兒後，那群藤壺像是期待落空般向四方散去，留下毫髮無傷的獅子、壹號和畢斯可……

不過畢斯可似乎受到不小的精神打擊。

「咳、咳！獅、獅子，妳在搞什麼？」

「抱歉，王兄，剛才沒時間解釋……還好成功，我就放心了。」

「成功？……真的耶，我一滴血都沒被吸。妳做了什麼？」

「藤壺感測到的是我們的呼吸……我猜牠們嗅得到我們排出的二氧化碳。那麼……」

獅子說著用手拉開自己的嘴，張大嘴巴。畢斯可探頭一看，只見她口腔內爬滿藤蔓，延伸到喉嚨深處。

「嗚呃，這什麼鬼？」

「王兄的氣管現在也是這樣……啊，等一下，別扯掉！這樣藤壺又會被吸引過來！」

「這噁心的玩意兒為什麼能驅趕藤壺？」

「我讓藤蔓爬滿我們的呼吸系統，藤壺因而將我們誤認為植物。現在我們呼吸時排出的不是二氧化碳，而是氧氣。這樣就能騙過討厭植物的藤壺了……原理就是如此。」

「……喔～～？」

老實說，畢斯可根本聽不懂獅子的說明，但他可以感受到眼前的少女用了一些巧妙的技巧度過危機，因此他的心情瞬間變好，露出調皮的笑容拍了拍她的肩膀。

「幹得好，獅子！虧妳能在危急情況下想出這種方法。」

「因為我覺得連接吻都沒嘗試過就死去太空虛了。」

「這是一個王子該說的話嗎？」

「走吧，趁水退時繼續前進。不知道能騙藤壺到什麼時候……再走一會兒就能到畜生道了！」

獅子耳後開出寒椿，精力充沛地跑了起來。畢斯可想追上她，但藤蔓卡在呼吸系統裡的異物感讓他不斷咳嗽。獅子回過身對他伸出手，他拉住獅子的手站起身，獅子微抬眼眸，露出帶有妖豔之美的微笑。

「我的能力……又派上用場了對吧，王兄？」

「我剛剛不是稱讚過妳了嗎？我不會說第二次，少得意忘形。」

「抱歉我太自大了，快點罵我！」

「妳有什麼毛病？快走啦！壹號，我們走！」

『叭嗚。』壹號出聲回應，追在跑起來的兩人身後。壹號不會呼吸，所以其實沒必要跟著躲避藤壺，不過壹號自己顯然不明白這種事。

9

「對，就是那裡……喔喔……你、你從哪學到這種技術的……明明還是個少年，技術竟如此高明……啊啊！那裡會痛，那裡，唔喔啊啊！」

「拜託不要亂叫！你是大人了，只是整骨而已，別叫成這樣！」

喀啦喀啦！美祿用雙手幫鳳仙調整歪斜的腰骨，發出響亮的聲音。舒適和疼痛交織而成的絕妙旋律，讓鳳仙發出不知是痛苦還是陶醉的叫聲。

「鍛鍊過身體的人若荒廢練習，就會出現這種典型症狀。你的棉被和沙發太柔軟了。這是奢侈病，鳳仙王。」

「知、知道了，但余是國王，你下手輕一點。」

「沒辦法。國王您肌肉這麼緊，力量太輕的話碰不到病灶。我最後再幫你按按穴道，你忍耐一下。」

「喂，你還要做什麼……唔、唔喔喔喔！好痛、好痛，那裡不行，唔啊啊啊啊！」

紅菱之王鳳仙以粗獷的聲音哀號。

這畫面相當古怪，不過……

「你先用那雙細瘦手臂幫余按摩緊繃的身體吧……」

最初提出這要求的，其實是鳳仙。

他本來想悠哉地享受按摩，同時嘲笑美祿，如今那與外貌不符的強大力量卻令他大為折服。

而對美祿來說，既然有人請求治療，他就想扮演好醫生的角色，因此毫無邪念地認真進行整骨治療，弄得自己也全身是汗。紅菱的肌肉骨骼構造與人類並無二致，治療起來很輕鬆。

「好了！我如你所願，將腰部和雙腳矯正好了。你稍微休息一下就會覺得比較輕鬆。」

「這和余想的不一樣。」

「我們約好了。」美祿俯視趴著的鳳仙，以強硬的口吻說：

「你剛剛說，我幫你實現一個願望，你就回答我一個問題。」

「嗯？余說過那種話嗎？余最近記憶力有點衰退。」

「這是治療健忘的穴道。」

「呀啊啊、好痛、好痛！行了！真、真是天不怕地不怕的傢伙。好久沒遇到對余這麼無禮的人了。」

美祿拷問般的穴道按摩令鳳仙舉手投降，他撥了撥自己汗濕的頭髮喘了口氣後，拿起金色點綴的菸管抽了幾口，總算冷靜下來。

「所以呢？你要問什麼……什麼治療健忘的穴道，余嚇到都失憶了。」

「我想請教打倒沙汰晴吐染吉的方法。」

美祿大口喝完水後，擦拭額頭上的汗水。

「如國王所言，蕈菇之力無法對付他……不，不僅如此，他甚至會吞噬並利用蕈菇之力。那古怪的花到底是什麼？」

「你問那是什麼？余只能說『花』就是『花』。」

「國王！」

「等等，熊貓。余不是在玩文字遊戲……你既然是醫生，應該知道紅菱體內含有植物的基因吧？」

鳳仙說完彈了一下手指。接著空中就開出一朵淡紅色的鳳仙花，花瓣翩翩飄落。

「……鳳仙王，這是！」

「這種植物之力究竟是如何開花結果的……吾等並不清楚，只知道不知不覺間，有極少數被選中的紅菱能開出具有特殊能力的花。吾等稱這現象為『進花』，並將每個進花者固有的妖力稱為『花力』。」

「……紅菱的，『進花』之力……」

美祿想起沙汰晴吐那自由操縱櫻花瓣的能力，皺起眉頭沉思。而後他忽然意識到一件事，向鳳仙追問道：

「所以沙汰晴吐說自己是紅菱是真的嘍？」

「那樣的傢伙是人類才奇怪吧？」鳳仙倒出菸管裡的菸灰，以傻眼的語氣說道。「染吉是最初一批被造來從事體力勞動的紅菱。他有非凡的力量和意志力，余因而給了他『進花』之力。」

「你給了他花的力量……？」

「花朵本來非常不耐鏽蝕，只要被鏽蝕風吹過就會乾枯。要說弱點，只有這一點了。」

鳳仙無視頭腦混亂的美祿所提的問題，繼續說道：

「不過，花朵只要附著在生命力強的東西上，就能借用其生命來開花……就像這樣。」

鳳仙露出淺笑，摸了摸美祿的頭髮。美祿感到排斥，立刻往後跳，正當他大叫「你要幹嘛！」之時……

啵、啵！

不合時宜的聲音響起，美祿頭上開出絢麗的鳳仙花。他透過房裡的全身鏡看見自己的慘樣，「哇啊啊」地放聲慘叫。

「哈哈哈，蕈菇守護者身上充滿了孢子，可以讓花開得很茂盛。在普通人身上可沒辦法開得這麼漂亮喔。你們所擁有的孢子……也就是蕈菇這項媒介的生命力很強，對花而言是最理想的附著對象。遇到生命力越強的蕈菇，花就會吸收它變得更強……這原理並不僅限於染吉身上。」

「……原來如此。用蕈菇當武器，反而會使花力變得更強……」

美祿拔光頭上的鳳仙花後，雙手抱胸，輕咬下唇。

「這是余的忠告，你們還是放棄打倒染吉吧。」

鳳仙俯視受到不小衝擊的美祿，呵呵笑了聲，吐了口煙。

「在現代日本，沒人能贏染吉。正因如此，余才給了他力量，要他擔任紅菱園的守門人。」

（……原來如此。因為有沙汰晴吐的關係，紅菱出不去，外人也進不來。他利用了這座六道囚獄，避免紅菱受到人類迫害。）

美祿無意間發現，眼前這個笑得瀟灑的男人竟然真的有帝王之才，因而對他改觀。不過美祿也因為這樣，更強硬地質問他：

「可是這套體系已經出現破綻！現在的沙汰晴吐已不再正常，他成了法律的化身，完全不受控。他認為紅菱有可能叛變，打算大規模處決紅菱。若不管他，所有紅菱都會被殺！」

「好像是這樣，余聽說了。」

「你、你知道這件事？那、那你為什麼……！」

「哎呀，一直問太卑鄙了吧，咱們不是約好一次只能問一個問題嗎？待會兒再問吧。余想想，要讓你做什麼呢……」

「上半身還沒按完。」

「整骨就算了。你按得太痛，余受不了。」

鳳仙彈了一下手指，美祿胸口「啵！」地開出一朵鳳仙花。鳳仙不顧美祿的驚訝反應，勾了勾手指，那朵花就像被絲線牽引般，緩緩地將美祿帶到鳳仙面前。

「唔嗯，這倔強的眼神真不錯。長得好看的人，紅菱中要多少有多少……不過這種野性氣息，或說帶點毒性的感覺，只有人類才有。」

「……唔。」

美祿想別過臉去，鳳仙抓住他的下巴，近距離盯著他的熊貓胎記。

「在這裡，所有人都會主動向余獻出身體……所以余對同族的身體已經有點膩了。想找獄卒當對象，他們無論男女又都鄙俗不堪……余找不到人侍寢，正覺得無聊呢。」

「……所以，你就動了嘗試毒菇的念頭？會吃壞肚子的，鳳仙王。」

「面對余還能有這般膽識，還有這星星般的眼眸！你可以再多瞪余幾眼。接下來肯定會很愉快……」

鳳仙抓住美祿的下巴，和他鼻尖相抵。美祿以拒絕的眼神瞪著鳳仙，然而連這都被當成享樂的一部分，英雄鳳仙帶著笑意接受他的目光，非但不害怕，還很開心。

（唔唔，不行，不能這麼輕易被吃掉。我會被滋露罵的！）

這方面的危機……

對於熊貓醫院的院長而言並不稀奇，因此他也很清楚怎麼迴避。然而糟糕的是，這個名為鳳仙的男人是這方面的高手，沒有任何破綻。

（我不想和他打起來。最糟的狀況，只能咬他鼻子了……！）

美祿手往後伸，從醫療包中拿出手術刀，悄悄握在手中，這時……

「鳳、鳳仙陛下——……」

「嗯嗯？」

鳳仙放開美祿的衣領，以傻眼的語氣說道：

「怎麼剛好在這時候有人攪局？就像說好的一樣。」

「鳳仙陛下，小、小的有要事稟報。」

（好、好險……！）

美祿被放開後喘著氣，看見紅菱商人倒在鳳仙腳邊，向他下跪。

「余也在辦要緊的事。怎麼了？戈碧絲又來要奴隸了嗎？」

「比這更嚴重。」商人激動起來。「剛才修羅道傳來命令……他們在準備下一場白虎隊秀，要我們把所有紅菱小孩送過去。」

「白虎隊……秀？」

「那是修羅道的獄卒辦給有錢人的殘忍餘興節目。」商人望向喃喃自語的美祿，配合手勢說道：「他們讓小孩自相殘殺，最後再叫所有人切腹……他們說看著漂亮的孩子們淒慘地死去，可以享受生命的無常感。真是瘋了！那些人仗著我們無法反抗，就對我們為所欲為……」

「好了，知道了、知道了。別哭，你太誇張了。」

鳳仙緩緩起身，晃到房間角落，拿起一把立在牆邊的華麗日本刀。

「日、日本刀？囚、囚犯可以帶這種東西在身邊嗎？」

「當然可以，這是染吉給余護身用的，好讓余對抗不正當的拘捕。余好歹也是國王。」鳳仙確認過刀刃的狀況後，將太刀收進刀鞘，發出「鏘」的清脆聲響。「余去和那名獄卒談談。你說他從修羅道過來了是嗎？」

「門已經開了。那些人帶著一大群訓練有素的盔熊過來，所以我找了幾名護衛……」

「余沒有要打架，不需要護衛。」

「可、可是，您獨自前去太危險了！」

「余並沒有說要獨自前去。」

鳳仙露出愉悅的淺笑，用日本刀的刀鞘敲了敲美祿的腳。

「咱們走，熊貓。要是能順利營救人民，余就再答應你一個要求。」

美祿仍處於緊張中，他嘆了口氣，以充滿怨恨的藍眸抬頭望著鳳仙，鳳仙回以笑容。

「別用那種眼神看余。余已經決定放過你了，這樣余會改變心意。」

「借我一把刀。我徒手沒辦法打得像畢斯可那麼好。」

「唔嗯，那你就用這把脇差吧……知道怎麼用嗎？」（註：比太刀和打刀短小的護身用日本刀）

「不知道。」美祿的呼吸總算恢復平穩，他走向鳳仙，生氣地從對方手中接過脇差。「不過這也是刀吧？我可以當成大一點的手術刀來用。」

連接人道與修羅道的道路只有一條，左右兩邊都是懸崖，路寬約有七八公尺。門的兩側站著幾名較為健壯的紅菱囚犯，不死心地等著鳳仙王。他們看見國王披著飄逸長袍現身後，一同跪下。

「你們這是在做什麼？退下，不然事情會變得更麻煩。」

「萬萬不可，所有紅菱都願意為鳳仙王犧牲生命……」

「啊，吵死了、吵死了。退下，就說你們很礙事了。」

鳳仙王彈了幾下手指，在那些想要幫腔的英勇紅菱舌頭上開出花朵，堵住他們的嘴，接著揮了揮手將他們趕回人道。

美祿在旁看著這一切，插嘴道：

「鳳仙王，不必趕他們走吧？可以讓他們跟在後頭……」

「嘿嘿，他說得對，國王。真是個做事不謹慎的大叔。」

山谷另一頭有個高亢的聲音接了美祿的話。他們望向聲音來源，只見一群身高兩公尺以上的巨熊踏著沉重緩慢的步伐走來，最前面有個身材圓潤，戴著眼罩的矮小男人坐在熊的肩膀上，露出不懷好意的笑容。

「這些熊只吃修羅道的輪家還不夠，肚子餓得很。全靠本大爺發威，牠們才終於聽話……還好本大爺有過人的專注力，要是稍一分神，不知道會發生什麼事。」

（竟然可以使喚盔熊……！怎麼做到的？）

（應該是靠副典獄長她們擅長的洗腦馴服術吧，不是這個矮男的功勞。）

（盔熊的數量好多。鳳仙王，講話小心點……欸，等一下！）

鳳仙毫不畏懼，甩著長袍走了過去。他直接停在最前頭的盔熊面前，抬頭望著盔熊肩上的矮小男人。

「……嗯、嗯喔喔……你、你想幹嘛？想談判的話，離我遠一點！」

「余不是『大叔』。」

「什、什麼？」

「太難聽了，真教人不快。要叫就叫『美男子』……就算你詞彙量再怎麼貧乏，也該叫余『叔叔』吧。」

「開、開什麼玩笑，你明白自己的立場嗎！」

矮小男人紅著臉怒吼著。美祿拉了拉鳳仙的長袍下襬想勸勸他，並且來回看了看兩人的臉。

「你聽說我的來意了吧？最近京都有貴客要來，我們要為他們辦一場活生生、血淋淋的大型表演！這種事只有你們辦得到，因為人類叫你們去死，你們就得死。」

「明知會死還將人民交給你們？戈碧絲下這種命令已經越權了吧，染吉不可能坐視不管。」

「白痴啊！現在的修羅道已經不一樣了。只要戈碧絲大人一聲令下，我們就能為所欲為。沙汰晴吐那個白痴在正門口弄了個牢籠，把自己關在裡面！他不可能監視得了我們。我們做事不用再取得他的許可了！」

矮小男人以高亢聲音笑了起來，上半身大幅後仰，差點從盔熊身上摔落，鳳仙扶了他一把。

矮小男人滿臉通紅清了清喉嚨，接著說：

「所以，你就乖乖把人道十三歲以下的紅菱全部交過來吧。不然我就命令這些盔熊將他們強行抓過來。」

「唔嗯，這樣根本沒辦法談判。」

「反正這幾天典獄長就會下令將紅菱全部處死。這樣總比白白死去好吧？你們可以先讓獄卒荷包賺飽之後再死！」

「喔。」

鳳仙聽他說完，應了一聲。

「也對，反正人民都要被處決了。」

「沒錯沒錯，你就乖乖……」

「就算在此砍掉你的頭，結果也不會改變。」
「……咦？」
原本語氣歡快的矮小男人，臉色瞬間變得慘白。
「國王，你不是說沒有要打架嗎？」
「那也要看時機和場合。」
鳳仙迅速將刀拔出，矮小男人見狀「嗚呃」了聲，指揮盔熊向後退，尖聲叫道：
「造、造反啦——！盔熊們，快上、快上——！」
聽見矮小男人的聲音，在山谷另一頭待命的整群盔熊捲起沙塵，一同衝了過來。
（氣死了！我就知道會這樣！）
美祿挺身擋在鳳仙面前，低聲唸了句咒語，手掌上便出現旋轉的小方塊。
「鳳仙王，這裡交給我吧，你退後！」
「怎麼，你不相信余的刀術嗎？」
「對，」美祿沒等他說完就回話。「照剛才整骨的狀況看來，國王，你已經頹廢好一陣子了，沒辦法如願發揮實力，請認清現實。」
「你這個人真沒禮貌。」
鳳仙雙手抱胸一臉不悅，點了點頭後，將白刃揮了兩下，確認刀的手感。
「余太震驚了。既然你這麼說，就待在那兒看好了。」

「……咦？啊，國王，小心！」

那群盔熊加快速度，從無路可逃的山谷直衝而來。盔熊正如其名，頭部有發達的硬皮保護，這是經過基因改造所致，讓人無法瞄準其腦袋一擊斃命。

就算鳳仙王的刀術再怎麼精湛，心臟被貫穿的盔熊少說也要兩分鐘才會死。他若被整群盔熊包圍，肯定會敗在牠們無盡的體力之下。

（他、他雖然是國王，但也太任性了！我本來不想用這種真言的……！）

「won（唵）／shad（釋得）／keriehi（喀利希）／s…（將對象拉過來……）」

在美祿開始詠唱祕藏真言的瞬間……

鳳仙向前飛奔，他的長袍在熊群面前倏地飄至空中。白刃劃出一道滿月形軌跡，接著刀身深深插入地面。

啵嗡！

隨後地面開出無比巨大的鳳仙花，開花的力道將許多盔熊彈飛。

啪、啪！那些被彈飛的盔熊撞上崖壁、地面和岩石，昏了過去，就此失去動靜。

「這、這就是……」

（鳳仙王的進花之力！）

「……唔嗯。熊貓，余不得不承認你是對的。余的技巧真的生疏了許多。」

「現在是說這種話的時候嗎！國王，小心後面！」

「余知道，你真囉嗦。」

一頭盔熊想從鳳仙背後扯斷他的脖子，用熊爪「咻！」地劃破空氣。鳳仙頭也不回，扭了一下脖子就避開攻擊，接著以快到留下殘影的速度，瞬間一刀砍向三頭盔熊。

啵嗡、啵嗡！

鳳仙花從刀痕中長出，開花力道使盔熊們噴飛後摔落地面。以生命力見長的盔熊彷彿被花吸走力量般不停掙扎，似乎已無法再站起來。

「從這訓練程度看來，牠們應該是戈碧絲養的。嗯，開得真漂亮。」

他的技巧之俐落，就連看慣高手出招的美祿也不禁瞪大眼睛。

（這些花正在吸取盔熊的生命力……！）

「熊貓，你站在那兒看好了。」

鳳仙沾著盔熊噴出的血，紅眸發出閃耀光芒。

他的頭髮上開滿鳳仙花，圍成王冠的形狀，可見這場久違的戰鬥令他相當亢奮。

「民眾也看好，這是紅菱鳳仙五年一次的劍舞。」

熊群發瘋似的衝來，鳳仙像他說的那樣，以「舞」將熊群全部解決。盔熊彷彿被那強大而優美的劍舞吸過來似的，反覆被砍、開花、再被砍。

鳳仙甚至閉起眼睛應付熊爪攻擊，那些被巨響吸引而從門後走來的紅菱，見到這精采的打鬥戲碼開心不已，紛紛跪伏在地。美祿更看出鳳仙的技巧何等高明，看得屏氣凝神。

（他一頭熊都沒殺！）

被打倒的盔熊疊成一座小山，雖然每頭都因為進花之力而倒地不起，但都沒有受到致命傷。在這般混戰中留下敵人性命是極為困難的技巧，普通的高手根本不可能辦到。

「對余刮目相看了嗎，熊貓？」

「……咦、咦咦？」

「看完余的劍舞了吧？余問你，是不是對余刮目相看了？」

混戰仍未結束，國王卻明知故問，美祿只好扯著嗓門回答：

「我對你刮目相看，知道你有多厲害了！你不是一般的高手！所以拜託你退後點，你站在那兒，我沒辦法幫忙！」

「嗯，那就好。」

鳳仙得意地笑了笑，砍向身後的熊，並使其開花。

「你不能早點說嗎？還以為你想叫余永遠跳下去……好，結束吧。」

鳳仙跳了幾下和熊群拉開距離，盯著逼近的熊群，用手指撫過白刃。接著刀身被觸碰過的地方亮起淡紅色的光，冒出一個個花苞。

「花力．砲閃火。」

鳳仙甩著長袍在空中翻騰，揮舞刀身，劃出紅色的半月形軌跡。那道軌跡化為劍氣之刃飛了出去，貫穿一整群襲來的盔熊，消失在山谷遙遠的另一端。

「開出高貴之花，發花。」

鳳仙說完便將太刀「鏘！」地收進刀鞘，與此同時，多不勝數的盔熊身上接連冒出五顏六色的鳳仙花，牠們發出痛苦的咆哮，紛紛在原地倒下。

「鳳仙陛下，您的力量真偉大！」

「救世主來了。我們的國王，鳳仙陛下……！」

那些敬拜鳳仙的紅菱幾乎要貼到地上去了。鳳仙摸了摸自己的下巴，欣賞眼前的風景。

他眼前出現一片花田，開滿搖曳的鳳仙花，景觀雅致，令人差點忘記底下有一群凶暴的盔熊正在掙扎。

「嗯，開得很漂亮……要是顏色再鮮豔一點會更好，如何，熊貓？這樣的花園在被鏽蝕風襲捲的日本，可是相當罕見的喔。」

「打從一開始……」美祿雙手抱胸，有些不悅地走向鳳仙。「你就不需要我的協助對吧？而且，你有這麼厲害的絕技，根本就不必衝進熊群中打鬥！」

「誰教你瞧不起余。」

鳳仙漫步在盔熊花園中，偶爾摘幾朵花這麼說道。

「你把余當成隱居老人般對待。聽到你那麼說，當然會想好好表現，讓你大吃一驚。」

（好、好幼稚……！）

「不過余骨子裡還是國王，而非武士。這種鳳仙花的花力在戰場上派不上用場，頂多只能吸取熊血，讓牠們變弱而已。」

「說到花力……我聽說沙汰晴吐可以藉由遵守法律，來讓自己的櫻花之力變強。」

美祿小跑步跟在步距較寬的鳳仙身後，時而遇到幾隻熊用殘存的體力張嘴咬來，他左閃右閃，接著問：

「那麼鳳仙王的花力又是什麼？」

「鳳仙花是王者之花。」

鳳仙將他摘的花隨手一拋，那朵花輕輕掠過美祿的鼻尖。

「余可以讓目前花力尚未覺醒的紅菱強制擁有進花之力。」

「咦……咦咦咦！」

國王不經意的一句話，引起美祿一陣怪叫。

「也就是說，你可以讓你所擁有的花力在族人身上萌芽嗎？」

「余不是說了嗎？染吉的櫻花之力也是余給的。」

「既……！既然你有這樣的力量，何不立刻賜予所有紅菱花力！只要所有紅菱人民的花力覺醒，就能對抗沙汰晴吐！」

「余不能這麼做。」

「為什麼？都到了這個地步！」

「……」

鳳仙停下腳步，表情從玩世不恭的人轉變為王者，認真地盯著美祿。見到美祿回以充滿智慧的眼神，鳳仙點了頭，回答他的問題。

「因為吾等紅菱擁有遠超越人類的可能性。」

「……咦咦？那為什麼……」

「你冷靜點聽余說。」

聽見鳳仙的低沉嗓音，美祿緊張地點了頭。

「如你所言，只要余利用鳳仙花的花力讓所有紅菱的花力覺醒，吾等就能輕易衝破這座大牢，甚至可以控制全日本。」

「……」

「紅菱獲得花力後，便能從『不得反抗人類』的奴隸制約中解放。然而，生來就是奴隸的紅菱中，想必有不少紅菱對你們人類抱有潛在的怨恨。這樣恐怕會引起單方面虐殺，隨後人類就會從日本消失。」

「怎、怎麼會……！」

「余不想讓這種事發生。余必須避免紅菱與人類開戰，同時又要保護族人免於人類傷害。」

「……你所找到兩全其美的辦法，就是將紅菱關起來？」

「你認為這麼做很胡來嗎？然而余也無可奈何。」

鳳仙摸著下巴想了想，才接著說道。看樣子有些事連他自己也還沒想通。

「不過，這樣的做法確實快要行不通了……幾個月前天空出現異象，降下彩虹色粉末。雖然不確定因果關係，但從那之後，就開始有些紅菱能自己冒出『藤蔓』……也就是『花』的徵兆。這可能也是染吉失控的原因……如果沒有一個可以控制族人的國王，會很危險。」

鳳仙從牢房中吊兒郎當的男人轉變為充滿威嚴的國王，斷斷續續地向美祿敘述紅菱的危機。話題的格局忽然變大，讓美祿有些承受不住。

「熊貓。」

「是、是的！」

「余剛才瞧見，你似乎能操縱不可思議的咒力。」

「……」

「你的搭檔赤星也很強吧？」

「是的，比我強上百倍。」

「嗯，好吧。」

鳳仙說完，便將劍尖指向山谷遙遠的另一端，「咻！」地射出類似光彈的東西。一會兒後傳來巨大花朵「啵嗡！」綻放的聲音。

「余已將種子傳送過去，撬開了修羅道的大門。你快去找搭檔吧。」

「國王！」

「你說得對，若不處置染吉，吾等都會被殺。然而余受限於王族法律，不能傷害同族。在這裡能打倒染吉的，只有你們食人蕈菇守護者二人組而已。」

「您要我們打倒沙汰晴吐？蕈菇不是沒效嗎？」

「你應該能用智慧克服這點吧？你看起來經歷過很多類似的難關。」

鳳仙甩著長袍折回人道，民眾發出歡呼迎接他。

「別擔心，余會和染吉談判，解決這個難題……有余的威嚴和話術，談判絕不會失敗，只是要你們以防萬一事先準備好而已。」

「剛剛不就失敗了嗎！」

「哎呀，然後……余差點忘了說一件重要的事。」

鳳仙像是沒聽見美祿的抱怨般，轉頭說道：

「拜託你順便照顧她一下吧。」

「咦？她……？」

「獅子。」

鳳仙說出這個名字後表情變得有些嚴肅，和美祿對視。美祿因而無心問他為何知道自己和獅子互相認識。

「她的寒椿香氣一下子變得濃郁起來，進花只是時間問題。」

「獅子不是王位繼承人嗎？這應該很值得高興吧？」

「『身為王者，應屏除私欲，只為人民的福祉獻出自己的花』。」

「……您在說什麼？」

「這是王者應有的素養。」鳳仙的聲音在乾燥的風中顯得很響亮。「她還太年輕，花朵剛綻放時會伴隨激烈的情緒，可能會將力量用在不對的地方。要是她因憤怒而犯下無謂的殺生之罪，就偏離了王者之道。」

「…………」

「幫我看著獅子，讓她別沉溺於力量而失控。這是國王的命令。」

「我是人類，沒義務遵從紅菱之王的命令！」

「也是。那麼，是否要挽救這名楚楚可憐的少女，就由你自己決定了。」

美祿目送鳳仙笑著走回人道，輕咬下唇。

（真不甘心，不愧是紅菱之王。我的想法全被他看透了……）

鳳仙始終技高一籌這點讓美祿感到有些屈辱，但他隨即轉換想法，以一雙閃電般的飛毛腿穿越谷底，跑向修羅道。

10

「嘿咻、嘿咻……來喔，畜生們，來吃飼料嘍！」

一名獄卒拖著載滿飼料，散發強烈氣味的手拉車，悠哉地喊道。接著周圍的草叢便傳來聲響，昏暗的叢林深處亮起許多銳利的目光。

「還不行，等等，再等等。先別從草叢裡出來。現在出來，會像平時一樣被電喔。」

獄卒以熟練的動作，用長柄杓從手拉車上的湯桶中舀出飼料，將飛蟲盤旋的飼料灑向草叢。草叢後方的猛獸立刻興奮地吼叫，搖動叢林的樹木，使葉子散落一地。

「哈、哈哈哈！畜生們，別搶飼料！每到吃飯時間就吵架，會早死的。」

猛獸們似乎餓了很久，每當獄卒灑下少量飼料，到處都有猛獸打鬥搶食。

「呼、呼，累死了，每次餵飼料都好累。今天餵這樣就好，真麻煩。剩下的倒進三途川應該不會被發現吧……」

獄卒用長袍擦了擦汗濕的脖子後，拉開草地上的人孔蓋，準備將湯桶中的飼料倒進去……

「……嗯？三途川怎麼感覺……」

獄卒感受到地面詭異地轟轟震動，小心翼翼地探頭望向圓孔……接著睜大雙眼。

「水、水冒……嗚哇啊啊、嗚哇——！」

一道濁流彷彿間歇泉般向上噴出，發出嘩啦聲響，連圓孔本身都被撐開。來不及逃跑的獄卒被噴泉沖至空中，翻滾了幾圈後摔落在地，茫然地抬頭看著那道水柱。

「三、三途川壞了！糟糕了，戈、戈碧絲大人——！」

獄卒以濕淋淋的身子拔腿狂奔，身後有個鮮紅的巨型機器人抱著兩個人，被沖上水柱頂端。

獅子靈巧地浮在噴泉上，發出「噗哈！」一聲從水柱中探出頭來。

「太、太好了，我們還活著……！竟然想到用落石將河川塞住，藉由水流爬上來。這麼亂來的做法，美祿可做不到呢，王兄！」

「妳到底是在稱讚我還是在嘲笑我，講清楚一點！」

畢斯可邊說邊將獅子塞在他喉嚨裡的藤蔓扯出來，嘔了一聲。三人見水柱力道減弱後，便翻滾至草地上。

「這裡也是監獄嗎？和餓鬼道差真多。」

畢斯可說著環顧起這片植物叢生，宛如亞熱帶的環境。

他的鮮紅色頭髮被水浸濕，使尖刺的髮型為之一變，頭髮全塌了下來貼在皮膚上。不可思議的是，光是這樣就減弱了他的暴戾之氣，突顯出他身為少年純真的一面。

（……說起來，王兄的年紀其實和我差不多……）

這幅罕見的景象吸引了獅子的目光，這時畢斯可突然像狗一樣用力甩頭，將頭髮上的水分甩乾，瞬間恢復成原本的刺蝟頭。

「唔哇！好、好強，怎麼做到的……！」

「妳在說什麼？」

「呃，沒事……咳哼。沒錯，這裡就是『畜生道』……餓鬼道隔壁的監獄。」

這裡如畢斯可所言，雖然只隔著一道門，卻和餓鬼道貧瘠至極的土地完全相反，長滿了生意盎然的深綠色草木，空氣中飄著野性的氣息。

「畜生道裡沒有人類也沒有紅菱囚犯。這裡關的全是典獄長親自搜捕來的『囚獸』……引起世人恐慌，惡名昭彰的殘暴野獸。」

「囚、囚獸～？連動物都抓來關？那個閻羅奉行真是亂抓一通。」

「根據沙汰晴吐的哲學，人和動物都該同等地被審判。不過那些野獸本來應該當場被殺，讓牠們在這裡繼續活下去，或許已經算很仁慈了。」

「我完全無法理解，只知道此地不宜久留。」

畢斯可說完立刻拉住獅子的手臂，抱住她的瘦小身軀。獅子正感困惑時，眼前的草叢中便衝出一隻大型山犬朝她撲來，鋸子般的牙齒「鏘！」地咬合。

「嗚、哇啊！」

「這裡的野獸好像都很餓，注意四周。」

山犬發出低吼，甩動脖子上被拉到過長的鐵鍊，最後不甘心地放棄獅子，回到草叢中。

「好、好險……王兄，已經沒事了……那、那個，你可以放開……」

「……」

『咕嚕嚕，叭嗚嗚———！』

「……你們怎麼了？」

「噓，有東西正在靠近……」

獅子被畢斯可抱在懷裡，豎起耳朵聆聽，聽見風中確實有一種劃破空氣的神祕聲響從遠方傳了過來。

「那是什麼？我沒聽過這種聲音……」

「又有怪東西出來了。獅子、壹號！上面！」

畢斯可瞪著天空，呼喚兩人。獅子順著他的視線看去，只見晴朗的藍天中有好幾隻蜥蜴般的生物俯衝而下。

牠們脖子周圍搭載了高速旋轉的螺旋槳，在空中靈巧地穩定住姿態。破風聲似乎就是從那猶如圍脖的螺旋槳傳來的。

「轉翼守宮！」

「妳知道那是什麼嗎？」

「是畜生道養的生物兵器！數量好多……多到根本應付不來！」

『叭嗚喔——！』

獅子說完，壹號大吼一聲，走到兩人面前，敞開胸前的裝甲，連續射出無數發導彈。咚咚咚咚咚！導彈冒著白煙射向高空，接連擊中守宮，炸裂開來。

「太、太好了！你好棒，壹號！」

見那些守宮化成焦炭落下，獅子欣喜萬分，畢斯可卻微微皺眉，觀察守宮的動靜。

而後三人的視線被導彈的黑煙遮蔽。畢斯可戴起貓眼風鏡，用動作偵測器捕捉到幾隻守宮的身影，隨即推開壹號的巨大身軀。

「壹號，快閃開！」

『叭嗚！』

咻砰、咻砰！幾隻守宮衝破黑煙現身，用螺旋槳割破了壹號的鋼鐵裝甲，護在它身前的畢斯可也被劃破皮肉。

「唔啊！」

「王兄！」

眼見畢斯可噴出鮮血，獅子慘叫了一聲。畢斯可無視疼痛站起身來，用風鏡觀測黑煙瀰漫的四周。

「你不該用導彈的，壹號。這裡交給我，你好好保護獅子！」

『嗚——！』

「王兄！我也要戰鬥！」

「少囉嗦，別礙事！我累積了不少壓力，正好可以發洩一下。」

畢斯可在黑煙中透過風鏡，看見那些飛過頭的守宮折了回來，飛向三人。一隻守宮衝破黑煙，準備用螺旋槳刀片攻擊他們，畢斯可抬起腳……

「喝！」

給牠一記銳利的踢擊，使守宮從腹部斷成兩截，守宮「嘎」地慘叫了聲便摔落在地。畢斯可接連解決掉第二、三、四隻，並以神速的踢技擋掉隱身在黑煙中的守宮發出的波狀攻擊，避開第五隻的螺旋槳後順勢抓住牠的尾巴，砸向附近一棵大樹的樹幹。

「和動物交手，刺青詛咒就不會發動。我還踢不夠，放馬過來！」

畢斯可以靈活的身體迎戰四面八方襲來的守宮，將牠們全部踢飛。那些守宮見到畢斯可神鬼般的戰鬥技巧，似乎有所警覺，和他稍微拉開距離，等待現場的煙霧散去。

「……怎麼回事？明明是守宮，卻莫名有秩序。」

「嘻嘻嘻嘻……！你的力量還是那麼驚人哪，赤星。」

畢斯可的低語被一陣女性的低沉笑聲蓋過。

叢林另一頭有個身穿藍洋裝和白袍的眼鏡女，率領一群守宮現身。每當她掩嘴而笑，馬蹄鐵耳環就會搖晃得叮噹作響。

「哎呀，你們真有本事。我才想大門怎麼都沒動靜，沒想到你們竟從地底藉由三途川逃來這裡……不過你們再怎麼耍小聰明，也逃不出畜生道。」

那個小心地與三人拉開距離，在守宮保護下笑著的人，正是六道副典獄長梅帕歐夏。

「又見面了，眼鏡女。妳就是這些傢伙的飼主嗎？」

「沒錯，牠們很聰明，不像人類獄卒，你們不可能逃脫的。」

「難怪，都說寵物像主人……這些守宮的牙齒和妳好像。」

「……你、你這蕈菇混蛋，竟然無禮地點出人家自卑的地方。」

梅帕歐夏有些在意自己尖銳的牙齒，懊惱地咬著牙……氣到眼鏡下的眼角不斷抽動，但仍做了個深呼吸，讓心情保持平靜。

「……冷、冷靜點，冷靜點。不要理會笨蛋的挑釁……吸，吐。」

「馬戲團表演結束了嗎？沒事的話就快點讓開。」

「嘻嘻嘻，說什麼傻話。剛才那只是小試身手，接下來將由我指揮牠們。你要保護小鬼和傻大個，應付得來嗎？」

「少廢話，要上就快點上。我的肌肉都要涼掉了。」

「很好。上吧，守宮。像嚼口香糖一樣把他咬死！」

在梅帕歐夏號令下，轉翼守宮大軍的態勢為之一變，擺出漂亮的陣形攻擊畢斯可，每隻都張嘴露出尖牙。

「嘿咻！」

畢斯可用飛快的踢擊掃向所有守宮，那一擊宛如薙刀般精準而銳利。然而梅帕歐夏畢竟吃過畢斯可的苦頭，因而設計出專門對付他的守宮陣形，不管他怎麼踢都會有漏網之魚，編制十分巧妙。

啪嘰！

「！嘖。」

「看吧，咬到了一下。」

一隻沒被攻擊到的守宮咬住畢斯可的大腿，他立刻扯開守宮，這時牠們又以迅雷不及掩耳的速度重組隊形，撲了過來。

「哈哈！這下你明白了吧？打架就是要靠數量，赤星！……哎呀，我得躲起來了。你就算了，那個大傢伙可不受櫻花詛咒控制呢。」

「可惡，那女人什麼都不用做！」

「嘻嘻嘻……！你看起來很不甘心，我就是想看你這樣！上吧上吧，別讓他們接近我，把他們全都咬死。」

奮戰的壹號和畢斯可陷入同樣的狀況，雖然威力強大，但動作太大了，以量取勝的守宮總會鑽空隙攻擊它，並用螺旋槳一點一點削去它的裝甲。壹號想讓手臂變形成武器，守宮毫不停歇的攻擊卻不給它這個機會。

（這些傢伙動作太快，我們無法不理牠們直接逃走。那女人還挺行的！）

要保護受傷的獅子同時應付守宮大軍，的確是件難事，兩人身上的傷越來越多。

（可惡，要是美祿在的話，這些傢伙根本就……！）

「啊——哈、哈、哈！赤星、傻大個，你們很拚嘛！很好很好，這些守宮雖然珍貴，但我會不吝惜地用在你們身上。試試看你在死前可以打倒幾隻！」

（王、王兄……！）

獅子在兩人的保護下壓低姿勢，只能看著畢斯可不斷受傷，她深感無力地緊咬下唇。耳後的寒椿變回花苞，縮了起來。

（太丟臉了……我好弱！除了被王兄保護外，什麼都……）

獅子含淚低下頭……這時忽然和草木後方被關在籠子裡的大型貓科動物對上眼，牠正注視著這場人類與守宮的大戰，感到很稀奇。

（囚、獸……？）

獅子回過神看了看四周，發現在蜂擁而至的守宮大軍後方，有許多猛獸都從草叢中走了出來，扯著項圈上的鐵鍊，專注地看著這場戰鬥。

她靈機一動，撐起趴伏的身體，以山貓般的速度朝著梅帕歐夏的相反方向飛奔。

「！獅子！危險，別離開我和壹號身邊！」

「啊──哈、哈！真蠢，要逃應該往反方向逃。那裡是死路，只有巨大的牢籠而已！」

梅帕歐夏看見畢斯可噴出鮮血，心情更加愉悅，命令所有守宮撲向畢斯可和壹號。

「嘻嘻嘻……！赤星大概殺了一百隻，傻大個則殺了五十隻。現在是你們死前的獎勵時間！努力多賺點分數再死吧！」

「那個機車女～～一臉得意……！」畢斯可擦著額頭傷口流進眼睛的血，和壹號背對背迎戰最後一群守宮。「喂，壹號！這樣下去我們倆都會被守宮吞食。你有沒有什麼祕藏的必殺技？」

『叭嚕嚕──！』

「到底有沒有啦，可惡！」

「給他們最後一擊。上吧，守宮！」
聽見梅帕歐夏的號令，轉翼守宮脖子上的螺旋槳一同轉了起來，準備衝向兩人。在牠們發動攻擊前……
轟轟轟轟……一陣拔山倒樹的腳步聲撼動大地，守宮們瞬間停止動作。
「……？怎麼啦，守宮們……嗯啊？這陣晃動是怎麼回事……？」
轟轟轟轟！地面搖晃的力道逐漸變強並且接近畢斯可等人，他和壹號察覺到不對勁而對看了一眼。
這時……
「王兄——！」
獅子甩著一頭紫色亂髮，以極快的速度連滾帶爬地奔向兩人。她全身冒出斗大的汗珠，露出視死如歸的表情。
「獅子！妳沒事吧！」
「壹號，快載著王兄飛上天！快點！」
「妳在說什麼……哇咧！」
畢斯可朝大叫的獅子身後望去，慘叫了起來。
那發出轟響搖晃大地，追著獅子的東西，竟是每頭少說超過兩公噸的巨型水牛群。
其震撼力大到連觀戰的囚獸們都嚇得退回草叢裡。那群水牛一點也不在意路上的細瘦樹木，踩斷樹木直衝而來，用角勾起一隻想逃跑的守宮，將牠拋至遠方。

「那小鬼打開琵、琵琶水牛的籠子了？怎麼開鎖的……不對，現在不是想這個的時候，嗚哇啊啊，看妳幹了什麼好事！」

「抓住我，獅子，過來這裡！」

壹號將背上的推進器開到最大，浮了起來。畢斯可用腳勾住它，將手伸向朝他們跑來的獅子。

在千鈞一髮之際，畢斯可使自己的肩膀「喀啦！」脫臼，伸長手臂用指尖勾住獅子的手，將她從湧來的水牛海中救起。

有隻守宮想咬住獅子的腳踝，被跳起的水牛一口咬下。

那些多到數不清的守宮，即使想用螺旋槳起飛也辦不到，全都被水牛之海輾過。

「……幹得好啊，獅子！」

畢斯可將肩膀歸位，開心地對獅子露出笑容。

「琵琶水牛是滋賀游擊隊養的軍用牛，聽說牠們能橫渡琵琶湖……沒想到如今全被關在這兒。」

「我、我太亂來了，王兄。對不起，只顧著幫你們……」

「說什麼呢？因為有妳，我和壹號才能得救。」

「王、兄……！」

獅子臉上傷痕累累，耳後的寒椿卻自豪地綻放紅色光澤。
『叭嗚嗚。』
「喔，壹號，你也很有毅力！不過打鬥時動作太大了。面對那種整群襲來的敵人，攻擊要再更精準……」
『叭、嗚嗚。』
「王、王兄！壹號要掉下去了！」
「咦？」
『嗚——！』
壹號奮力用斷斷續續的推進器試圖降落，最後力氣用盡，三人重摔在地。
砰隆！
「王、王兄！抱歉把你壓在下面……！」
「咳咳，沒有想像中慘。還好底下有守宮的屍體，我們才沒事。」
畢斯可坐起身來環顧四周，發現水牛早已離去，只留下遍地被踩死的守宮屍體。
「……那女人跑哪兒去了？要在她想出新計畫前把她收拾掉。獅子，我們走。」
「好、的，王、兄……」
「獅子……？喂，獅子！」
畢斯可原以為獅子會跟在自己後面，沒想到她卻「砰！」一聲倒地，畢斯可連忙衝過去將她扶起……

「妳……受傷了！」

畢斯可摸到她背上有股血的濕黏觸感，睜大翡翠色雙眼。

獅子背上有兩處被粗大銳利的東西戳穿的圓形傷口，一處在肩胛骨，一處在側腹，傷口不停流出大量鮮血。

肩胛骨那處傷口尤為嚴重，貫穿至鎖骨，身體正面也有一個小洞。

「妳把水牛放出來時，被角……！」

「我又、幫上王兄的、忙了……」

獅子蒼白的臉上浮現一抹微笑，嘴角流著血。

「弱小的我已經盡了最大的努力。如果這就是我的極限……那就這樣吧。快走，王兄……我父王就拜託你了……」

「說什麼傻話，我不會讓妳死於這點小傷。」

「……」

獅子還想說些什麼，卻失去了意識。

畢斯可壓抑住「如果搭檔在就好了」的想法，冷靜調整呼吸，集中精神。接著撿起在剛才那場大遷徙中被折斷的水牛角，沒有絲毫猶豫，就往自己左胸用力刺了進去。

（……你們的宿主遇到危機了……快點醒來！）

畢斯可在劇痛中加強力道，將水牛角刺得更深，摩擦心臟壁。他「咳哈」吐出鮮血，灑在獅子蒼白的身體上……

而後，他的血緩緩地……泛起太陽色光芒，冒出細微的火星子。

（很好……就是這樣……！）

沿著水牛角滴落的鮮血變得越來越亮，最後甚至照亮了兩人，以及在一旁看著的壹號。

那是超越人類智慧的生命之菇「食鏽」發出的光芒。畢斯可刻意讓自己的身體陷入絕境，促使沉睡在他血液中的孢子覺醒。

畢斯可看準時機，將水牛角從胸口拔出，接著劃破自己的手腕。

「妳說，妳很羨慕我的傷痕。」

畢斯可解開獅子的纏胸布，讓她背上的傷口露出來後，將流血的手腕對準她的傷口，注入「食鏽」的生命之血。

「這樣妳也有了戰士傷痕……自己去見妳老爸，向他炫耀吧。」

「唔、唔……好、好燙……！」

獅子無意識地呻吟。畢斯可的太陽之血流進她的傷口中，轉眼間就覆蓋住整個傷口。

（……她吸收孢子的速度，異常地快……？）

畢斯可看著太陽之血滲進傷口，其效果令他稍微睜大了眼。

原本皮開肉綻，呈紅褐色的傷口，碰到食鏽之血後，立刻冒出許多細細的植物纖維，開始自行修補傷口。

獅子身上的藤蔓也逐漸從黑色轉為亮橙色，包住她身上所有傷口，為她止血。

畢斯可當然知道自己的食鏽之血有治癒能力，也是因為這樣才做了這一連串的事。然而他從未見過像獅子這樣，彷彿渴求著食鏽的身體反應。

（是這些藤蔓的力量嗎？……算了，能盡快痊癒再好不過。）

眼看獅子的臉逐漸恢復血色，畢斯可鬆了口氣，就在這時……

『哈哈哈！連和梅帕歐夏對打，都會打到傷痕累累啊？赤星——！』

一陣女人的大笑透過擴音器傳來。與剛才的梅帕歐夏不同，是高傲而低沉的嗓音。那人正是另一名副典獄長，戈碧絲。

畢斯可趕緊包紮流血的傷口，望向聲音來源。

「……是金髮女啊！妳躲在哪兒了？」

『別把我和那傢伙相提並論。我不會逃也不會躲的，蠢貨！』

咚！咚！有個龐然大物發出巨大的腳步聲，壓倒叢林的樹木走向畢斯可。牠抬起大得嚇人的腳踩向草叢，連同那些被囚禁的猛獸也一起踩扁，但牠毫不在意。

『叭嚕嚕——！』

「有夠傻眼，她到底養了什麼東西？」

壹號站在護著獅子的畢斯可身旁，兩人抬頭看著那頭巨型動物逼近。

「這是真的『食森貘』耶，連這種東西都能馴服？」

『謝謝你幫我解決掉梅帕歐夏那蠢貨……不過，我的達哈卡和那女人養的弱小守宮可不一樣。牠會用舌頭吞掉你！然後我就成為下任典獄長啦！』

畢斯可等人眼前宛如巨岩般形成一大片陰影的生物，稱作食森貘，是一種異常進化的貘。牠長著食蟻獸般的長舌和尖牙，擁有一時興起就將村莊夷為平地的貪欲，對人類造成巨大威脅，通常要出動軍隊才能擊退。畢斯可見過食森貘，但還是第一次見到有人馴養牠。

食森貘伸出舌頭纏住兩頭水牛，在畢斯可注視下將牠們吞入口中，用尖牙咬碎，水牛發出死前的哀號。剛才數量那麼多的琵琶水牛，似乎全都成了食森貘的食物。

「牠體型雖然龐大，但弱點很好攻擊。」畢斯可對身旁的壹號低語。「牠的腦子就在眉心後方。瞄準那裡開砲，然後越過牠的頭頂！」

壹號點頭應了聲「叭嗚」。畢斯可和它配合好時機，揹起沉睡的獅子踩著樹木躍至空中，對準進食完的食森貘鼻子，狠狠地用腳跟踹了下去。

「喝啊！」

他以快到留下殘影的速度在空中翻滾，「轟！」地給了食森貘一記強大的踢擊。食森貘嚇得縮了一下身子，此時壹號從畢斯可身後跳起，朝牠伸出粗如樹幹的雙臂。

「上吧，壹號！」

『叭嚕嚕——！』

壹號用雙臂發射電磁錨，精準地刺進食森貘的兩側鼻孔，發出藍白光芒和強烈的閃電。劈哩啪啦！能將空氣燒焦的超強電力流向食森貘。

「很好！壹號，就這麼……？」

食森貘翻著白眼，但畢斯可很快就注意到牠的眼睛恢復光亮。畢斯可來不及出聲提醒，乾脆跳了起來，從側面踢向正在放電的壹號。

『叭嗚！』

壹號被畢斯可踢飛，食森貘的爪子驚險地擦過它的身體。攻擊失敗的食森貘沒給畢斯可喘息的時間，把頭一甩，用牠的側臉砸向畢斯可。

「嘎啊！」

畢斯可被牠砸到飛了出去，獅子從他手中滑落，他自己則狠狠撞上樹幹，摔落在地。

『哈、哈哈，蠢貨！就說牠和守宮不一樣了，那種嚇唬人的伎倆對達哈卡沒用！我們就先……把那小鬼搶過來好了。』

「獅子——！混蛋！」

食森貘用長舌捲起落在地上的獅子，一下子就將她吞入口中。畢斯可搶在牠牙齒合上前，憑著緊急時刻爆發出的跳躍力跳進牠嘴裡，用雙手雙腳奮力撐住，不讓牠閉起嘴巴。

『哦、哦哦？那個蠢貨在幹嘛……他撐在裡面？』

「可、可惡……快醒來，獅子！獅子——！」

「……唔？王、王兄……！」

「獅子！」

在畢斯可拚命叫喊下，獅子睜開眼睛。她雖然痛得發出哀號，仍扭動身體試圖從食森貘的舌頭束縛中逃脫。

「快點抓住我！」

畢斯可盡全力伸手，獅子也伸長細瘦的手臂，想抓住他的手……

咻！只差一點就能抓到時，皮鞭甩了過來，纏住畢斯可的手臂，將他從食森貘口中拖出。

「我才不會讓你得逞呢，蠢貨！」

「唔、喔喔喔！」

戈碧絲從食森貘的背上沿著牠的鼻子滑落，落地時以她擅長的鞭技捉住了畢斯可。她的鞭子順勢將他甩向地面的草叢，此時食森貘的大口也無情地閉上。

「啊啊！獅子！」

「膽敢反抗我的蠢小鬼又死了一個……呵呵呵，不過她身體太瘦弱，可能連滋養達哈卡的毛都不夠吧。」

「混帳……」

壹號力氣用盡，倒在地上。畢斯可護在它身前，翡翠眼眸熠熠發光。那張沾滿鮮血的臉前所未有地認真，散發出修羅氣場。

「叫那大傢伙把獅子吐出來。現在認錯的話，我只打斷妳上下四顆門牙就饒了妳。」

紅髮少年的氣勢令戈碧絲有些膽怯，但她努力不表現出來，以強勢的語氣說道：

「你以為我會乖乖說『好，我知道了』嗎？真是的，蠢貨說的話就是……」

咻！一陣破風聲響起，幾乎在同一時間戈碧絲也飛了出去。畢斯可的正拳從正面擊中戈碧絲的鼻梁，她還來不及慘叫就被揍飛，撞上後方的樹木。

「唔喔！咳、咳……哼、哼，哼哼哼……啊、哈哈哈哈——！」

戈碧絲痛到呻吟，但很快就愉悅地笑了起來。在噴著鼻血的戈碧絲面前，畢斯可正表情痛苦地跪在地上。

「唔、嗚、喔喔……」

「誰教你直接揍了我。」

沙汰晴吐在畢斯可身上刺的櫻吹雪刺青使他感到劇痛和麻痺。光是揍了戈碧絲一拳，那片刺青就迅速侵蝕畢斯可的皮膚，布滿他的腰部和背部，甚至慢慢覆蓋他的半張臉。

「蠢貨，你身上有沙汰晴吐的櫻花詛咒……揍畜生還沒事，對獄卒施暴可是大罪，更不用說你還是對副典獄長戈碧絲大人出手。」

啪！

「唔啊！」

「一個罪犯做出這種無禮之舉，罪該萬死，赤星——！」

啪、啪！戈碧絲那利如刀刃的鞭子，緊接在櫻吹雪詛咒之後痛擊畢斯可。全身麻痺的他無法閃避，只能持續忍受鞭擊。

「竟敢讓我美麗的臉流出鼻血……！竟敢讓我流鼻血！我要殺了你，我要把你玩到死！然後把你的皮扒下來做成地毯，赤星！」

戈碧絲的皮鞭無比銳利，使畢斯可全身皮開肉綻。

然而……

即使在這種情況下，他的雙眼依舊炯炯有神，令戈碧絲嚇到頓了頓動作。

（這……這傢伙！）

沒想到自己竟被動彈不得的敵人嚇到，戈碧絲為了掩飾這份屈辱，用力將鞭子揮向畢斯可的右眼。

啪！一記更強的鞭擊發出清脆聲響，使畢斯可半張臉裂開。見到滿溢而出的鮮血遮住他的翡翠目光，戈碧絲的嘴角浮現笑意。

「我終於把你惱人的眼睛打瞎了。換另一邊……！」

『吼啊啊啊！』

「等等，達哈卡！我打得正順手……」

『吼、吼唔、吼、吼嘎！』

「嗯、嗯嗯？你怎麼了，達哈卡！」

戈碧絲注意到寵物的叫聲明顯有異，回頭一看……

啵嗡！

一個鮮紅色的東西，衝破牠那小山般的身體。

「達、達哈卡！怎麼回事！赤星，你做了什麼！」

「……咳，我什麼都、還沒做。」

啵嗡！牠的身體再度爆炸，開出又大又紅的物體……

『吼唔喔喔喔啊啊！』

食森貘痛到亂動，將大地踩得砰砰作響。在地面翻滾的畢斯可差點被牠的大腳踩到，壹號趕緊用粗壯手臂將他勾了過來，使他逃過一劫。

「壹號……那是什麼？」

畢斯可目不轉睛盯著眼前的景象，忘卻疼痛大聲問道。

衝破食森貘達哈卡身體的，是一朵巨大的「花」。

鮮紅的寒椿從四腳巨貘的腹部綻放，從中又冒出泛著太陽色光芒的藤蔓，纏住牠全身。

啵嗡、啵嗡！

食森貘發出「吼唔喔喔」的慘叫，連舌頭上方也被藤蔓覆蓋，口中開出巨大的寒椿。食森貘達哈卡掙扎了幾分鐘後，體力最終被花朵全部吸收，龐大身軀「轟！」一聲往側面倒下。

「發、發生什麼事了？這、這樣的……」

「不准……！」

「什、什麼？」

戈碧絲呆站在原地，她頭頂上方傳來低沉又壓抑的嗓音。有個滿身鮮血的細瘦身驅劃破食森貘的側腹，從牠體內爬了出來。

「不准、對王兄、動手！戈碧絲——！」

「那、那個小鬼！她身體裡怎麼會有這種力量！」

染血的少女獅子揮舞藤蔓，戈碧絲以皮鞭迎擊，兩者碰撞在一起。藤蔓甩偏了些，重重砸向地面，「啵嗡、啵嗡！」開出紅花。

『叭嗚。』

「壹號！把王兄帶到安全的地方！」

「獅子！妳那是什麼能力？」

「我也開『花』了……！多虧王兄血液的力量！我還沒辦法控制得很好，你們先離我遠一點！」

「別想逃，蠢貨！」

「發花！」

獅子朝戈碧絲的皮鞭出拳，藤蔓瞬間聚集到她手上，形成一把銳利的藤蔓之劍，將皮鞭斬斷。劍上開出幾朵花，每朵都如畢斯可的血液那般，泛著太陽色光芒。

「妳不只欺負我，還侮辱了王兄，戈碧絲……！」

獅子的聲音不再像個天真的少女，而是對眼前的戈碧絲散發出明確的殺意。殘暴的副典獄長戈碧絲流下大滴汗珠，溶掉了臉上的妝。

「我體內湧現力量……王兄給我的太陽之力。我可以向妳報仇了……現在的我有能力殺死妳！」

「妳能殺死我……？哈、哈哈，妳這紅菱小鬼口氣真大！」

戈碧絲從腰際抽出備用皮鞭，指著獅子。

「蠢貨！紅菱是奴隸一族，基因上就注定不能反抗人類！妳以為自己救了赤星，一臉得意……結果只是妳代替他死去罷了。你們不是被虐待就是死亡！只有這兩條路！」

「不能反抗人類……」

「沒錯。如果妳乖乖變回我的玩具，我可以讓妳活……」

獅子向前一步，「嗶！」地使出快速的踢擊，正中戈碧絲的膝蓋，將骨頭踢斷。戈碧絲一瞬間不明白發生什麼事，雙腿承受不住自身重量，整個人不支倒地，發出既震驚又恐懼的哀號。

「呀……啊啊啊啊啊！為、為什、麼……！」

「這樣還不算反抗嗎？」

「咿、咿咿咿咿……！」

獅子眼中燃著黑暗而強烈的火焰，死去同胞的怨恨與痛苦成了燃料，使火燒得更加猛烈。

獅子是如何打破紅菱本能的束縛？不要說戈碧絲，連獅子自己也不明白。她只有一股強烈的念頭，想做好自己該做的事。身體裡燃起的花力影響到她的精神，使她的精神逐漸變得像燒紅的鋼鐵般堅韌。

「喝啊！」

倒地的戈碧絲抓緊獅子沉浸在感慨中的空檔，快速甩出鞭子。

啪！即使受傷了，六道副典獄長的鞭子依舊銳利，在獅子美麗的臉龐上打出一道斜斜的傷口。

「……」

「呼、呼！別、別過來，蠢貨！妳不過是個奴隸，不過是個小鬼！搞清楚自己的身分！」

「……這點疼痛……」

「……咿、咿咿咿……」

「之前讓我哭得好慘……」

獅子的鼻梁被斜向割開，汩汩冒血，她的神情如今就像沒有半點情感的劊子手。戈碧絲「哇啊啊啊」大叫，再度甩鞭，獅子用藤蔓將鞭子纏住後，隨手一揮，將鞭子「啪！」地用力甩在戈碧絲斷掉的腿上。

「呀啊啊啊啊！啊、啊啊啊！」

「……真難看，髒死了……！」

劈！劈、啪！

「唔啊啊啊，不要再打了！饒了我、饒了我吧！我下次、下次不敢了……我不會再欺負妳了！」

「妳剛才那高傲的態度去哪兒了……！妳一直以來就是用這脆弱的身體、脆弱的心！在折磨我們、玩弄我們嗎！」

獅子被自己無法控制的怒氣籠罩，不停揮動鞭子，拚命擊打戈碧絲的全身。戈碧絲的洋裝和亮麗的肌膚完全裂開，被打到衣衫凌亂，渾身是血時，強烈甩動的鞭子突然斷掉，獅子喘著氣回過了神。

「呼、呼、呼、呼……！」

「嗚嗚……唔呃。嗚嗚嗚～～……饒了我、饒了我吧……」

「…………」

對她百般羞辱，殘殺她無數同胞的女人，如今以一副淒慘的姿態倒在她腳邊。獅子感受到一股被空虛包裹的成就感，在這股無法形容的感受前，她只能茫然佇立。

在她腳邊……

「饒、饒了我吧……求求妳、饒我一命……」

戈碧絲用沾滿血的濕滑手臂抱住她的腳，將額頭貼在她鞋子上。

「嗚、嗚哇！幹什麼……放、放開我！」

「妳可以盡情地玩弄我的身體，要虐待我也行，只要饒我一命就好。請妳原諒我以前做的事，饒我一命，拜託妳……」

「嗚、嗚啊……住手……！」

「我可以當奴隸，請收我當您的奴隸，獅子大人。戈碧絲絕對不會再違抗您。拜託了，收我當奴隸吧……」

「奴、奴隸……」

（身為紅菱的我，也可以將人類收為奴隸……？）

戈碧絲的血使獅子腳一滑，不小心重重踩中她的手背。

傷口被踩中的疼痛令戈碧絲發出微弱的哀號……

她表現得彷彿自己很愛那股疼痛，像要獅子多踩幾下似的……全身散發出諂媚的態度，繼續趴伏在獅子腳邊。

那一瞬間……

有股甜美而奇妙的快感竄上獅子的背脊。

少女獅子無法用言語描述那種感覺，但那無疑就是施虐與支配他人所帶來的愉悅。獅子向來是個奴隸，將服從視為理所當然，她頭一次嘗到如此甘甜的滋味。

啪嘰！她再度踩向戈碧絲的手。戈碧絲小聲哀號，抱緊她的腿。她又用力踩了一下。戈碧絲百依百順，討好她，發出哀號……

「……哈哈，啊哈哈……啊哈哈哈哈！」

獅子似乎沒有意識到自己口中發出了笑聲。她抬起腳，正準備踩向戈碧絲另一隻手時……

「好玩嗎，獅子？」

熟悉的聲音傳入耳中，獅子瞬間回過神來。

「別在意，繼續吧。為妳所受過的屈辱好好報仇。」

「嗚、哇啊、嗚哇啊啊！」

獅子登時臉色慘白，見到倒在自己腳邊的戈碧絲戰慄不已，像要抹除自己剛才的行為般，變出藤蔓之劍朝戈碧絲揮了下去。

「won（唵）／shad（釋得）／keler（喀拉）／snew（蘇內巫）（擋下對某人的攻擊）！」

真言咒響起，戈碧絲周圍出現一道半球狀的鏽蝕盾，阻擋獅子揮下的藤蔓之劍。劍隨即被鏽蝕盾彈開，令獅子的手感到一陣麻痺。

獅子咬牙切齒，眉頭抽動，往後轉向聲音來源，瞪著那天藍色頭髮，身穿獄卒飄逸長袍的少年。

（他為什麼會在這裡……！）

獅子腦中瞬間浮現這個疑問，復又消失。對方是她師父畢斯可的搭檔，要逃離人道來到這裡也非難事。

比起這個，對方責備她剛才的行為更令她心煩意亂。

「為何要阻止我……美祿？這女人毫無人性，無故殺害了許多紅菱。我要送她上路，為同胞報仇！」

「那妳應該立刻這麼做。我只是看不下去妳一直虐待她、玩弄她而已。」

「不是的！那、那是她自己……！」

「真美。」

美祿美麗的臉龐上浮現從未有過的冰冷表情，回望著獅子。

「踐踏這個人時，妳耳後的寒椿是歷來開得最美的。」

「嗚、啊、啊啊……！」

「我以為妳身上的鞭痕，是為了謹記受虐者的傷痛，所留下的王者之傷。是我太看得起妳了嗎？難道那只記錄了妳心中的怨恨嗎，獅子！」

「閉嘴——！」

獅子白皙的身體快速移動，宛如從水面撲向獵物的虎鯨，朝美祿揮下亮得像在燃燒的藤蔓之劍。美祿立刻舉起向鳳仙借來的脇差，用刀鞘抵擋攻擊，交手了兩三下後，拉開距離。

「放下妳的劍，我不想和妳打。」

「少囉嗦！呼、呼……！可惡、可惡！」

「妳具備強韌的修羅天性，這是不可抹滅的事實，獅子。認清這點並接受以後，妳的力量才有意義。」

「意思是……我不配當王位繼承人嗎！你是在暗示這點嗎，美祿！」

「至少妳被這股力量操縱時的確不適合。先把劍放下。力量是用來開闢道路，而不是用來亂耍的。」

獅子似乎受到美祿平靜的聲音感召，嘆了口氣，閉起眼睛。然而她依舊沒有收起手中閃亮的藤蔓之劍。

「說得……真好聽，美祿……」

「……」

「太耀眼了。你總是懷著一顆正直的心……和王兄一起，自由地往來世界各地，從不了解手銬腳鐐的冰冷……！」

「獅子，把劍……」

「而我呢！在你想出這一套得天獨厚的人才懂的哲學這段期間，我什麼都做不到！只能看著同胞不斷死去……將泥土撒在他們冰冷的身體上！高高在上的你，完全不懂我的悔恨……！」

獅子滔滔不絕地說著，紅眸中燃起羨慕與嫉妒的火焰，耳後的寒椿飄出更為閃亮的花粉，微微照亮美祿的臉。

「……你有張完好且滿足的臉。這代表，你一直被王兄保護得很好……」

漸漸地……

「……太狡猾，太狡猾了。你這種人不配和王兄在一起……！」

她聲音中燃起幽暗的怨火。

「我比你好多了，我比你更能成為王兄的助力。我可以守護他的後背……比起你這種老是需要人保護的傢伙，我更有資格待在他身邊！」

美祿聽著激動的獅子說了好一會兒。

突然……

聽見最後一段話時，那對藍眸亮起刺眼光芒。

「……很高興妳這麼有精神，獅子。」

「我本來想說小孩子說的話聽聽就算了。」

「但是，很抱歉。」

「妳最後說了什麼？」

咻！美祿體內冒出一股令他人精神為之凍結的寒流，穿過獅子的身體呼嘯而過。

「唔！」

獅子被不明的氣場襲擊，嚇得停下動作。耳後的寒椿輕輕落下一片花瓣。

眼前的美祿看起來和剛才沒有任何不同，但整個人彷彿被藍色烈焰包圍，渾身都是灼人的殺氣。

（這、這傢伙怎麼突然……？）

「妳說我不配和畢斯可在一起是吧，獅子？」

「那就來試試看吧。」

「不過，妳要小心點。」

「我可不像畢斯可那麼好應付。」

「……唔唔喔喔喔！」

獅子受美祿的殺氣刺激，提劍朝他砍去。「鏘！」一聲，美祿擋下她的攻擊，順勢從刀鞘中拔出脇差。

鏗、鏗、鏘、鏘！

兩人用細瘦手臂揮舞刀劍，不斷擦過對方的要害，以極快的速度交手了好幾次。那就像是在生死邊緣上演的一齣絕妙舞蹈。

（他、他知道王者之舞？）

獅子的劍舞是一支祕傳之舞，優美動作中混合著許多殺傷力強大的劍術。向來沒人能接這麼多招，美祿卻面不改色地全擋了下來。

鏗！

（他已經接了十五招！他為何能預測我的舞步？）

「我剛才見識過鳳仙王的舞了。」

「！什麼？」

啪！獅子分神了一下，美祿舉起刀鞘打中她的手臂。獅子忍住哀號，露出痛苦的表情往後跳開。

「你、你只見過一次……就摸透了我父王的舞嗎？」

「妳和他不同，妳的舞很好預測。妳接下來要砍的位置會顯現殺氣，只要防守那裡就行。」

「你能看見殺氣……？」

「我說妳啊。」

美祿撥了撥天藍色頭髮，喀啦扭了扭脖子。

「妳這樣要怎麼守護畢斯可的後背？不好意思，畢斯可比妳想的還要厲害一千倍。妳可以崇拜他，但別拖著他陪妳玩小孩子的遊戲。」

「你、你說小孩子的遊戲！」

「放馬過來啊，已經結束了嗎？」

美祿以冰冷刺人的目光盯著喘氣的獅子，對她勾了勾手指，做出挑釁的動作。

「我搭檔沒教好妳，就由我來教育妳。怎麼，還不過來嗎？」

「不、不准……不准看扁我！美祿——！」

獅子將屈辱化為憤怒，使力量灌滿全身，接著耳後的寒椿「啵嗡！」強烈綻放，身上的藤蔓發出橙色光芒。

「唔唔喔喔！」

（……！）

獅子躍至空中，揮下藤蔓之劍，「哐噹！」一聲撞上美祿用以抵擋攻擊的脇差，力道比剛才還要強。

（才一瞬間，她就變得比剛才更強。這孩子果然很危險，她身上太多可能性了。）

「水舞，四步、五步！雷舞，六、七、八步！」

劍舞連續向美祿襲來，不容他喘息。這次獅子配合美祿的防禦改變了舞蹈形式，或緩或急，不讓他鎖定目標。她的攻擊雖然依舊可從殺氣預測，但美祿不斷抵禦充滿氣勢的攻擊，後頸也開始冒汗。

「你的脇差不可能一直抵擋得了我的劍！投降吧，美祿！王者不會殺害對自己有恩的人。你就跪在我面前，宣誓效忠吧！」

「口氣真狂妄。不過，有精神是好事。」

「弄傷你那得意的臉……你就不會這麼想了吧，美祿！」

獅子說著便在空中翻了個筋斗，砍向美祿面前的地面。

啵嗡！

「喔喔？」

「就是那裡！」

一朵鮮紅的寒椿以強勁的力道開在美祿腳邊。那陣衝擊使美祿上半身猛地向後仰，獅子迅速朝美祿揮下藤蔓之劍。

哐啷啷！

「唔！」

美祿勉強接下斬擊，獅子在他眼前露出一抹微笑。

脇差已在反覆交手中受損，獅子用藤蔓之劍在這一擊中將其砍成了兩半。

「真礙眼……！既然你拒絕我的好意，我就如你所願殺了你！」

獅子朝美祿的肩膀肌腱揮劍，美祿驚險地躲過攻擊，抓起斷裂後掉落在地的脇差前端，將意識集中在滲血的手中。

「won（唵）／ul（烏魯）／viviki（維毗其）……」

「去死吧！」

「snew（蘇內巫）！（給自己理想的武器！）」

哐鏘！

藤蔓之劍朝美祿的臉揮下，美祿用自己變出的「鏽蝕短刀」擋住攻擊。其刀身是剛才斷掉的半截脇差，下方是祖母綠色的鏽蝕形成的刀柄和握把。

雙方激烈地近身纏鬥，美祿在刀身後方靜靜地說：

「妳真厲害，獅子。能抱著一顆混亂的心撐到這裡。」

「你、你還想抵抗……！這種倉促做成的短刀有什麼用？」

「我才想問妳，妳怎麼有辦法拿著那麼長的武器到處亂揮？」

美祿說著便用真言短刀將獅子的劍往上一撥，接著以閃光般的速度揮舞短刀，將纏繞在獅子手臂上那些藤蔓「唰！」地砍斷。

「唔哇、啊啊！」

那速度快到獅子來不及感受痛楚，踉蹌了一下。動作也俐落許多，與剛才拿脇差時大不相同。原本充滿太陽光輝的藤蔓之劍在與獅子本體連接的藤蔓被切斷後失去了光芒，逐漸枯萎崩落。

宛若旋風般的一刀，快到讓人反應不過來。

「我、我的劍！這不可能，你那種像玩具一樣的東西……！」

「短刀是我們的專長。妳說這是玩具，畢斯可會生氣喔。」

獅子還想努力做出藤蔓之劍，美祿用一記飛踢將她踢倒，騎在少女身上，用短刀抵著她的頸部。

「唔、啊啊！可、可惡，可惡——！」

「……」

「美祿……！你這是在同情我嗎！現在不殺我，將來一定會後悔。我絕對會洗刷今天的屈辱！動手，快動手！」

「輸了還這麼任性。」

美祿的細瘦手臂使出令人難以置信的強大力量，壓住亂動的獅子，以耀眼的藍眸和她對視。

「我不會殺妳的。儘管來找我報仇，不過每次都會是一樣的結果。」

「嗚、嗚嗚……！混帳，我要殺了你，我要……」

「『身為王者，應屏除私欲，只為人民的福祉獻出自己的花』。」

「……！」

不斷掙扎的獅子聽見美祿說的話後縮了一下，最後停止抵抗，重複著短淺的呼吸。

「我認為這是很讓人不自由的一句話，但妳父王是這麼說的。」

「…………父、王……」

獅子耳後原本絢麗綻放的寒椿受到美祿的話語和星星般的眼眸刺激後，逐漸縮小成花苞。

（……這樣就仁至義盡了。）

美祿見了她的反應，將祖母綠短刀在手中轉了幾圈，迅速收進懷裡。

「之後的事我和畢斯可會想辦法，妳待在安全的地方。等一切結束，妳的腦袋應該也冷靜下來了吧。」

「……啊，等等……你、你想逃嗎，美祿！」

「我接受妳的復仇，但之後再說。」

美祿見獅子情緒恢復穩定後，像沒事了一樣從她身上跳開，循著壹號留下的清晰大腳印風也似的跑走了。

獅子無奈地看著他離去，擦拭因不甘和懊悔而湧現的淚水……

她的眼角餘光忽然瞄到被打得遍體鱗傷的戈碧絲。

見戈碧絲爬著逃離，獅子胸口一熱站了起來，右手再次變出藤蔓之劍……

「…………唔。」

這時她「呼——」地深吐一口氣，停下腳步，握拳放在自己胸前。她壓下胸中沸騰的怒意，藤蔓之劍也隨之消解，咻咻縮回她手腕處，同時戈碧絲也隱身在樹叢之間。

（…………美祿。）

（美祿他……）

（說的沒錯。）

（我的花該為人民而開……）

（不該用來砍這種無足輕重的東西……！）

獅子短暫閉上眼睛，像要斬斷猶豫般搖了搖頭，紅眸再度顯露光芒。接著和美祿一樣循著壹號的腳印，以山貓般的速度跳著離開。

11

「把這小蟲子植入體內，就能阻止櫻花侵蝕，對吧？」

「嘻、嘻嘻嘻……誰知道呢？可能還需要其他處置……」

「我這邊有種蕈菇，種在人腦中可以迫使對方自白。」

「嗚呃！植進去就行了！這是副典獄長專用的最高級聖甲蟲，這樣詛咒就不會再擴散了。」

在畜生道的獄卒帳篷中，梅帕歐夏被用來繫野獸的鐵鍊五花大綁，怯怯地回答美祿的問題。她剛才差點被草叢中的囚獸啃食，是美祿救了她。

在美祿面前的是他因櫻吹雪詛咒發作而昏倒的搭檔，以及同樣燃料耗盡但仍抱著畢斯可且充當著手術臺的壹號。

「沙汰晴吐會用櫻花詛咒來洗腦實力堅強的罪犯擔任獄卒，但他的花粉經常亂飄，傳染周圍的人，我們都很困擾。」

「原來如此，所以獄卒們就在體內植入這種甲蟲，預防感染。」

「熊貓你挺聰明的嘛。這是我發明的，厲害吧？……喂，別無視我。我和戈碧絲不一樣，我不會戰鬥，幫我把這個解開……」

美祿不理會梅帕歐夏說的話，立刻開始動手術。遍布全身的櫻花詛咒甚至滲進鞭傷之中，使他的搭檔在壹號懷中不省人事。

（……嗯，梅帕歐夏說的是真的。聖甲蟲中和了櫻花詛咒……只要把這個植進去就……）

空氣中突然傳來一陣花香，美祿停下動作。他想了想後，無視鬼吼鬼叫的梅帕歐夏，走出帳篷。

帳篷外的是——

紫髮被風吹動的獅子，佇立在那兒。

「…………」

「…………」

美祿留意著腰間的短刀，但並未握住刀柄。

「原來你在這裡……」

「獅子，我剛剛說了，要報仇等……」

「美祿，剛剛很抱歉。謝謝你阻止我……」

「咦？」

「……我差點偏離王者之道。多虧有你，我才能及時打住……」

美祿有些驚訝地望著獅子的臉。

原本散發出強烈修羅氣場的獅子確實已變得心平氣和。

（……她抑制住了那股情緒？怎麼可能？以她這個年紀……！）

鳳仙說，年輕的紅菱在花力覺醒時，很難壓抑自己狂暴的情緒，必須花很長一段時間才能恢復平靜。而且，獅子還是在殺害許多同胞的仇敵面前爆發了怒氣，美祿因此推斷她需要相當長的時間才能冷靜下來。

然而，獅子耳後的寒椿如今卻豔麗地向美祿綻放，那下定決心的平靜表情也證實了這點。

「我只是來向你道歉的，王兄就拜託你了。」

「獅子！」

美祿連忙跑向獅子，輕輕抱住回過身來的她。獅子僵了一下，而後放下心來似的深深嘆息，和美祿四目相交。

「我也很抱歉，說了那麼過分的話……獅子，妳真的沒事了嗎？」

「……我當時看見戈碧絲，氣得火冒三丈……現在已經沒事了。我好歹也是王子，要是因為怨恨或憤怒而揮劍，實在愧對紅菱同胞……愧對父王。」

獅子那雙紅眸亮了起來，有些害羞地說：

「這是王兄給我的力量，我不會再因無謂的怒氣而濫用它了。我會以王位繼承人的身分，用這股力量來守護紅菱人民。」

獅子的話語強而有力，平靜且堅定。可能因為出身王族的關係，她有著非凡的堅強心智，令美祿深感佩服，望著獅子搖了搖她的肩膀。

「妳的精神力真驚人……真了不起，獅子！連畢斯可都常因為無謂的怒氣而胡亂射箭。」

「王兄……對了，美祿，王兄的狀況怎麼樣？」

「跟我來，妳是他的救命恩人，得讓他向妳道謝！……啊，他還在昏迷。」

美祿拉起獅子的手邀她進去帳篷，獅子委婉拒絕，輕輕搖了頭。見美祿一臉疑惑，獅子平靜地對他說：

「他沒事對吧？有你為他治療就行了。王兄和壹號就拜託你了。」

「拜託我……妳要去哪裡？」

「我要去修羅道，趕在你們之前先去看看裡頭的狀況……而且我也很擔心紅菱同伴。」

「……咦，妳要一個人去嗎？不等畢斯可好了之後再一起……」

「沒時間了。我們做了這麼多顯眼的事，沙汰晴吐不知何時會用武力收拾我們，到時候紅菱就完蛋了。我很擅長祕密行動……讓我去探路吧。」

「獅子，可是……」

「我具備能讓食人熊貓拔出短刀的實力呢，這樣還不行嗎？」

「唔……」

美祿聽完獅子的話有些猶豫，最後被她紅眸中的堅定光芒說服，點了頭。

「……好吧，妳絕對不能亂來喔……我有個計畫，妳聽一下。」

美祿小心不被帳篷中的梅帕歐夏發現，附到獅子耳邊說了些話。獅子點著頭聽他說完，對憂心忡忡的他露出自信的笑容。

「我們逃離餓鬼道的計畫也是你想的吧？我相信你……我一定會成功！」

「獅子，遇到危險不要逞強，我們絕對會追上妳！」

獅子聞言回以微笑，點了點頭便往修羅道方向跑去。美祿目送她離去後走回帳篷，嘴裡喃喃自語。

（……她堅強過頭了，一個小孩背負全族的命運。鳳仙王到底在做什麼！他不是那孩子的父親嗎！）

「那、那個，我已經告訴你聖甲蟲的事，可以幫我把鐵鍊解開了吧……」

「不行，我正在想事情。」

「喂！我不是在說笑！快解開，我快要……」

「那就尿啊。」

「開什麼玩笑——！我明年就要三十了耶！誰來救救我——！」

美祿無視亂動的梅帕歐夏，走向畢斯可。他心想只要搭檔活蹦亂跳，他們就能克服任何狀況……天才醫師抱著這個信念，技術更加俐落高明，轉眼間就縫好畢斯可所有傷口。

『畜生道和修羅道之間有座巨大的山谷，兩座大門之間有橋連接。我剛才過來時不可能直衝那座橋，所以在大門西側稍遠處架了另一座橋。』

『架了……另一座橋？你一個人，在懸崖峭壁上？』

『那座橋只會顯現在我認可的人眼前。我對它的耐久性不太有把握，所以別帶太重的東西過去。』

獅子壓低身體在草叢中奔跑，回想起剛才和美祿的對話。越接近畜生道的大門，巡邏的獄卒越多，但即使獅子靈巧的身子使草叢搖晃，他們也只以為是囚獸在打發時間，獅子很容易就能騙過他們。

（……他說他架了一座橋……是什麼意思？）

畢斯可和美祿都會很自然地說些別人聽不太懂的話，獅子經常跟不上他們的思路。不過依兩人之前做過的事看來，聽他們的肯定沒錯，因此獅子聽從美祿的建議，跑到了巨大山谷旁。

「那就是畜生道的大門……呃，他要我往西走。」

獅子扔下嚴重破損的鞋子，光著腳跑離門口的大橋。然而不管她怎麼跑，眼前這片陡峭的山谷都未出現任何橋梁。

「奇、奇怪？西邊是這邊吧？美祿說的橋到底在哪……」

困惑的獅子放緩速度，這時她視野中有個小點反射陽光，閃閃發亮。獅子瞇起眼睛凝視那亮晶晶的東西，像被引導似的朝那裡跑去。

「……有一些亮粉飄在那裡。那就是美祿說的橋嗎？」

這座山谷約有七八十公尺寬，從山谷另一側到這一側之間有許多閃亮的粒子。那層粒子薄到遠看根本看不見，看上去很不牢固。

獅子在懸崖邊蹲下，小心翼翼地觸碰粒子……

啪嘰！

「哇！」

獅子嚇得倒退，她面前出現了一道泛著祖母綠光芒的踏板。那些綠色粉末似乎對獅子的手指有所反應，凝結在一起。

「這就是……美祿的橋！」

那怎麼看都只是浮在空中的踏板，獅子看了提心吊膽。踏板似乎是由可怕而神祕的咒力形成的，但獅子沒時間探究背後的原理。她做好心理準備，踩上祖母綠踏板。

「咿、咿、咿咿咿咿～～……」

啪嘰、啪嘰、啪嘰……

獅子每踏出一步，腳下就形成新的踏板，但底下是極深的山谷，要朝那些神祕的粉末邁步需要相當大的勇氣。獅子咬著牙，口中自然發出微弱的哀號。

（我、我不能害怕！……再不快點，大家都會有危險！）

「那、那是什麼！喂！有逃脫者，在山谷上方！」

「她腳下怎麼會有踏板？喂！把獠牙犬帶過來！」

（糟了！）

畜生道那一側傳來獄卒的叫喊聲。獅子回頭一看，只見一群獄卒正往這裡走來，並讓幾隻馴養的獠牙犬走在前頭。

「吸——吐——！」

（我怎麼能在這裡嚇得裹足不前！大家還在等待救援！）

獅子深呼吸了一下，做好準備，紅眸熠熠亮起，在發光的粒子上全力衝刺。啪、啪、啪、啪！她每跑一步，粒子就隨之凝固，逐漸形成一座美麗的橋。

「快追、快追！要是她逃出畜生道，我們就要被減薪了。」

「先放狗。上吧、上吧！可以咬她，把她咬死！」

獠牙犬們聽見「可以咬她」的指示後，以凌厲的氣勢和驚人的速度朝獅子衝來。即使獅子的動作靈活又快速，在獠牙犬面前仍相形失色。

「可惡，這樣下去……啊、咦？」

嘎吱！這一步傳來和之前不同的聲響。獅子低頭一看，發現凝固的踏板上出現明顯裂痕，可見橋的強度正在衰退。

「太、太重了……橋要撐不住了！」

「那邊的小鬼——！待在原地雙手舉高。如果妳願意當我們的奴隸，我們可以放妳一條生路！」

「停——！別過來！你們再往前走會有危險！」

「呀哈哈，會有危險的是妳吧？待在那兒別動……嗯啊？」

獅子警告完還不到兩秒。祖母綠橋梁的根部傳來聲響開始崩塌，泛著亮光墜落谷底。

「嗚、嗚哇，橋、橋要斷了！」

「救命啊！哇啊啊啊啊——！」

數名獄卒隨崩落的橋梁一同摔落谷底。獅子見狀嚇得頭髮直豎，目不斜視地再次跑了起來。

「嗷嗚、嗷嗚、嗷嗚嗚！」

獠牙犬們拚命奔跑，仍敵不過崩落的速度。獅子在橋上拔腿狂奔，眼看橋梁只差一步就要支離破碎，便跳了起來，伸長右手。

「發花！」

好幾條太陽色光芒的藤蔓瞬間從她手腕延伸出去，宛如柔韌的鞭子般快速波動，勾住生長在對岸修羅道岩壁上的樹木。

（成功了！）

獅子才剛這麼想，腳踝就傳來劇痛，使她發出「唔啊啊！」苦悶的呻吟。原來是後方有隻獠牙犬也跳了起來，卯足全力追上獅子，咬住她的腳垂掛在她下方。

「……這傢伙——！」

獅子和獠牙犬像邊鞦韆般一同撞上岩壁。樹根承受不住一人一犬的重量，嘎吱作響，眼看就要斷裂。

「嗷嗚！」

獠牙犬發狂似的亂動，尖銳的爪子扯開獅子的皮肉，使她冒出鮮血。

「我才……我才不會！」

（死在這裡！）獅子強烈的念頭得到了花力的回應。她腳踝上被咬到的傷口「啵嗡！」一聲猛地開出寒椿，將獠牙犬彈飛。

「嗷嗚嗚嗚——！」

見到獠牙犬往極深的谷底摔落後，獅子縱身一躍爬到樹上，踹了一下斷裂掉落的樹幹，驚險地爬上修羅道的山壁。

「好、好險……！」

獅子往下一看，斷裂的樹幹和幾塊岩石在谷底發出乾燥撞擊聲。她呆愣地看了好一會兒，而後拍拍臉頰為自己打氣，擦拭脖子上的汗水，用自己的藤蔓包紮流血的腳踝。

（我才剛到修羅道而已。得趕緊去救大家！）

獅子轉過身來，前方聳立著一座黑光爍爍的圓形競技場，裡頭傳來怒吼和歡呼。她感覺到有獄卒來巡邏，趕緊躲了起來，並趁獄卒俯視落在谷底的樹幹時，靈巧地用藤蔓從他腰間偷走一串鑰匙，彷彿影子般衝了出去尋找出入口。

12

六道囚獄之一的修羅道。

這座監獄有特殊的成立背景，所關押的囚犯性質也與餓鬼道、人道不太相同。

修羅道囚犯的篩選條件為：

「武藝高強之人」。

「然而，不能是能憑一己之力逃獄的危險人物」。

沙汰晴吐就根據這簡單的標準，親自挑選適合的人。有人是從充滿飢餓與絕望的餓鬼道逃來修羅道，也有人是因為武藝出眾而從人道墮至修羅道。在這座開鑿岩石建成的競技場中，經常上演血淋淋的戰鬥，如同它的名字是一座修羅煉獄。

重視法紀的監獄為何會有這種無法無天的狀況？

這和華蘇縣的「監獄事業」有關。

華蘇縣將修羅道當作羅馬競技場來經營，開放給其他府縣的嗜血觀光客，並收取入場費，作為重要的收入來源。

霜吹人、纏火黨員、穴熊等各具特色的囚犯戰士在嘶吼中決鬥的模樣，總能帶給觀眾非凡的刺激感受，儘管入場費高，仍有不少人經常來觀戰。甚至有人會支付保釋金買下優秀的戰士，當作自己的護衛。

不用說，在這大型娛樂事業的背後，當然也有一套沙汰晴吐所制定的營運規則，諸如：「嚴禁藉由殺害對手來贏得勝利」、「嚴禁人類與紅菱對戰」，用以保護囚犯戰士。這些規則一方面是為了防止觀眾情緒過於激動，另一方面也培育出許多明星選手。

在此背景下，修羅道的競技場今天也陷入了狂熱的漩渦中……

「……這、這場比賽是怎麼回事？」

獅子穿著隱藏身分用的連帽黑袍，穿過歡聲雷動的觀眾席，俯視鋪滿沙子的競技場，不禁發出驚呼。

平常修羅道上演的都是一對一的決鬥，純粹以技巧決定勝負。然而，獅子眼前的比賽卻完全不是這樣。

沒盔甲可穿的紅菱戰士們只握著短劍和盾牌，外圍是一群全副武裝的鬣蜥騎兵隊繞著他們打轉。騎兵隊鞭打一名拚命抵抗的紅菱，用鞭子勾住他，將他拖行在堅硬的沙地上。

（這、這根本……就不叫比賽，純粹是虐殺！）

「喲呵，很好，上吧上吧——！」

獅子睜大眼睛，咬著下唇。旁邊有一名身材肥碩的男人，雙手戴著閃亮的戒指，開心地拍著手。

「嗯？妳剛來啊？呵呵呵，運氣真好，虐殺秀的重頭戲正要開始呢。」

「…………」

「聽說今天有場紅菱小孩自相殘殺的表演，我本來很期待的，可惜那場秀停辦了。現在這個是替代的表演。不過啊，這表演也滿精采的。據說是在重現古羅馬競技場的戰鬥。」

「為什麼……」獅子隱藏著自己的臉，用力咬緊下唇，嘴角流下一道血。「為什麼會辦這種對紅菱而言毫無勝算的比賽……？紅菱和人類的戰鬥，明明是被禁止的！」

「這就是今天修羅道特別的地方。今天是充滿血與死亡的特惠日！」

胖男人大口喝著杯中的藍葡萄酒，溢出的酒弄髒了他的胸口。

「今天典獄長沙汰晴吐不會來巡邏，可以盡情喧鬧。過幾天紅菱好像會被全部處死。修羅道的紅菱體能這麼好，處死太可惜了吧？所以戈碧絲副典獄長決定像這樣辦一場盛大的清倉秀……來來，要不要一起喝酒看表演？」

（混蛋……！）

獅子紅眸中燃起憤怒的烈焰，那股氣勢使黑袍翩翩飄動。身旁的男人失手將酒灑了出來，獅子踩著他的臉衝出觀眾席，跳進下方正在交戰的競技場中。

「怎麼了？什麼東西掉下來了？」

「是闖入者，部隊長。該怎麼辦？」

「沒關係，這是個意外。就算是觀眾也格殺勿論！」

繞著紅菱打轉的那些蠶蜥騎兵揮動鞭子，響起破風聲。強壯的紅菱戰士們聚集至跪在地上的獅子身邊，想要保護她。

「是個小孩，怎麼會來這裡！」

「至少要保護這孩子！殺出一條活路……」

「不需要！」

黑袍帽子下傳來霸氣凜然的聲音，震懾了那些紅菱戰士。獅子說完便脫下黑袍，露出爬滿閃亮藤蔓的身軀。

「妳、妳是……」

「獅子公主！」

「公主殿下怎麼會！」

「喂，還敢看別的地方啊，一群該死的傢伙——！」

正當紅菱們不知所措時，騎兵的鞭子劃破空氣，朝一名紅菱揮下。閃亮的藤蔓之劍從獅子手中伸出，在鞭子觸及紅菱身體前纏住鞭子。

「咦，奇怪？那個……哇、哇啊啊——！」

獅子隨意將纏著鞭子的劍橫向甩動，蠶蜥背上的士兵便被甩飛出去，狠狠撞上觀眾席，令觀眾發出慘叫。

「別認為面前的高牆就是命運！」

紅菱戰士們目瞪口呆地看著士兵被甩飛，聽見獅子的吼聲隨即回過頭來。

「別認為別人安排給你的路就是命運。你們……我們不是為了死在土裡而生的。我們是為了在太陽下綻放！而來到這個世上的！」

「獅子、殿下……！」

「我以王子的身分下令！在汝等的生命綻放之前，全都不准死。跟我來！我絕對會將你們帶到陽光之下！」

「是的……是的，獅子殿下！」

「獅子殿下，我們的性命就交給您了！」

「很好！大家一起上！排成炎華陣．三號陣形！」

「了解！所有人排成炎華陣．三號陣形——！」

「是！」戰士們精神奕奕地說完，原本的絕望表情為之一變，按照獅子的號令舉起盾牌，排出陣形。

「這、這些傢伙怎麼突然……」

「那只是唬人的把戲！不必害怕奴隸，他們無法反抗人類。繼續攻擊！」

鬣蜥騎兵隊不斷地以銳利的鞭子攻擊紅菱，但是這些攻擊全被如龜甲般緊貼在一起的盾牌反彈回去，騎兵們連扯開盾牌都辦不到。

「氣死人了……虐殺環節結束，直接拔刀——！」

在部隊長的指揮下，騎兵們一同拔出腰間的彎刀，正準備朝盾牌間的縫隙揮下時……

咻！

紅菱陣形中突然衝出一名戰士，砍斷鬣蜥的後腿。騎兵慘叫著摔了下來，被壓在鬣蜥底下噴出大量鮮血。

「切換成炎華陣・二號陣形！配合敵人的動作射出『花瓣』！」

「「是！」」

「哼，不過是一群奴隸——！」

為了避免修羅道騎兵隊顏面掃地，鬣蜥們不顧一切地衝向紅菱。然而獅子的領導能力與用兵技巧實在太好，她巧妙地安排一些人負責防守，另一些人負責攻擊，明顯壓制住裝備勝過他們的敵軍。

（紅菱不能砍人類，但可以砍動物。還好敵人是騎兵！）

「……糟了。獅子殿下，您看！」

一名年長的紅菱向獅子低語，獅子透過盾牌縫隙向外窺探，只見一輛寬約四公尺的巨大戰車正從競技場入口開進來。

「哈哈——！各位來賓請放心，剛才那只是餘興節目，好戲現在才要開始！」

部隊長滿臉通紅，在戰車上大叫。那輛戰車在設計上似乎參考了古羅馬的馬車，整輛車輾過被履帶撞倒的鬣蜥，捲起沙塵朝紅菱們直衝過來。

「獅子殿下，沒希望了。您一個人逃走吧！」

「我說了！不要放棄！……上吧——！」

在同胞注視下，獅子身上的藤蔓越發閃耀，她將雙手「啪！」一聲拍向地面。太陽藤蔓沿著地面爬向戰車，但厚重的履帶將藤蔓捲入並絞斷，戰車的速度毫未減緩。

「嘎、哈……！咿咿咿！」

「「獅子殿下！」」

藤蔓被絞斷的衝擊反彈至本體身上，獅子皺著眉頭咳出血來。但她仍咬緊牙關伸出藤蔓，眼中的決心更加強烈。

「……各位！我們一起將生命力灌注至獅子殿下身上！」

「獅子殿下，請使用我的生命力！」

「還有我的！」「獅子殿下，拜託了……！」

紅菱戰士們圍著獅子，各個將手貼在她身上，擠出全身的力氣一滴不剩地流向她。

「大、大家……！」

儘管這些人民的進花之力尚未覺醒，但他們全心全意的祈禱仍足以使獅子快要用盡的花力倍增，並使她燃起勇氣。

（只要有大家的力量……我就能辦到！）

「準備被輾死吧，奴隸們——！」

「唔唔唔唔喔喔喔喔喔喔喔——！」

獅子和紅菱們瞪著逼近眼前的巨大戰車，一同叫道：

「「發花！」」

啵嗡嗡嗡嗡！

「喔喔？喔、唔喔喔——！」

啵嗡、啵嗡！

獅子利用纏在履帶上的藤蔓當媒介，使巨大寒椿連續朝地面綻放，藉這股力道將重型戰車高高抬起。

「嗚、嗚哇啊啊啊——！」

戰車往側面倒下，發出巨響，在競技場中揚起沙塵。觀眾見這異常的狀況嚇得四處逃竄，根本無心發出喝采。

「嗚、嗚嗚，可、可惡，怎麼會這樣……」

部隊長勉強逃過一劫，未受重傷，拖著身子從戰車滑落沙地，朝競技場的出口爬去。

這時在他眼前……

嘩！

「咿！」

一把彎刀插在了沙地上。在一片沙塵中，滿臉煤灰的獅子不帶情緒地俯視部隊長。

「妳、妳想幹嘛……！」

「拔刀。」

「……咦？」

「放心，我只殺了蠶蜥而已。我想按照規則和你決一勝負，只有我和你，沒意見吧？」

「…………呵、呵呵……一個小鬼在說什麼呢……」

部隊長臉上再度浮現自信笑容，不敢大意地跳了起來，拔起面前的彎刀，高傲地俯視將藤蔓之劍垂在手中的獅子。

「妳少自以為是了，哼。就算擅長用兵，妳依然是個紅菱小鬼。竟然想把人頭白白奉送給我……」

「說夠了嗎？」

「什麼？」

「我在問你什麼時候才要開始。若從你拔刀時算起，我已經殺了你十次了。」

「……竟敢小看我，妳這小鬼──！」

霍！部隊長雙手握著彎刀用力揮下，但只擦過獅子的臉前方。

並非部隊長攻擊失準，而是因為那把彎刀已從刀腹斷成兩截，刀刃噴飛至空中轉了幾圈，插在一旁的沙地上。

「……啊、啊……！」

「不准再對紅菱動手。下次見面，我就會殺了你。」

獅子用藤蔓之劍砍斷彎刀後，咻地將藤蔓收回手腕，轉身離開。部隊長呆愣地看著斷刀好一會兒，突然想通了似的舉刀朝獅子衝來。

「去死吧，臭小鬼——」

「愚蠢的傢伙……」

獅子感受到殺氣，傻眼地回頭，就在她旁邊……

砰！

一支翠綠的藤蔓長槍從側面刺穿部隊長的脖子，再拔了出來。部隊長倒在沙地上氣絕身亡，脖子如噴泉般噴出血來。

「不准對獅子殿下無禮。去地獄受苦吧，人類……」

「你、你……做了什麼！」

獅子瞬間臉色蒼白，跑向那名紅菱戰士。他恭敬地低頭，收起藤蔓長槍，不讓人類的血弄髒她。

「這樣會惹怒國王，沒必要殺他！……不對，你們為什麼能殺人類？」

「應該是因為獅子殿下的花朵賜予了我們藤蔓之力。」

戰士說完，獅子仔細看向他的身體，發現他身上爬滿蒼翠的藤蔓。那代表他和不久前的獅子一樣，出現了花力覺醒的徵兆，已然進化。
「你、你們也長出了藤蔓……」
「是的，剛才和獅子殿下一同戰鬥的人都長出了藤蔓。」
「所有人嗎……？怎麼可能！」
沙塵逐漸散去，獅子所恐懼的淒慘景象出現在眼前。紅菱戰士們手中握著藤蔓武器，走向一個個趴倒在地上的人類，給他們致命一擊。
「咿、咿咿咿咿，住、住手，饒我一命。」
「我朋友也曾對你們這麼說過。」
「我還有家人，我還有老婆和女兒——」
「我朋友也是，他的家人也被你們殺了……」
「嘎、哈啊、嘎啊啊！」
每個戰士的表情都極為冷血，臉上沾著血，將士兵逐一殺害。不只如此，他們的殺意甚至轉向競技場內的觀眾，使整座修羅道化為人間煉獄。
「住、住手——！大家別再殺人了！你們會被判死刑的！」
「想到紅菱長久累積的怨恨，個人的性命便顯得微不足道。而且……給予我們力量和自由的，正是獅子殿下。」
「你、你說什麼……」

「在那兒絢麗綻放的寒椿……獅子殿下的花。我們吸入越多花粉，就越有力量。」

獅子聞言回頭一看，競技場中央開著剛才彈飛戰車的巨大寒椿，從中不斷飄出如太陽般閃亮的花粉。

使紅菱們進化且打破奴隸束縛的，正是獅子的進花之力。

「我感覺重獲新生……原來按照自己的意思行動是這麼令人舒暢的事。」

戰士的低語令獅子全身發寒……這時，她看見觀眾席有個嚇到縮成一團的有錢小孩，一名紅菱宛如幽魂般正朝他走去。

「！住手……住手——！」

獅子立刻跑去，但那名紅菱沒有聽見她的聲音。紅菱身上沾滿人類的血，朝著緊閉雙眼的孩子舉起手中的藤蔓大斧……

呼咻！

競技場中突然刮起一陣風，伴隨著溫和的香氣拂過紅菱們的身體。他們睜大眼睛愣在原地，而後茫然地將武器變回藤蔓的形狀。盛開的巨大寒椿也在那陣風的吹拂下恢復成花苞，不再散播花粉。

「……嗯、唔……？我在做什麼……？」

剛才那種冷酷表情已從紅菱臉上消失。獅子看著那個人類小孩哭著逃跑，鬆了口氣。

「真是悲哀。」

一道令獅子打從體內凍結的穩重嗓音傳進她耳中。周圍的紅菱出於本能，在理解發生什麼事之前就已跪伏在地。

「父……王……！」

華麗的長袍在競技場內最高的座位上翩翩飄動。

那是紅菱之王，鳳仙。他現在的神情與在美祿面前時大不相同，嚴厲而具有王者風範。

鳳仙從大約二十公尺高的地方跳下，腳下「啵」地開出鳳仙花，緩和落地的衝擊。他每走一步腳下就「啵」、「啵」開出花朵，穿過沙地朝獅子走來。

（啊……唔啊……）

獅子被父王散發的冰冷氣場嚇到無法動彈，好幾名紅菱護在她身前，向國王下跪。鳳仙以看不出情緒的表情，俯視跪伏在地的同胞，無奈地扯開嗓門對遠方的女兒喊道：

「好久不見，獅子。」

「父、父王……」

「妳過得好嗎？……不，看來沒必要問了。連從遠處看，都看得出妳判若兩人。」

「…………」

「妳找到了一個好師父是吧？」

「是的……」

「很好。」

「…………」

獅子如願見到父親，卻不知道該說些什麼。但她仍努力擠出聲音，激動地說：

「父王！我……」

「什麼都不用說，余知道。」

「可是！」

「不必替人民操心……余現在要問妳的罪。」

聽見鳳仙的話，紅菱們更加緊密地圍住獅子。他們一心想保護獅子，但這並沒有讓鳳仙回心轉意。

「妳殺人了吧，獅子？」

「……！」

「鳳仙王！殺人的是我們。」

「您要罰就罰我們吧，獅子殿下一個人都……」

「安靜！」

幾名紅菱激動地勸說，被鳳仙大喝一聲蓋過。他的聲音穿過紅菱人牆後仍威力十足，撞上競技場的牆壁「啵！」地開出鳳仙花。

「余就是在追究這件事。妳的花力真可怕，竟能讓人民掙脫法律的束縛，殺害未抵抗的人……這就是妳的進花之力所做的事。」

「…………」

「吾等對這股力量仍了解得不夠透澈……但沒想到王子身上開出的，竟是會讓人民變成修羅的花。這麼做彷彿讓王者之道染上了鮮血。妳有什麼要辯解的嗎？」

「……沒有，父王……」

獅子撲簌簌地落淚，一步步往前走。紅菱們有些猶豫但仍讓出一條路，獅子走到鳳仙面前，跪了下來。

「我一直想當個夠格的王位繼承人……」

「………獅子。」

「但我的花力解放了人民心中的修羅，這也是事實。我的花、我的道路上充滿了鮮血。您若讓我活下去，我的修羅天性總有一天會妨礙您的路。」

「…………」

「這全是我的天性所為，人民是無辜的。為了維護紅菱的和平，請父王親手！……砍下我的頭……！」

「獅子殿下，這怎麼行！」

「啊，鳳仙王，請大發慈悲！」

「…………」

「…………」

無數紅菱屏息注視，修羅道陷入漫長的沉默。

「……妳率領人民殺害人類。這若是王族所為，如妳所言……就該判死罪。」

「……是的。」

「因此，獅子。」

「…………」

「……余現在就剝奪妳的王位繼承權，此後妳只是一介平民。」

「！父王，這……！」

獅子臉色大變，想要站起身來，鳳仙卻不慌不忙地按住她的肩膀。

「你們的行為如果是人民為了保護自身而團結起來，那就是余保護不周，反倒是余有罪。妳若是一介平民，也就不必被斬首了。」

「我不同意。」獅子對鳳仙激動地叫道：「您不處置違背王道的修羅之花嗎！您、您要是不在這裡……在這裡砍了我的頭，紅菱就不得安寧。為人民的幸福著想，做正確的事，不就是王者之道嗎！」

「一介平民向余講述王者之道，也講不到余心坎裡。」

鳳仙不理會獅子的強烈主張，臉上的神情從嚴厲恢復為灑脫，指了指競技場的天花板。

「而且從剛剛起就有四隻可怕的眼睛瞪著余。要是余繼續欺負妳，他們就要撲過來了，真可怕。」

獅子朝他指的方向抬頭望去，只見紅髮和藍髮蕈菇守護者像蜘蛛一樣爬在天花板上，以銳利的目光瞪著鳳仙。

「哪有人會用那種眼神看人的？妳師父挺可怕的嘛。」

「王、兄……」

鳳仙笑著轉身，並對同胞招了招手。紅菱們隨即以敏捷的動作跟在國王身後保護他，其中有幾個人擔心地回望獅子，但仍護著鳳仙的後背追隨他離去。

「妳爸也太自以為是，是我的話早就揍扁他了。」

畢斯可在獅子身旁輕盈落地，獅子見到他後，哭腫的臉上浮現些許笑容。他身上雖然還殘留著櫻花刺青，但經過美祿的治療後身體已恢復了不少。

「若沒有妳的力量，那些傢伙都會被殺！他連句謝謝都沒有……」

「沒關係，王兄。我的花力沾滿了鮮血……從一開始，就沒辦法繼承父王的道路。」

獅子努力讓自己的聲音聽起來有精神些，卻顫抖到令人同情。畢斯可投以憐憫的目光，使她忍住的淚水潸然落下，說出了真心話。

「……我太沒用，沒資格當王……我追著父王的背影來到這裡，卻背離了父王開拓出的道路……」

「什麼鬼王道，這也不行那也不行，跟這裡的囚犯規矩沒兩樣。這種東西丟掉最好！往後妳的規則就由妳自己來決定，獅子！」

「嗚嗚……可是……可是，王兄！」

「沒什麼可不可是的！」

畢斯可的翡翠眼眸綻放絢爛光彩，吸引了獅子的目光。

「聽好了，妳是對的，因為這就是妳自己的決定！妳的道路上不需要別人的腳印。繼續朝太陽照耀的方向前進就對了。」

「王、兄……！」

「沒事的，有我和美祿在。就算世界上任何規則都說妳是錯的，我也會肯定妳，對妳說『做得好，了不起』！所以別害怕……妳萌芽的心必須由妳自己來認可！」

「……嗚、嗚嗚、嗚嗚……」

獅子止住的淚水又從眼中一滴滴滑落，浸濕了競技場的沙地。

「王、兄，王、兄…………」

獅子抓著畢斯可不斷啜泣，這次畢斯可沒有推開她。他感覺到獅子的熱淚濡濕了自己的胸膛，揉了揉她亮麗的紫髮……想像著少女心裡破損的洞是什麼模樣。

「…………」

「…………」

「你想說什麼，熊貓？」

「有話想說的是您吧，國王？」

這裡是連結修羅道和人道的谷底通道。

紅菱之王鳳仙率領著一群身上爬滿藤蔓，已然進化的紅菱。貓柳美祿以冷徹的表情走在他身旁。

「人類會對紅菱之王的判決產生疑問也很正常，但在那種情況下……」

「『身為王者，應屏除私欲，只為人民的福祉獻出自己的花』。」

「……………」

「如果這句話是對的，那麼獅子從頭到尾都沒有做錯。」

美祿那雙星星般的眼眸直視前方，以澄澈的聲音繼續說道：

「她賭上性命保護紅菱人民，知道自己開出的是修羅之花後，為守護人民的安穩生活而一心求死。她為人民犧牲一切，這完全是理想而符合規範的王者行為。」

「……………唔嗯，真是的。」

「可是剛才在那裡，你卻……」

「不認同獅子的行為，是吧？」

「……………」

「沒錯，和你想的一樣。余若承認獅子是對的，就得砍下她的頭。余為了保護自己的孩子，扭曲了必須遵循的王道……」

「同時也犧牲了人民的安穩生活吧？」

「嗯，你這個人真嚴格。」

鳳仙說完，回頭望向跟在稍遠處的紅菱戰士。他們每個人都對國王的王者風範深信不疑，忠心耿耿。

「……沒錯，余違背規範，保護了獅子。你會責備余，說這不是個國王該有的行為嗎？」

「身為國王，這麼做的確是零分。」

這時美祿冷淡的臉上露出一抹微笑，抬頭看著鳳仙的臉。

「但我不會責備您，因為您作為父親已經及格了。」

「……哈哈哈。」

鳳仙聽完美祿的話豪爽地笑了起來，目光望向遠方。

「余把她教得太好了。獅子比余更適合當王……適合到過了頭。國王是不幸的。礙於規矩，不能盡情擁抱自己的孩子……必要時還得砍了孩子的頭。沒有比這更悲哀的生物了。」

「所以你才將她趕下繼承人的位子？你不希望她被綁在王位上，犧牲自己的幸福。可是，國王，獅子她……」

「別說這些無聊的事了。這件事到此為止，忘了吧，熊貓。」

「喂——！站住！等一下，花朵大叔！」

「大叔……」

鳳仙逐漸變得柔和的表情瞬間僵住，停下腳步。眼神凶惡的少年晃著一頭紅髮，大步走向鳳仙。

「畢斯可！」

「遠遠地就看到你穿著一身花花綠綠的衣服。你說完自己想說的就走人是怎樣！」

「說過好幾次了，余不是『大叔』。」

幾名戰士衝上來保護國王遠離畢斯可的騷擾，鳳仙示意要他們退下，清了清喉嚨。

「太難聽了，真教人不快。要叫就叫『美男子』……」

「不喜歡我這麼叫你？難道要我叫你『開花老頭』嗎？」

「好了啦，畢斯可！這、這樣很危險，這個人是國王！」

隨侍在鳳仙身旁的紅菱們散發出刺人敵意，美祿嚇得冷汗直流，拚命勸戒宛如惡犬般殺氣騰騰的搭檔。但畢斯可就像是不咬鳳仙一口不罷休似的。

「唔嗯，咱們應該是第一次見面……余不認識你這種野獸。那麼，你為何對余如此生氣？」

「看到正確的事情被曲解，誰能不生氣！」

「獅子呢？你丟下她跑來了嗎？」

「力量反彈，使她發燒病倒了。她一心想救父親，逞強到這個地步……！不揍你一拳逼你向她道歉，我不甘心。」

「不得無禮！人類怎會了解鳳仙王的苦心……！」

「沒事，退下。」

聽見這紅髮猛獸說出令人意外的真誠話語，鳳仙的心情好了起來，推開部下走到畢斯可面前。他不理會騷動不安的紅菱們，上下打量了畢斯可一番……最後對上那翡翠般閃耀的眼眸。

畢斯可身上被戈碧絲鞭打的傷口還沒痊癒，一隻眼睛被包了起來，眼中卻充滿生命力，讓鳳仙心想：光是一隻眼睛就夠嚇人了。

「唔嗯，原來你就是她的師父……你就是讓獅子開花的無禮之徒。」

「我只是分了她一點血，花是她自己……」

「唉，沒想到余的女兒會被這種狂犬般的男人搶走。不過規定就是規定，余只好同意你和獅子的婚事。」

「「……啥？」」

紅髮和藍髮蕈菇守護者同時發出怪叫。鳳仙手上戴著幾枚戒指，他拔下其中一枚遞給畢斯可，淡淡地說：「帶著直到你們完婚為止。」

「您、您在說什麼！國王，畢斯可已經結過婚了！他是有家室的人，他有個做事勤快、E罩杯而且力氣很大的太太！」

「那有什麼問題？紅菱是多夫多妻制，讓獅子當他第二個老婆就行了。」

「不、不要亂決定啦，大叔！人類有人類的……」

「余不是大叔，叫余岳父。」

「我不會讓他這麼叫的——！不行不行不行，絕——對不行！」
美祿激動到眼冒血絲，擋在畢斯可身前。鳳仙和紅菱們見他這樣，不禁面面相覷。
「你們真奇怪。他本人就算了，為什麼連熊貓也……算了，等所有事告一段落，你們應該也會回心轉意吧。」
「才不會！」
「怎樣都好，趕緊把事情辦一辦。嗯？你想揍余一拳是吧？」
突然刮起一陣風，吹得長袍翩翩飄動，紅菱之王鳳仙對畢斯可露出微笑。國王散發的氣場讓紅菱們嚇得後退，現場只剩下國王和兩名蕈菇守護者，紅菱則繞著他們圍成一圈。
「那就來吧。用踢的也行，不必客氣。」
「你不會抵抗是吧？」
「呵呵，畢竟余也對女婿的實力有些好奇。」
「那麼就讓我盡情揍你一頓！」
美祿還來不及阻止，畢斯可就蹬了一下地面宛如子彈般跳起，朝著鳳仙的鼻梁揮拳……拳頭意外地傳來柔軟的觸感，令畢斯可失去平衡擦過地面，像踩在跳石上一樣跳了幾下後穩住姿勢。
（？他消失了！）
「哈哈哈，該說你像因陀羅，還是須佐之男呢？氣勢真驚人！讓余想起自己年輕的時候。」

「……你做了什麼！」

畢斯可聽見鳳仙的聲音連忙回頭。他剛剛明明擊中了鳳仙，現在那裡卻只剩下一堆鳳仙花的花瓣，一片片飄落地面。

「哎呀，你將高雅的花看成余了嗎？真是光榮。」

「不過變了個魔術，少得意了！」

畢斯可露出犬齒吼了一聲，再次撲向氣定神閒的鳳仙……到了鳳仙面前，卻像緊急煞車般用力踩緊地面。

「唔。」

「在那裡——！」

畢斯可想起剛才那一幕，立刻切換思路，不再依靠視覺，而去感覺鳳仙的氣息。他倏地扭過身去，狠狠踢向乍看空無一物的空間。

噗咻！

鳳仙花再度四散飄落。

「什麼！」畢斯可踢了個空，摔倒在地。接著他感覺到有個冰冷的東西抵在脖子上。

「真精采，赤星畢斯可。不過餘興節目結束了。」

畢斯可緩緩回頭，抬眼瞪著拔刀抵著自己的鳳仙。

「你真了不起。不靠眼睛而靠嗅聞氣息，找到了余的隱藏之身……你不過是個少年，到底經歷過多少磨難才有這般功夫？」

「……你這傢伙，竟把隱藏之身當作誘餌……！」

「余原本心想，若你踢余一下就能消氣，余可以給你踢沒關係。但被能夠看穿這技術的人踢到，余可沒辦法毫髮無傷哪，所以才這麼做的。」

鳳仙露出平靜的笑容，將刀收回刀鞘。在旁屏息注視的紅菱們此時終於鬆了口氣，紛紛出聲讚嘆剛才精采的一幕。

「赤星、熊貓，余既然知道你們有這麼強的力量，就不能讓你們繼續介入六道的紛爭中。你們若硬要介入，小心余可能會將你們視為敵人。之後是紅菱自己的問題……準確來說，是余和沙汰晴吐染吉之間的問題。」

「你是叫我們袖手旁觀嗎？開什麼玩笑，這也是蕈菇守護者的問題！要是不打倒那個閻羅王，就沒辦法消除我同伴們身上的刺青！」

「無須擔心，余會和他談判，要他解除花力。武器在紅菱的紛爭中派不上用場。余必定會基於法律和王道，以不流血的方式解決問題。」

「兩種信念碰撞在一起，怎麼可能連一滴鼻血都沒流就得到結論！」

畢斯可抬頭看著鳳仙，目光像要咬人似的，使鳳仙動了動眉毛。

「想息事寧人也該有個限度，這種方法在監獄外根本行不通！外面是弱肉強食的世界，你連到外面也要帶著這種過時的規矩嗎！」

「原來你是在對余的政權提出警告。」

「你這傢伙，我是認真的……！」

「行了，赤星。這樣沒什麼不好。要是余的政權腐朽了，自然會有更茁壯的生命將之粉碎，建立新的政權。正因理解這點，余才能當王。」

「…………」

「余已經有心理準備，舊國王可能會敗倒在新國王劍下。余唯一擔心的就是女兒。需要一位豪傑，在余死後保護獅子免於篡位者的傷害。因此余要她挑選一位強大的男人當作師父……結果她帶回的竟是一隻猛犬。」

「……原來你對獅子的要求是出於這個目的！」

「你讓人家的女兒開花，一定要保護好她。這是國王的命令。」

「誰要聽你的……！」

「知道了，鳳仙王。獅子就交給我們，沙汰晴吐就拜託您了。」

「喂，美祿，你……！」

「哈哈哈，很好。原來人類中也有不錯的傢伙……相信有天吾等也能並肩同行。」

鳳仙喃喃低語完，甩了一下華麗的長袍，沿著谷底道路悠然離去。上百名紅菱跟隨他的腳步，以整齊的隊伍緊跟在國王身後。

「……喂，美祿！你真的想把一切都交給那個大叔處理嗎？」

「怎麼可能？我是因為知道和他爭辯也沒好處才那麼說的。」

「你啊……」

「反正就算我答應他，你這個人也不可能乖乖照別人說的做。」

見搭檔說了謊還能擺出無所謂的表情，畢斯可眉頭抽動……接著看見遠處有個紅色巨人發出「哐啷、哐啷」的腳步聲，朝他們跑來。

「啊，壹號！」

「我從梅帕歐夏那裡問到了畜生道的骨炭倉庫位置。我要壹號以備用電源自己走去那裡，吃飽了再回來。」

「那個女人？真虧她願意說。」

「對啊，因為她已經快憋不住了。」

「？憋什麼？」

「壹號，應該藏在這附近，你可以幫我們找找嗎？」

美祿對跑來的壹號喊完，壹號便停下腳步，使頭部三百六十度旋轉，翡翠燈光如警示燈般一閃一閃照亮四周，亮到令兩人閉起眼睛。翡翠燈光最後停了下來，以強烈的光線照著他們正對面的岩壁。

「哇，不只在附近，原來就近在眼前。」

「喂，美祿，你到底在找什麼？」

「武器庫。」美祿敲了敲翡翠光線照亮的岩壁，回應一臉疑惑的畢斯可。「我去了趟獄卒辦公室，看過地圖。我們的弓和菇毒都收在那裡。不管之後要跟誰打，都得先取回蕈菇守護者的裝備才行。」

「這我同意。剛才要是有弓和蕈菇，就不必和那種嘍囉陷入苦戰了。」

『叭嚕嚕——！』

壹號發出砰磅聲響走了過來，用指尖捏起美祿放到一旁，抬起粗如樹幹的鋼鐵之腿，用力踢向翡翠光線照亮的岩壁。

轟隆隆！

壹號踢破的那塊岩壁，實際上是個巧妙偽裝的機械裝置。隨著門被破壞，偽裝成岩塊的門禁讀卡機也「砰！」地開始冒煙。

「很好……武器庫裡應該有很多警衛。要躲過所有探測器太困難了，所以我決定和壹號直接衝進去。」

「好，我們走！」

「等一下。畢斯可，等等。畢斯可坐下。」

「別把我當狗！」

「三個人進去太多了，你去鳳仙王那邊。」

「……嗯嗯？你要我去幫那個大叔？他不是說用談判就能搞定嗎？」

美祿露出自信的淺笑，搔了搔耳朵。

「順利的話當然再好不過。但一個判處自己一百年徒刑的人，有可能因為見到國王，就扭曲心中的正義嗎？一定會像你說的一樣，沒流一滴鼻血不可能圓滿落幕。鳳仙王絕對需要你的力量。」

「熊貓的直覺又發揮作用了。」

「我相信你的感覺。你相信我還是國王呢？由你自己決定吧。」

「哼！」

畢斯可拍了拍壹號的背，快步離去。美祿對他喊道：

「畢斯可！我不是叫你去打架，你可別主動製造衝突喔！」

「這我當然知道！你快去把弓拿回來，追上我們！」

美祿看著搭檔往人道方向跑去，微微一笑……接著換上戰士的眼神，藍眸閃閃發光。

「他要我們快點追上他呢。壹號，要不要來比比看我和你誰會先找到弓？」

『！叭嚕——！』

「哈哈！很好，我不會輸的。這就讓你見識前輩的實力！」

壹號振奮地吼完，將推進器開到最大，要美祿抓住它的肩膀後，沿著暗道一路飛向武器庫。

13

『你是余的竹馬之友……』

『……』

『余竟得讓你擔負起這般沉重的命運……這全是因為余能力不足所致。』

『這麼說真不像你。鳳仙王，請下定決心！』

『……』

『某相信國王必定能讓紅菱擁有和平的生活、平靜的心靈。若某能夠成為這生活的基石，某願意執起法紀的天秤，成為六道囚獄之鬼。』

『……染吉，你的話語余確實接收到了。跪下。』

『是。』

『接下來余將用鳳仙花力，賜予你進花之力。能將花力託付給你這種擁有強大的精神力的人，余覺得很安心。』

『是的——……！』

『……你身上定能開出美麗且強健的花。就像吾等過去約定過的那樣……一定會的，染吉。

你說是吧，染吉……』

「鳳仙王，您身體不舒服嗎？」

「唔。」

沉浸在回憶中的鳳仙聽見親信戰士的聲音回過神來。紅菱一行人已離開人道，正前往天道……六道囚獄的正門廣場。在鳳仙王的率領下，所有人充滿前所未有的活力與氣勢。

「余沒事，不用太在意。」

「抱歉失禮了……不過，狀況不太對勁。獄卒們接連從天道逃了出來。」

如親信所言，一個又一個身穿黑袍的獄卒穿過上百人的紅菱隊伍旁邊，跑向人道。他們嘴裡發出「咿」、「哇」等微弱的慘叫聲，拖著因恐懼而僵硬的雙腿，連滾帶爬地拚命逃跑。

「正門那裡可能出什麼事了。鳳仙王，請在這裡稍待一會兒。我們會挑選精銳去確認狀況。」

「不需要，余大概能想像發生了什麼事。」

「雖然您這麼說，但吾等紅菱不希望您有個萬一！」

「余更不願見到人民有個萬一。行了，就堂堂正正地走過去吧。」

聽見鳳仙溫柔卻充滿威嚴的聲音，親信不由得低頭退下，沒有再和他爭論下去。

（……染吉……！）

不過，沒有一個親信注意到鳳仙的紅眸中靜靜燃起了一道火焰。於是紅菱隊伍不理會那些逃竄的獄卒，大步走向正門廣場。

六道囚獄正門廣場。

漆黑的大門前，如今擺著一個由櫻花樹組成的格子狀巨型牢籠，完全擋住大門。

而在牢籠中央……

地獄法官沙汰晴吐以藍色鎧甲包裹著巨大身軀，基於自己的判決而坐在牢籠中，散發出強烈的壓迫感。他不吃飯、不說話，穿著厚重的甲冑硬是做出打坐的姿勢，進入牢籠後姿勢就沒再變過。

沙汰晴吐的愛馬寒緋待在牢籠旁，片刻也沒離開，時而用鼻子發出「呼嚕嚕」的聲音。牠的身形也十分巨大，彷彿為主人量身訂做般，但朱色的毛髮略為失去光澤，身影也有些落寞。

「……哈啊——！」

沙汰晴吐露出白柱般的巨齒，口中吐出灼熱的氣息。隨後一大株櫻花樹便「砰！」地衝破他的肩膀長出。

「……花力滿溢到某已無法抑制。某的生命也快到盡頭了！」

他以渾厚的嗓音說完，態度依然冷靜，重新環抱雙臂。

「在某死後，這具抑制花力的身體隨之消失……櫻花應該會瞬間覆蓋整座六道囚獄，將所有紅菱吸收並殺害。接著，華蘇縣便會開滿全年都不會凋零的櫻花。」

見到主人視死如歸的模樣，寒緋對他發出嘶鳴。

「別擔心，寒緋。櫻花之力相當守法，不會傷害紅菱以外的生物。你一定要活下去，侍奉下一任典獄長……唔。」

沙汰晴吐察覺到有人接近，鬆開打坐的姿勢。

「沙、沙汰晴吐大人——！」

一名獄卒緊貼著櫻花牢籠撲倒在地。

「人道之門被打開了！造反了，紅菱之王鳳仙率領上百人過來了！」

「他來啦。」

沙汰晴吐拔掉「砰！」地開在他脖子上的櫻樹，低吼道。

「時機成熟了。用某給你的鑰匙，幫某把牢籠打開。」

「典、典獄長，他們是紅菱，卻不害怕人類，也不聽從我們的命令。有人回報，剛才有幾名獄卒持劍砍向他們，劍卻被折斷。」

「快點把牢籠打開——！」

沙汰晴吐咆哮著站了起來，他的頭盔將櫻花牢籠撞得四分五裂，大手一揮便將構成欄杆的樹瞬間砍斷。

「啊、啊哇哇……！您自己將牢籠……」

「……唔，看來這牢籠做得很失敗。算了，在某的罪狀中加入逃獄未遂，判處二十年徒刑吧。」

「嚴守法律是好事，但你有些笨拙呢，染吉！」

「！」

獄卒飛也似的逃跑，遠方出現一身翩然飄動的長袍。

從連接人道的窄路走來的……

正是白皙肌膚被太陽照得閃閃發亮的紅菱之王——鳳仙。

他身後跟著身上爬滿藤蔓的強壯紅菱戰士，雙手拿著藤蔓武器，散發氣勢不讓獄卒們靠近。

「染吉！近來可好？」

聽見鳳仙王開朗的聲音，沙汰晴吐的巨大身軀發出哐啷聲響轉向他。法官沙汰晴吐「啪嘰啪嘰！」踩扁自己製作的牢籠，大步走到鳳仙面前。

「真、真是驚人……這魄力大勝從前。」

「鳳仙陛下，請退後！」

紅菱們拚了命想保護鳳仙，沙汰晴吐在他們前方巍然佇立……

而後「轟！」的一聲搖晃大地，單膝跪下。

「鳳仙王，請原諒某久未拜見。」

「是嗎？哈哈。你給人的印象太強烈了，余並不覺得很久沒見。」

「您氣色很好。看到您過得好，某就安心了。」

「你招待得太好，余都長贅肉了呢。感謝你一直守護紅菱免於外界傷害。對了，現在有兩個叫赤星和貓柳的傢伙混了進來。真是兩個有趣的小鬼……」

「閒話到此為止！」

沙汰晴吐的巨大身軀發出嚇人的鏗鏘聲，紅菱戰士們立刻上前保護國王。「行了。」鳳仙低語一聲，戰士們便跪伏著往後退下。

「竟想率領部下衝破牢獄，真是膽大包天。請告訴某您為何這麼做。」

「你應該知道余的來意吧，染吉？」

「這裡是法庭。國王，請自己說明清楚。」

沙汰晴吐拿起愛馬寒緋叼來的巨尺，接著說道：

「六道典獄長沙汰晴吐，會視情況——！做出相應的判決！」

沙汰晴吐散發出懾人的霸氣，使櫻花「砰隆！」綻放，光是吼聲就震飛了數名紅菱。

鳳仙王像是很懷念這副口氣那般，臉上浮現柔和的微笑，愉快地面對沙汰晴吐的霸氣，頭髮飄了起來。

「染吉，看見這些紅菱人民了嗎？」

「……唔，他們的身體！」

「沒錯，他們不靠余的花力，憑著自己的意志力獲得了『藤蔓』。紅菱即將進化，吾等隸屬於人類的時代已然過去。」

「你想衝破牢獄，以這股力量與人類為敵嗎！」

「余不想這麼做，所以才拜託你把門打開。」

每當沙汰晴吐噴出灼熱氣息，鳳仙的秀髮便翩翩飄動。

「現在紅菱人民仍是『藤蔓』狀態。要是他們的『進花』之力覺醒，可能會因為一些小事而和人類開戰。余要在那之前前往京都，向京都政府要求簽訂民族互不侵犯條約。這是維護安穩生活的上上策，此外別無他法。」

「什麼維護安穩生活，說得倒好聽！上百名長出藤蔓的紅菱已經可算是軍隊了。那麼、危險……？某、怎麼會、開門……」

「好了，冷靜點，染吉……咱們不都希望紅菱過上安穩日子嗎？稍微收回你的花力……冷靜地看著余的眼睛……」

「唔、嗯、唔唔……喔……」

沙汰晴吐的聲音越來越含糊，直尺從他手中掉落，整個人顫抖起來。紅菱戰士們見狀發出驚嘆。接著幾名親信注意到鳳仙手中飄出閃亮的花粉。

花粉順利侵入沙汰晴吐興奮的知覺中，穿過他頭盔的縫隙，散發神祕香氣迷惑他的腦袋。

（余用了鳳仙花的幻術，還好他沒有鼻塞……對朋友施展幻術不是王者應有的行為，但余是因為不想動手才這麼做的。原諒余，染吉。）

鳳仙他……

打從一開始就不認為自己可以說服因花力而失控的沙汰晴吐。

然而，面對這樣一個在法律之前連國王也敢打倒的暴衝火車頭，若用武力阻止他，人民勢必會為了保護國王而犧牲性命。

（所以余只能暫時用花催眠你了。）

「……也、也對，吾等為了……紅菱的安寧……」

「沒錯，染吉。說到這兒你就懂了吧？快點把門打開。」

「……遵、命……」

沙汰晴吐顫抖著走向六道囚獄的大門，將手貼在門上。就在鳳仙臉上浮現些許安心神情時……

巨大的紅毛馬寒緋噠噠蹬地，跳了起來，用前腿狠狠踹向主人沙汰晴吐的腦袋。

啪！

「！什麼！」

鳳仙連忙增加花粉，然而在他面前……

砰隆！

粗壯的櫻花樹衝破沙汰晴吐後腦杓的頭盔，長了出來。櫻花樹幹深入他的腦部，將幻覺從他意識中清除，不斷顫抖的沙汰晴吐立刻停下動作。

不一會兒……

「哈——」他吐出深長氣息後，咬緊白柱般的牙齒。

「……危險……危險！這股花力足以擾亂囚獄之法，某親身體驗到了。」

「好一匹忠心的馬。可惜就差一步！」

「若所有紅菱將帶著這股力量，四散到全日本，某沙汰晴吐，無論如何都要在這裡！剷除這股萌芽的力量！」

沙汰晴吐的巨大身軀站了起來，陰影遮住鳳仙等人。紅菱們衝上前，這次說什麼都不願從國王身邊退開，睜大布滿血絲的眼睛，賭上性命想保護國王。

「怎麼能這樣對國王說話！」

「你好歹也是紅菱，竟想阻礙族人的去路！退下，沙汰晴吐！」

「一群自不量力的傢伙——！」

沙汰晴吐因催眠而僵住的巨大身軀嘎吱作響，動作依然不流暢，他像要扯斷束縛住神經的鐵鍊般，全身「啵、啵！」開出櫻花。

「在沙汰晴吐的天秤之前，權力、血統、信仰全都微不足道。連您也無法逃避審判，紅菱王鳳仙！」

（唔嗯，情況有些不妙。）鳳仙面露淺笑，脖子上流下一道汗水。（余已料到染吉的力量有可能增強，但沒想到他連余的花術都能破解……）

「宣布判決結果——！」

「國王，危險！」

鳳仙聽見紅菱戰士的警告，往後跳開。巨尺在他面前「轟隆！」一聲揮下，衝擊力道強到將戰士們彈飛。

「紅菱民族生出了囚獄無法負荷的力量，某因而決定將所有人提前處決！你們就在這裡，乖乖成為這把尺下的鏽蝕吧——！」

「若你無意撤回判決……」鳳仙終於斂起表情，握住腰際的刀柄。「休怪余對你動刀，染吉！」

「鳳仙王，你辦不到。唯有你辦不到這一點！」

他白柱般的牙齒閃閃發亮。

「面對一個想將人民砸扁的傢伙，你的刀為何還在刀鞘裡？因為你『不能傷害同胞』！這是王族必須遵守的法律！」

「國王！請您退後。他說得對，您千萬別拔刀！」

「吾等無論犧牲多少人，都要保護國王！」

沙汰晴吐「嘩！」地將尺舉了起來，揮向趴著哀求國王的紅菱戰士。

「屈服在法律之下吧——！」

（可惡！）

鳳仙瞪大雙眼，就在他終於要拔出刀刃那瞬間……

轟！一個紅色隕石般的物體迅速落在沙汰晴吐面前，舉起一隻手「砰！」地接住了對方揮下的巨尺。

「唔咿！」

「嗯？」

地面嘎吱作響，形成蜘蛛網狀的裂痕。準備赴死的紅菱戰士見到自己平安無事……又見到一名少年撐著巨尺，驚詫不已。

「你、你、你是！」

「你……你要愣到什麼時候！快點閃邊去——！」

紅菱戰士們往後跳開的同時，紅髮人影也從那裡跳開，巨尺劃破空氣狠狠砸向地面。

「赤星……！你竟能單手承受住染吉的力量！」

「喂，國王！」

畢斯可擦著額頭上的汗水，對鳳仙吼道：

「閻羅王說的沒錯，你的刀是裝飾嗎！」

「你把國王的立場想得太簡單了。染吉是立下大功的族人，余不能對族人揮刀。」

「那你去解決那傢伙。閻羅王就由我來對付！」

「那傢伙……？」

鳳仙聽了畢斯可的話轉頭一看，旁邊有匹脫韁的巨馬正在猛踹紅菱戰士，將他們撞飛。

「名馬寒緋！」

寒緋見到鳳仙後，立刻拋下其他士兵，衝著他這名主將直奔而來。

「沒錯，對手若是馬……」

鳳仙從刀鞘中拔出白刃，反射著太陽光。

「就沒什麼好顧慮的了。你可別怪余，染吉！」

「為什麼，赤星？」

在獄卒、寒緋、紅菱們混戰的喧鬧中，畢斯可和沙汰晴吐面對面站在正門廣場中央。

「你的人生和紅菱的前途毫不相干，為何要幫鳳仙王？」

「我並不是在幫國王，也不在乎紅菱會如何。」

「什麼……？」

「我只是不希望你死而已，這樣會造成我的麻煩。」

畢斯可的眼睛綻放耀眼光芒，看進沙汰晴吐的頭盔深處。眼前的少年散發堅毅而單純的氣勢，令沙汰晴吐無法動彈。

「你不是說要和同伴一起自殺嗎？這麼一來，沒人能解除詛咒可就傷腦筋了。我要趕緊打倒你，為蕈菇守護者們……」

「……你不想讓某死，你想阻止某在殺死紅菱族人後，在悔恨中自戕……所以你才來挑戰某是嗎，赤星畢斯可！」

「……我說啊，你有聽懂我說的話嗎？我只是想除掉刺青！」

「漂亮！大朵開——！」

沙汰晴吐舉起巨尺，全身「啵、啵！」開出櫻花，使花瓣如雪片般於四周飛舞。

他牙齒打顫的喀嗒聲越來越大聲，顯示出畢斯可剛才的那番挑釁有多麼令他開心。

「能在人生最後遇到一位真武士……是某幸運。」

「……」

「赤星！某不過是具沾滿族人鮮血，逐漸死去的軀體。不過！某死前定會想起你剛才說的那些話——！」

「就說你死掉我會很困擾了，好好聽人說話，白痴！」

「壓殺！閻魔尺——！」

「喝啊！」

沙汰晴吐揮下的巨尺和畢斯可閃光般的踢擊在空中交手。巨尺大幅反彈使沙汰晴吐身子後仰，畢斯可也被甩至地面，翻滾了好幾圈。

「縱然你是下任典獄長候選人，但若被某殺死，代表你也只有這點能耐。某會帶著殺意迎戰，赤星！」

「不要因為你長得高了點，就一副高高在上的樣子！」

巨尺隨即揮下，畢斯可輕鬆跳了上去，順著那把尺奔向沙汰晴吐的身軀，舉起藏在懷裡的琵琶水牛角。

「唔！」

在陽光下發光的正是畢斯可在畜生道用來刺自己胸口的牛角，上頭沾滿鮮血。覺醒的食鏽孢子在血中閃閃發亮，顯現發芽的徵兆。

「喝！」

嘩、嘩！

他像操縱短刀般，快速揮動琵琶水牛角，在沙汰晴吐胸前鎧甲上劃出一個叉號刻痕。那是帕烏傳授的密技，必殺十字斬。

「唔喔喔——！……不過是水牛角，為何能劃破某的武士服！」

「當然是因為我認為能夠劃破啊，笨蛋！」

畢斯可順勢用力踹向叉號中心，接著跳離沙汰晴吐身邊。那一踹的衝擊，使種進鎧甲中的食鏽菌絲瞬間覺醒……

啵！

食鏽伴隨著一陣悶響炸裂開來，將沙汰晴吐的胸前鎧甲彈飛。

「唔喔喔——！」

（他的血很老舊，發芽力道比較弱……但這就是我要的！）

畢斯可並未忘記「花」會將蕈菇當作養分。用食鏽攻擊沙汰晴吐，有可能帶給他更強的力量，但畢斯可憑著蕈菇守護者的直覺調整發芽力道，成功只讓鎧甲瓦解。

不過……

「好了，好戲現在才要開始……！」

地獄法官沙汰晴吐儘管受到食鏽衝擊仍毫不懼怕，威風凜凜矗立在畢斯可面前。

「唔嗚、嗚、喔喔喔——！」

啵嗡、啵嗡！

沙汰晴吐全身出力，將肩膀上的裝甲彈飛，那巨大身軀上冒出兩棵漂亮的櫻花樹。

「櫻花刺青何以沒發揮作用？你為何能動？為何不感到痛苦？」

「因為我有個專屬的庸醫。雖然治標不治本，但已足以讓我撐到打倒你那時候。」

「那麼，這次不管你說什麼，某都要在你全身刺滿櫻吹雪！」

巨尺「嗡！」地揮動，在對峙的兩名戰士中間撒下花瓣。

「此後某不再手下留情，赤星！若你能讓某沙汰晴吐的櫻吹雪凋零，就試試看吧——！」

「講得好像你剛才有手下留情一樣！」

「花力展現！發花．枝垂舞——！」

沙汰晴吐咆哮著讓力量灌滿全身，櫻吹雪刺青在被畢斯可破除鎧甲的裸露胸前蠢動，彷彿讓畫化為實體般，胸肌上長出了幾根枝垂櫻的粗枝。

「唔喔喔！」

那些枝垂櫻的枝條宛如鞭子般自由甩動，從左右兩側夾擊畢斯可。似乎是因為花力增強的緣故，那陣連擊明顯比剛對戰時更快、更強。畢斯可以驚人的反應力避開鞭擊，但當他避開一根掃過他腳邊的枝條，跳起來那瞬間……

「定！罪——！」

「糟……」

磅轟！

沙汰晴吐的巨尺從斜上方直擊畢斯可，將他狠狠拍向地面。儘管他的身體撞擊地面造成裂痕，他仍連忙做出護身動作，瞪著威風凜凜，化身為櫻花魔王的沙汰晴吐。

（他的雙手竟然空著！這、這招真卑鄙！）

「來啊，赤星！還是說你的勇猛只是嘴上說說？」

「誰會被你那種騙小孩的玩意兒嚇到！」

畢斯可往旁邊一跳，避開揮來的巨尺，又跳著閃過一兩根枝垂櫻鞭子，使出必殺的閃光迴旋踢，踢向沙汰晴吐的頭部。

「吃我這招，混蛋！」

砰鏗！

畢斯可確實踢中沙汰晴吐，在他頭盔的側頭部造成大片裂痕。

然而，沙汰晴吐只稍微晃了晃，「嘎」的一聲張開裸露的牙齒，令畢斯可感到一陣惡寒。

「哈——！」

（……他的攻擊主力在這邊！他是故意讓我踢他的！）

「定！罪——！」

嘎嘰！

咔滋、咔滋咔滋！

「唔、喔……唔唔唔喔啊——！」

超乎想像的劇痛使畢斯可發出嚎叫。

沙汰晴吐張大嘴巴，咬住堪稱畢斯可翅膀的單邊小腿，用那白柱般的牙齒咬碎畢斯可的骨頭。

「表先得不來。蘇心吧，痴星！」

「少、囉、嗦——……」

「哼！」

砰隆！砰、隆！

「嘎哈、唔啊啊！」

沙汰晴吐以白色牢籠般的牙齒困住畢斯可，將他垂吊在半空中，並且用那粗如樹幹的雙臂交互出拳，擊打他的身體。
砰隆、砰！沙汰晴吐每一拳都像打樁機般威力十足。畢斯可意志力過人，沒有昏過去，但再過幾秒可能就會失去意識，一切就結束了。
（這樣只能、把腳砍斷了……！）
畢斯可儘管噴著鼻血，翡翠目光在危機之中卻越發耀眼。
「去蘇吧！定！罪——！」
沙汰晴吐張開雙臂，想用拳頭從兩側將畢斯可打扁。畢斯可正想將手中的琵琶水牛角揮向自己的腳……
這時他看見一片在陽光下發光的鮮紅寒椿花瓣，瞬間停下動作。
（那是……！）
「放開……！」
「王、兄——！」
一個紫髮身影背對陽光飛躍在空中，手臂伸出藤蔓之劍，亮起橙色光芒。
「……唔？」
沙汰晴吐聽見響亮的聲音而回頭。
「獅子！」
「發花！獅子紅——劍——！」

啪滋！

獅子躍下的同時，從沙汰晴吐背後深深刺穿他的後頸，那是鎧甲的死角，不一會兒就「啵嗡、啵嗡！」地開出寒椿，將櫻花驅散。

「唔、嘎啊啊啊喔喔喔喔──！」

沙汰晴吐發出至今最慘烈的哀號。畢斯可趁他張口時逃離他牙齒的束縛，摔至地面。

「怎麼可能？竟有這種花力……這就是國王的，國王血親的力量！」

「我不會讓你殺了王兄和紅菱！六道典獄長沙汰晴吐，接下來我就是你的對手！」

獅子從沙汰晴吐身上跳下，護在畢斯可身前，將閃亮的劍尖對準渾身顫抖的沙汰晴吐，熱風吹動她的瀏海。

「咳咳……獅子公主！真是漂亮的一劍。但是妳的行為不容原諒！」沙汰晴吐口中冒出瀑布似的鮮血，大聲吼道：「『王族不得傷害同胞』……這是紅菱王家的鐵則。妳身為鳳仙王的繼承人，想讓王道蒙羞嗎！」

「這什麼蠢問題！王家的規則現在已經束縛不了我了！」

獅子用盡全身力量大吼，捲起四周沙塵，讓現場所有人顫抖。

「我已不再是王子。我以『獅子』這個名字站在這裡！不過是一匹孤狼，跟隨自己的心……為了拯救同胞的未來，而咬住你不放！」

「唔唔──！」

「別小看我……沒了腳鐐的我，動作可是很快的！」

獅子向前狂奔，灼熱閃亮的藤蔓之劍擦過地面向上舉起，在空中劃出一道宛如殘月的閃光，劈開沙汰晴吐的肩膀。鮮血「噗咻！」噴出，獅子身上沾滿血，使出全身的彈跳力撲向上半身後仰的沙汰晴吐，用劍橫掃過他的脖子。

「喔喔啊啊！」

「取你首級——！」

獅子紅劍「嘩！」地揮動，砍中了沙汰晴吐的脖子，鮮血灑落一地。

「唔、喔喔喔——！」

那把藤蔓之劍的鋒利程度如今遠遠超越真劍。

然而……

沙汰晴吐有著過於常人的頸部肌肉，及時止住出血，未達致死量。

「咳咳……咳，這點、咳、力量，不可能打倒某，小鬼！」

（……剛才那擊還打不倒他？這傢伙太不正常了！）

「不過是一兩道擦傷——！」

獅子連忙蹬向沙汰晴吐的肩膀想要逃離，沙汰晴吐卻一把抓住她，將那細瘦身軀「砰隆！」砸向眼前的地面。

「咳啊！咳、咳！可惡，這樣還殺不死他……！」

「獅子！妳太亂來……不對，妳救了我，謝謝妳。我正打算砍斷一條腿，還好不用砍了。」

「王兄，我第一劍明明刺穿了他的肺……第二劍砍斷了他的頸動脈。雖說他體內具有櫻花之力……但這股生命力實在太不尋常！」

「也許吧，不過我們彼此都很不尋常。」

兩人互相扶持站了起來，沙汰晴吐再次朝他們舉起尺……

「咳啊！」

他卻無法將尺揮下，吐出鮮血，將白齒和眼前的兩人染紅。沙汰晴吐拄著巨尺單膝跪下，「哈……」地深深吐氣。

「就像妳說的，這傢伙有異常的再生能力。動作不快點他很快又會復原。聯手攻擊他吧，獅子！」

「等等，這樣太胡來了，王兄！帶著重傷戰鬥，身體會吃不消的！」

「那又怎樣，笨蛋！錯過這次機會，我們就輸定了！」

「王兄。」

見畢斯可如此激動，獅子拉住他的手，和他手掌貼合、十指交握，將額頭靠在他肩上深嘆了口氣。

「……相信我，稍微靠著我一會兒……」

畢斯可正要抗議「妳要幹嘛」時，忽然感受到一股神祕的灼熱能量流向身體。

那和至今支持著他的猛烈食鏽力量不同，是一道柔和溫暖的奔流。
「跟我想的一樣，我的花將王兄的血視為父母……這樣的話……！」
「妳啊！要對我做什麼之前，先跟我說明好嗎！」
「沒事的，我不會像藤壺時那樣，做那麼無禮的事！」
話還沒說完，太陽色藤蔓就從牽著畢斯可的獅子手中猛地伸出，纏住他的身體。
「嗚、嗚哇！」
獅子沒理會慘叫的畢斯可，太陽藤蔓首先包裹住他被咬碎的腳，為他治療傷口並矯正骨頭。接著又包住他的雙臂，方才他在抵擋沙汰晴吐槌子般的拳頭時，手臂受了嚴重的傷。
「我已經用花力修補了王兄的身體，你把這當作矯正器就好！」
「……藤蔓治療了我的傷！妳什麼時候學會這招的？」
「這是我初次嘗試……不過，我認為會成功！」
畢斯可呆愣地看著獅子露出雀躍的笑容。這時巨大的陰影再度遮住兩人，「哈——」地深吐了口氣，兩人的頭髮隨之飄動。
「怕了嗎！來啊，華蘇守不會再任由你們突襲了——！」
「他胸口的櫻枝由我來處理。王兄對付他的手臂！」
「好！」
枝垂櫻甩向跳躍的畢斯可，獅子閃亮的劍「鏘！」地將枝條彈開，接著又交手了兩三下。

「妳那瘦小的身體怎麼可能承受得住某的枝垂舞！」
「這和體格無關。我的靈魂承受得住，沙汰晴吐！」
獅子的少女軀體和紅色眼眸勇猛地閃動。
「發花！枝垂舞！」
「水舞，四、五步！下炎舞，四步、三、二步！」
閃耀的劍舞融合了迴避與攻擊，以完美的招式應付樹枝鞭子，使占盡體型優勢的沙汰晴吐節節敗退。
「唔唔唔——！混帳——！」
「王兄！」
「好！」
獅子迅速而精湛的舞藝使沙汰晴吐心慌地揮下了拳頭，畢斯可算準時機向上一跳。他的腳經過藤蔓彈簧的補強後，跳躍力強得嚇人，連他本人都有點應付不來。
「赤星！嘗嘗某的鐵拳！」
「你才該嘗嘗我的拳頭！」
畢斯可和沙汰晴吐的拳頭在空中激烈碰撞。雖然畢斯可的右手被藤蔓臂甲包覆，但沙汰晴吐的巨大拳頭仍有著十足的破壞力。
「唔唔、唔……！」

畢斯可痛苦地微皺起臉，藤蔓臂甲開始「啪嘰、啪嘰啪嘰！」出現裂痕。沙汰晴吐認為自己已經獲勝，白齒喀喀打顫，緊接著……

啵嗡、啵嗡、啵嗡！

「唔、喔、唔喔喔——？」

鮮紅寒椿穿破沙汰晴吐的大型臂甲接連綻放，將他手掌至手臂的藍色裝甲全部彈飛。

「怎麼可能！這是獅子的寒椿。她竟將花力託付給了赤星——……！」

「獅子，趁現在！」

「好，王兄！」

獅子聽見畢斯可的話，趁沙汰晴吐驚嚇之際，將舞步轉變為攻擊型態。

「雷舞，五步、六步，水七步，炎八步，九、十、十一、十二、十三！」

隨著速度加快，獅子的身體越發耀眼，紅眸劃出光的軌跡，舞步快到留下殘影。

「就是現在！王舞，十八步！」

獅子大吼一聲，以藤蔓之劍劃出滿月形軌跡，掃過粗壯而強韌的枝垂櫻，將沙汰晴吐胸前的櫻花全部拔除，使他的胸膛暴露出來。

（已經來到最後的第十八步。要解決他，就要趁現在！）

獅子拚盡全力跳完舞，身體已至極限，但她仍用不斷湧出的無窮意志力，撲向沙汰晴吐毫無防備的胸膛。

「我要殺了你，沙汰晴吐——！」

「某一用力，就能將妳那小孩身軀彈飛！」

「我才正想對你這麼說！」

沙汰晴吐想用那岩石般的拳頭迎擊獅子，但畢斯可看穿了他的動作，隨即以爬滿藤蔓的腿回擊他的拳頭，「砰！」地開出花朵，使沙汰晴吐發出哀號，身子大幅向後仰。

另一方面，畢斯可承受了沙汰晴吐的怪力後，也不可能平安無事，他重摔在地，揚起沙塵。

「王兄！」

「就是現在！上吧，獅子！」

聽見倒地的畢斯可激勵自己，獅子的身體更加有力，耳後綻放的寒椿閃閃發亮，宛如流星劃出一道軌跡。

「發花！獅子紅——劍——！」

滋啪！

獅子使盡全力，將劍尖刺進沙汰晴吐毫無防備的光裸胸膛……

但她的劍刃卻突然停了下來。

「……哈——！」

儘管獅子紅劍無比銳利，卻未刺進沙汰晴吐的內臟。沙汰晴吐使櫻花之力聚集在胸肌上，有如萬力鉗般夾住獅子的劍刃。方才傾注全力跳完王者之舞的獅子，力氣稍嫌不足，沒辦法使劍貫穿沙汰晴吐的身體。

「漂亮，王子獅子……不，紅菱獅子。這場舞真精采。」

「可、惡……就差一步了……！」

「可惜妳沒算到最後這步，所以只能算……」

沙汰晴吐舉起被寒椿衝破臂甲的雙臂。

「八分開，小鬼──！」

砰、隆！

沙汰晴吐以沉重而巨大的雙臂猛烈地揍向獅子細瘦的身體。

啪嘰啪嘰！獅子明確感受到骨頭碎裂的感覺。藤蔓劍柄和她的手臂骨一同被壓斷，整個人隨即撞向地面，像顆球一樣在地上反彈。

「嘎……哈……啊……！」

「獅子──！」

獅子勉強撐住，不讓自己因劇痛而昏厥，這時她聽見畢斯可的聲音。

（王……兄！）

畢斯可想來救獅子，獅子卻瞪大眼睛望著他。她已經連聲音都發不太出來了，只能用意志力拚命傳遞訊息。

「……！」

畢斯可感受到視線，停下動作。獅子賭上性命傳遞的訊息，他接收到了。

「發……花、咳！」

「劍士，化為花朵被壓爛吧！定、罪——！」

「發花！獅子、椿——！」

在獅子的吼叫下，纏在畢斯可腳上的藤蔓「啵嗡！」開出鮮紅寒椿。畢斯可趁著這個勢頭跳了起來，閃過沙汰晴吐揮向獅子的那隻手，抓住刺在他胸口上的獅子紅劍，雙手握緊劍刃。

啵咕！

「喔喔！」

沙汰晴吐肩膀上立即開出一朵巨型寒椿。獅子差點被巨尺壓扁，幸好沙汰晴吐在關鍵時刻打偏了，才讓她保住一命。

啵嗡、啵嗡！

「唔喔喔！赤星，你真是個變化莫測的傢伙！」

「我體會到了一點……！閻羅王，這世上呢……」

畢斯可用力握緊劍刃，大量太陽色鮮血從他手中溢出。沙汰晴吐身上之所以連續開出寒椿，是因為獅子的劍吸收了畢斯可血中的食鏽孢子，將之轉化為生命力，注入沙汰晴吐體內。

「還有很多有趣的傢伙。像獅子和你這樣的人，未來一定還會在某處……和我們不期而遇！」

「不是、不期而遇，赤星！」

寒椿「啵嗡！」綻放，讓沙汰晴吐身子後仰，他大喊：

「是你吸引來的。無論好壞，你總是會吸引強大的人、強大的生命，來到你身邊！某早該殺了你。你正是會摧毀六道天秤的人！」

看見閃亮的藤蔓之劍「啵、啵、啵」開出鮮紅的寒椿，畢斯可意識到時機成熟，踹了一下沙汰晴吐厚實的胸膛，在空中翻滾。

「你終於知道就算把蕈菇關起來，它依舊會生長了吧？」

「某會在地獄等你的，赤星！某不容許某以外的人，審判你的罪——！」

畢斯可聽著沙汰晴吐的吼叫聲，在空中翻滾了兩三圈，如龍捲風般越翻越快，撒下閃亮的太陽粉末。

「結果逆轉！改　判　無　罪——！」

咻砰！伴隨著一陣炸裂聲響，畢斯可在空中翻滾了六圈後，狠狠踹向獅子紅劍的劍刃，這次終於使劍深深刺穿沙汰晴吐的胸膛。

「……唔、哈哈……唔哇哈哈哈哈哈……」

啵嗡！

「幹得漂亮，赤星……！」

「獅子！該逃了！」

啵嗡、啵嗡！

「漂亮．千兩開──────！」

啵嗡、啵嗡、啵嗡！

沙汰晴吐最後的咆哮響徹全場。畢斯可連滾帶爬地閃避爆炸般接連綻放的寒椿，抱起獅子在危急之際逃離現場，卻仍被一朵巨花的衝擊彈飛，在地上滾了幾圈。

「咳、咳。怎麼開成這樣？那傢伙到底有多營養？」

「王、兄……」

「贏了，獅子……等等，先別動。妳渾身都是傷。」

「我們打倒……沙汰晴吐了吧……！」

「嗯。」畢斯可沾滿鮮血的臉上露出爽朗笑容，環顧面前這片寒椿花園。「但我沒殺他，他還有工作要做，得讓他解除大家身上的刺青才行。」

「…………解除詛咒後，你也不打算殺他對吧？他對你為所欲為，你不恨他嗎？」

「沒事，我氣消了。已經揍了他一頓……而且我還挺喜歡他的。那麼耿直的笨蛋，在現代可是相當少見呢。」

畢斯可手腳上的藤蔓完成任務，失去了效力，他笑著剝下那些藤蔓。獅子望著他眨了眨眼睛。

「他本來是個有名的奉行吧？等花力減弱，他的腦袋也會冷靜些……往後判案方式應該也會有所改變。」

從剛才神鬼般的激戰中，很難想像畢斯可竟會露出這般純真少年的眼神，令獅子說不出話。畢斯可好奇地探頭望向獅子，她仍舊沒說話，只回以平靜的微笑。

「獅子頭寒椿開得真茂盛。」

「嗯。」

畢斯可坐著回頭，只見鳳仙王的長袍在風中翩翩飄動，站在遠處看著這片寒椿花海。

「還好您平安無事……」

獅子將「父王」這個詞吞了回去，低下頭。

在鳳仙背後，可以見到被鳳仙花奪去自由的巨馬寒緋，牠正被紅菱戰士們用藤蔓捆起，喘著氣發出不甘的嘶鳴。

在紅菱之王鳳仙巧妙的戰略下，他們最終沒損失一兵一卒，就贏得勝利。

「余當然沒事。儘管余以精湛的舞藝應對，那匹脫韁野馬卻始終沒有迷上余。人們說馬耳東風，看來馬真的是種不解風情的生物。」

「說到舞藝，獅子也很強。大勝那個閻羅王。」

「余也看到了，邊舞劍邊看的。」

獅子聞言緩慢地坐起身，在走來的鳳仙面前跪下。

「……妳怎麼會來，獅子？妳已經……」

「我只是一介平民，為了保衛紅菱而來。」

「……」

「鳳仙陛下的劍不得染血。因此我弄髒了我的劍，保護人民。我做了自己能做的事……僅此而已，鳳仙陛下。」

獅子緩緩抬起臉，父女以同樣的紅眸對視了一會兒。

畢斯可開口想說些什麼，復又作罷。鳳仙見女兒接受了自己的羅剎本性，仍一心想守護父親，於是靜靜地痛哭起來。

「……是嗎……妳做得很好，紅菱獅子。」

「您過獎了……」

女兒的聲音堅定有力……卻有種已然遠行的感覺，父親聽了不禁對她伸出手。獅子愣了一下，最後緩緩將手放在父親手上。下個瞬間……

「……唔！抓緊了，獅子！」

鳳仙甩著長袍跳了起來，單手抱起女兒獅子，蹬向地面縱身一躍。畢斯可連忙跟在他後頭一起跳，卻有個像粗樹根的東西「砰！」地砸在他腳邊。

「喂！要救連我一起救啊，笨國王！」

「唔……這是怎麼回事！」

鳳仙退到紅菱戰士的隊伍前方，看著眼前的景象低語。

原本絢麗綻放的寒椿，被爬行於地的巨木枝條接連吞噬，將那些花咬碎化作自己的養分。

扭動的巨木枝條有如幫浦般一張一縮，將養分輸送至樹幹，逐漸侵蝕整片寒椿花海。

而接收養分的中心就是……

『唔　嗚　嗚　嗚　嗯　嗯　。』

「沙汰晴吐！……王兄，沙汰晴吐在動！」

「什麼？都被打成那樣還有意識？」

「不，染吉已完全失去意識。他的昏厥使得過強的櫻花之力失去控制……強行操縱無意識的他。」

「什麼鬼！你如果知道事情會變成這樣，就應該早點說！」

「余也是第一次見到，這只是余隨便說說的。」

在他們對話時，櫻枝已將寒椿花海全部吞噬，將奮勇砍向枝條的戰士一個個彈飛。無數枝條從沙汰晴吐背上伸出，排列出整齊的圖案，宛如神佛背後的光。

『不　准　過　。』

『任　何　人　都　——』

『不　准　通　過　這　道　門　。』

沙汰晴吐發出使大地搖晃的聲音，再度站起身。

他如今看起來就像個櫻花之神，抑或怪獸……櫻樹持續生長，完全包住他本來就很巨大的身軀，使之膨脹成原來的三倍。唯一能讓人想起他本來面貌的，只有裸露的白柱牙齒。

「當國王的盾牌！」

「保護鳳仙陛下！」

紅菱戰士們排好陣形，舉起盾牌。

然而沙汰晴吐的花力遠勝方才。他背上伸出的櫻枝有如鞭子般擊打地面，那已經和巨木一樣粗，無法稱作枝條。巨木長鞭能伸至廣場任何角落，將四五名戰士一同甩飛，即使躲在柱子或岩石後方，長鞭也會連遮蔽物一同擊碎。

『紅　菱　。』

『紅　菱　應　該　毀　滅　。』

『被　輾　壓　在　秩　序　之　下　。』

「他什麼話都聽不進去了……！染吉竟如此忠於使命！」

「……啊，那個笨蛋！」

「王兄？」

畢斯可沒等鳳仙說完就跑了出去。

他衝向被藤蔓五花大綁，不斷掙扎的巨馬寒緋。沙汰晴吐失去意識，已分不清敵我，正準備朝自己的愛馬揮下巨木鞭子。
「混蛋，你連自己的馬都想殺嗎？」
「你受了重傷……！這樣太亂來了，王兄——！」
畢斯可威風凜凜站在寒緋前方，巨木鞭子眼看就要朝他頭頂揮下……
「我亂來也不只一兩百次了，來吧！」
啪鏘！
「……唔喔喔……喔、喔？」
『叭喔嗚——！』
「壹號！」
站在畢斯可身後擋住巨木鞭子的，是一身鮮紅裝甲的木人——赤星壹號。它將背上的推進器開到最大，用身體承受沙汰晴吐無比巨大的力量。
緊接著「咻砰！」飛來一支箭，插在壹號和畢斯可之間的地面。
「……哇咧！」
畢斯可立刻察覺到那是什麼箭，和壹號同時跳離原地，隨後……
啵咕！
杏鮑菇猛然發芽，將沙汰晴吐的巨木鞭子彈起後，以強大的生長力道將其折斷。意外的衝擊使沙汰晴吐踉蹌了一下，氣得咬牙切齒。

『你們想來攪局嗎？』

「你怎麼會這麼想呢？我們救了你的愛馬呢，法官。」

沙汰晴吐眼前的人有一頭天藍色頭髮，在陽光下閃閃發光。

「你恢復正常後，可要好好報答我們喔。」

「美祿，你這傢伙——！」

杏鮑菇的衝擊將壹號震倒，畢斯可被壓在它下方大叫：

「要用杏鮑菇前至少給個暗號吧！你最近做事越來越粗魯了！」

「你剛才不是說亂來一兩百次也沒關係嗎？」

「那只是助長氣勢的吆喝……！」

「我要再做一件亂來的事。做好準備，畢斯可！」

美祿說完，將泛著藍光的短弓和箭筒扔給畢斯可。畢斯可從壹號身下脫身並接住東西，摸到熟悉的短弓觸感，他的眼睛都亮了起來。

鳳仙以刀術和鳳仙花保護著紅菱人民，斜眼對美祿喊道：

「你忘了嗎，熊貓！無論你們的弓有多強，蕈菇都對染吉起不了作用！」

「重要的是保持懷疑的態度，鳳仙王。」美祿跳著閃過甩向自己的鞭子，以冷靜的聲音回答：「我們的蕈菇真的沒效嗎？仔細觀察，相信所見，再稍微思考一下……勝利方法或許就在觸手可及之處。」

「真會說。你哪來這股自信？」
「從我的學歷。」
美祿說完便在畢斯可身旁落地。兩名少年一同瞪著沙汰晴吐，交頭接耳。
「你真的打算在他身上種蕈菇嗎？」
「嗯，我要先去布置些機關。在我靠近沙汰晴吐之前，你幫忙掩護我。」
「你要自己衝進那個堡壘般的傢伙懷裡嗎！」
「要是你搞砸了，我就會死喔。我走了！」
美祿不等畢斯可回覆，疾風似的衝了出去。畢斯可望著他的背影，面露不滿，同時架起三支箭。
「……怎麼是我掩護你啊！角色顛倒了吧？熊貓你這混蛋！」
咻砰！
砰、砰！鴻喜菇接連發芽，將甩至美祿眼前的巨木鞭子彈飛。緊接著，從左右襲來的巨木也被畢斯可連續射出的箭給彈飛。美祿既沒閃避也沒有防禦，直線衝向沙汰晴吐本人。
「好厲害……！王兄的箭像閃電一樣！將巨木的連擊全部彈了回去！」
「不過蕈菇之技只會增強染吉的力量而已。熊貓究竟有什麼打算？」
在畢斯可快速放箭保護下，美祿終於接近沙汰晴吐，讓他進到自己的攻擊範圍內。美祿的藍眸亮起，以充滿威嚴的語氣唸出真言。

「won（唵）／ul（烏魯）／axya（阿庫夏）／viviki（維毗其）／snew（蘇內巫）！（給予權利人大型武器！）」

真言咒語使美祿吐出的氣息凝結成綠色方塊，繞著他舉起的手高速旋轉，在他手中形成一把祖母綠色的閃亮大斧。

「變出來了！總統級大斧……唔哇，好重！」

無比沉重的斧頭「嘩！」地插進地面，連帶拉著美祿，使他失去平衡。

「……美祿變出的那個是……！」獅子不自覺顫抖起來。「是鏽蝕，他使鏽蝕凝固，做出了大斧！他從哪學會那種魔法的？」

「法官！曾有這樣一個判例：美國第一任總統坦承自己用斧頭砍倒了櫻桃樹，而得到父親的原諒。」

『判　例　是　嗎　？』

「我先聲明接下來要砍你！這樣可以判無罪嗎？」

「白痴啊！快點砍下去，美祿——！」

「喬治．戰斧——！」

美祿以輕盈的身體拔起地上的大斧，躍至空中。他利用大斧的重量在空中迅速翻了幾圈，用力將祖母綠斧刃「砰！」地砍進沙汰晴吐的肩膀。

『唔？唔、唔、喔、喔————？』

這讓沙汰晴吐的動作開始變慢。原本像大蛇一樣揮舞的巨木鞭子，有幾根承受不住自身重量應聲折斷，砸在地面化為粉碎。

『你做了什麼，小鬼？』

「看來你喜歡蕈菇，卻不喜歡真言呢，法官！」

美祿持續將真言之力灌進大斧中，削弱沙汰晴吐的力量。強烈的鏞蝕力量反彈，使美祿自己的雙臂也逐漸被鏞蝕包覆。

在這種相互搏命的極限狀況下，美祿那張俊美少年的臉上仍浮現了獵人般的笑容。

「我在一接觸到鏞蝕風就會枯萎的『花』中……注入了大量的鏞蝕！我有自信能夠讓你的櫻吹雪凋零！」

大斧在沙汰晴吐身上砍出的傷口發出綠色強光。朝四方攻擊的巨木一根根失去力量，斷裂在地四分五裂。散落的櫻花瓣在空中飛舞一會兒後，便被鏞蝕吞噬，化為粉末消失。

「這不可能，他竟讓染吉『枯萎』了。」鳳仙王罕見地露出嚴肅表情，喃喃自語：「花朵的確不耐鏞蝕，但熊貓究竟有多少咒力才辦得到這點？」

『唔唔喔喔喔喔！』

「……就是現在！畢斯可——！用食鏞收拾他！」

「好，知道了！」

畢斯可回應正與沙汰晴吐抗衡的美祿，從箭筒抽出一支箭。他拉滿弓後深吐一口氣，意識在一瞬間專注至極致，喚醒體內的食鏞孢子。

「還要四秒……三……！」

「畢斯可！快點！我快撐不住了！」

鏽蝕已然侵蝕到美祿的脖子，令他發出哀號。沙汰晴吐沒錯過那一瞬間的可乘之機，動了起來。

『哈　啊　——　』

他高舉巨木雙臂。美祿連忙想唸出防禦真言，沒想到沙汰晴吐竟扯斷自己由樹木構成的一隻手，扔向畢斯可。

「糟了，他要攻擊畢斯可！」

畢斯可正全心全意喚醒食鏽，面對沙汰晴吐的捨身攻擊，反應慢了一些。樹木手掌五指張開，以極快的速度飛來，企圖用力握住畢斯可的身體。

「……唔喔，這傢伙！」

『叭嗚！』

「唔哇！」

壹號連忙擒抱住樹木手掌，使畢斯可勉強逃過握擊，但手掌中伸出的枝條像蛇一樣蠢動，纏住畢斯可的弓，將弓從他手中奪走。

「！糟糕！」

沙汰晴吐的手掌像榨汁機一樣握成拳頭，將畢斯可的弓捏碎，隨手將碎片撒了出去。接著那隻手掌便削著地上的泥土撞上廣場牆壁，激起白煙。

「弓被他捏爛了，這下只能直接……」

「王兄！」

獅子拉住正要衝出去的畢斯可。畢斯可回頭一看，她耳後盛開的寒椿泛著紅光，臉上露出勇猛的表情。

「弓由我來製作！請閉上眼睛，想像出一把最強的弓！」

「……好！」

畢斯可不再懷疑獅子的能力。閃亮的藤蔓一條條從獅子身上爬向畢斯可的手臂，以極快的速度化為弓的形狀。

（……唔、唔唔！糟糕，王兄力量太強，我的花力無法達到相應的強度。若他使盡全力拉弓，弓會斷掉的……！）

「余從未想過施予人類花力。妳真聰明，獅子。」

「……父王！啊、不、國王……」

「傻瓜，集中精神。余來幫妳……將所有花力灌注至妳身上！」

鳳仙將手貼在獅子背上，灌注王之花力，爬在畢斯可身上的藤蔓隨即增強力道，形成一把翠綠且璀璨的植物大弓。

畢斯可從弦的觸感確定這把弓的威力後，睜大眼睛。接著食鏽孢子便飄了起來，使畢斯可的頭髮呈太陽色亮起。

「這比真言弓還強……！美祿──！我要放箭了！」

「你遲了六秒！好，你放吧！」

聽見美祿的應許，畢斯可的翡翠雙眸放出光芒，用超乎常人的力氣將藤蔓大弓拉滿，弓身碰到空氣中飄散的食鏽孢子後，開出一朵又一朵的花，最後弓也染上太陽色光芒，在畢斯可手中形成一道太陽弧線。

「上吧，畢斯可──！」

「接招──！」

滋咚！那把弓放出有如戰車砲的衝擊，將獅子和鳳仙彈飛。美祿也在同時有默契地跳開，大衣在風中飛舞。太陽之箭擊碎鏽蝕大斧，深深刺進斧刃根部的裂縫中。

過了一會兒……

啵咕。

啵咕。

啵咕！

食鏽吞噬真言之斧，力道增強，轉眼間就衝破巨大的櫻花樹，不斷發芽。

『唔　喔　喔　喔　！』

「正中目標！成功了，王兄！」

「……糟、糟糕。」

「咦？」

「用太多菇毒了！快逃，美祿！」

如畢斯可所言，食鏽以極快的速度「啵咕、啵咕！」毫無節制地發芽，將沙汰晴吐身上的樹木鎧甲接連彈飛。

『不准過，誰都不准通過六道大門。』

『不准。』

啵咕！一株尤為巨大的食鏽發了芽，衝破巨木怪物，將昏厥的沙汰晴吐從厚厚的樹皮內側「砰」地彈飛出來。

食鏽一株接著一株從櫻樹扎根的地面發芽，活力十足地「啵咕、啵咕！」綻放。

「唔哇──！」

食鏽綻放時間過早，使美祿來不及拉開距離，被那陣衝擊彈飛。眼見搭檔呈螺旋狀墜下，畢斯可往側邊一跳接住他，兩人一同在廣場地面上翻滾。

「好、險──拿捏一下力道好嗎！我差點像個蕈菇門外漢一樣死掉！」

「……笨蛋，用那麼危險的戰術，把自己搞成這樣……」

畢斯可躺在地上，輕撫美祿因真言而鏽蝕的半張臉。那模樣就像過去在忌濱與他初次交戰時的帕烏。

「沒事，現在就算身上有再多鏽蝕，也能用安瓶治療。」
「我不是說這個！要是鏽蝕侵蝕到肺，你就死定了！」
「啊哈哈！從後方看著搭檔，很擔心吧？」
美祿以滿是煤灰的臉爽朗地笑了笑，用手指抹去搭檔臉上的血，讓他右眼的戰士刺青顯露出來。
「你體會到我平常的感受了嗎？」
「哼！」
「你看，畢斯可！櫻花開得好漂亮……」
畢斯可聽見美祿的話回頭一看，只見櫻樹吸收了被植入其中的食鏽之力，再度萌芽。
從沙汰晴吐身上噴飛的樹木碎片散落地面，急速成長，形成了新的櫻樹。
櫻樹吸收食鏽之力後開出鮮豔亮麗的花，和原本狂暴的模樣相反，綻放出純粹的生命光輝。
「……嗯，很漂亮……閻羅王的力量安分下來也挺無害的。」
「我們也不用殺了他，真是皆大歡喜。」
「對啊。」
「來，道謝吧。」
「……謝啦，壹號。」
『叭嗚。』

「是跟我道謝啦！……等等，畢斯可，你的刺青！」

美祿下意識坐起身，抹去畢斯可身上的血，檢查他的皮膚。畢斯可身上的櫻花刺青就在他們倆面前化為粉塵，消融在空氣中，他的皮膚終於恢復成原本的肉色。

「喔喔！」

「沒有染吉的命令，櫻花刺青還是消失了嗎？」

鳳仙的聲音忽然傳來，兩人和一臺機器人一同抬頭。

「這證明他的櫻花之力已用盡。不只你，所有蕈菇守護者身上的櫻吹雪應該都會消失。」

鳳仙走到兩人面前，他後方的紅菱戰士聚集起來，一個接著一個帶著敬意跪下。看見上百名紅菱向自己低頭，兩人有些不好意思，鳳仙站在他們面前愉快地接著道：

「余也活了不少年歲，想都沒想過有人類能打倒染吉……不，應該說那股花力的化身。」

「可能是因為你長期生活在這種狹小的環境吧。」

「喂，畢斯可，這樣說太失禮了！」

「而且，呵呵……你們還想留他一條活路，想法真傻。」

「少囉嗦。我們都成功了，你還有什麼好抱怨的！」

鳳仙將視線從一臉不悅的畢斯可身上移開，望向遠方呈大字形仰躺在地的沙汰晴吐，微微瞇眼露出笑容。

「沒錯，你們做到了……雖然很傻……卻是場漂亮的戰役。」

包覆著沙汰晴吐巨大身軀的鎧甲全部碎裂四散，只剩頭盔還留著。但令人驚訝的是，他的身體仍很健壯，甚至時而發出「齁齁齁齁」的鼾聲。

「染吉是余唯一的知心好友。余若對他動手，余身為國王的道路也會受到汙染，產生迷惘。余……不，全體紅菱在此向你們道謝。」

鳳仙頭一次彎下修長身子，向兩人和一臺機器人道謝。紅菱戰士們也繼而向他們深深低下頭。

國王竟在人民面前向一介蕈菇守護者低頭，此事非同小可。美祿為此感到惶恐，連忙激動地說道：

「這怎麼敢當！不用了，鳳仙王，我們只是因緣際會……！」

「這不是鞠躬該有的角度，腰要再彎一點。」

『叭嗚。』

「嗯喔喔喔喔畢斯可——！壹號！你們兩個——！」

畢斯可和壹號在鳳仙王身旁繞來繞去，仔細檢查他的姿勢，時而用膝蓋輕碰他的身體調整動作。畢竟是鳳仙自己說要道謝的，他只能任由畢斯可對自己為所欲為，身體不斷顫抖。

「好，腰就保持這樣。接著縮下巴，說『謝謝畢斯可先生』……」

「適可而止！這樣下去會引發民族糾紛的！」

美祿感受到紅菱們散發出嚇人的氛圍，連忙制止畢斯可。鳳仙流著汗、頭髮散亂，氣喘吁吁，清了清喉嚨。

「咳哼，沒想到余竟得向野獸般的傢伙低頭。余，鳳仙，絕不會忘記今天的事。」

「把這當作一段美好的回憶吧！」

「余會努力的。畢竟余之後就要成為你的岳父了。」

「你——又提起這件事！就說我不要了！」

不懂得怎麼讓事情安靜落幕的一行人又喧鬧起來。美祿不經意回頭，再次望向整座櫻花飄舞的廣場。

他看見紫髮少女站在稍遠處，辛勤地為受傷的紅菱們療傷。少女低聲向傷患說了些勉勵的話，那名紅菱眼中立刻充滿活力，用力點頭，回握獅子的手。

（……獅子，太好了……）

獅子終於注意到美祿望著自己，和他四目相對。兩人默不作聲，只是望著對方，最後獅子……

（莞爾一笑。）

那笑容遠比兩人相識之初更為成熟。

滿臉煤灰的少女那副豔麗模樣令美祿有些驚訝，頓時無法像往常那般回以笑容。當他心情恢復平靜時，獅子已經去照顧下一位傷患了。

（……總、總覺得……獅子變得好漂亮。）

美祿明白，正是與畢斯可這場短暫的旅行，使她變得堅強而美麗。但想到這裡，他心中莫名燃起一把火。

美祿皺起眉頭，再看了照顧傷患的獅子一眼，突然倒抽一口氣，回歸醫師的本分，紅著臉衝去幫獅子的忙。

［插畫］赤岸K
［世界觀插畫］mocha（@mocha708）

食鏽末世錄
SABIKUI BISCO
The world blows the wind erodes life.
A boy with a bow running
through the world like a wind.
4
業花帝冠 花束之劍
瘤久保慎司
SHINJI COBKUBO PRESENTS

14

鳳仙王靜靜地將手貼在緊閉的鐵製大門上。隨著華麗長袍「啵、啵」開出花朵，鳳仙手掌的光芒更加耀眼，使巨大的鐵門各處產生裂痕。

「啪！」一陣轟響下，門上出現蜘蛛網般的裂痕，到處都爬滿了翠綠的藤蔓。紅菱們屏息凝視，這時鳳仙說了一聲……

「發花。」

啵嗡、啵嗡！鳳仙花接連炸裂，衝破鐵門，一陣強風吹進廣場。

「好強的花力！不愧是國王。」

「我的蕈菇比較強。」

「知道了啦！你要有包容別人的心胸。」

國王未理會竊竊私語的兩名少年，回望跪伏的人民，嚴肅地說：

「吾等潛伏在六道的日子就此結束。相信各位也明白，現在就是紅菱進化之時。這股新力量就像出了鞘的刀，各位務必在心中保有刀鞘，依循法律將刀收好。吾等現在要前往京都政府，摸索出與人類共存之道。」

紅菱們聽見國王的話，全都深深低下頭。鳳仙見狀點了點頭……停頓一下繼續說：

「……最後余想提出一個任性的請求。」

（那個大叔什麼時候不任性了？）

（噓！）

「紅菱獅子，到這兒來。」

民眾聽到獅子的名字驚訝地抬頭，又連忙垂下。國王說完話數秒後，獅子晃著紫髮靜靜地從群眾中站起。紅菱們宛如摩西分海般讓出一條路，獅子走上前去。

「…………」

「…………」

父女倆在敞開的六道大門前對看了一會兒，獅子便在國王面前跪下。

「這個人，獅子……因違反王家規定，而被趕下繼承人的位子。然而這次她不求回報，赤手空拳僅憑自己的信念，守護了余與汝等。」

獅子只跪在原地不說話。

「她還年輕，花力無法控制得很好，這也無可奈何……因她在這次越獄中立功，余想赦免她，將她重新迎回繼承人之位，想徵得人民的同意。各位認為如何？」

獅子驚訝到整個人彈了一下，在她開口前……

「我們沒有異議。」

一名紅菱激動地說。

「獅子殿下充分具備領導紅菱的才能……若她重回繼承人之位，我們願意為她奉獻性命。」

「我也希望獅子殿下回來！」

「請迎回獅子殿下作為繼承人！」

聽見人民的贊成聲，鳳仙深深點頭，再次俯視獅子。

「獅子，人民希望妳回來當繼承人。」

「……可、可是……」

「親眼見到妳的武藝後，余才明白，進化中的紅菱需要一名強大的國王來率領。余曾希望妳得到平凡人的幸福……但妳還是回來當王子吧，獅子。妳肯定能解開花力之謎，立即掌握這股力量。有朝一日，妳將會繼承余的王冠。」

「這樣、不行……」

獅子低著頭，以困惑的聲音說道：

「我……打破規定，讓民眾殺人。我不能當王，不夠格當榜樣。」

「獅子，別太鑽牛角尖……」

鳳仙蹲在跪著的獅子面前，對她耳語。

「紅菱人民沒什麼自我意識。就算妳犯了些錯，他們仍會像這樣……只要國王說一句話，就當什麼事也沒發生。」

「——」

「妳不必太過擔心規定如何、王道如何。人民需要的只是一個可以崇拜的對象。只要坐上王位，操縱人心就不是難事。」

這時。

廣場刮起一陣風……吹起獅子的瀏海，使她的雙眸燃起紅色火焰。

「……我、明白、了……」

「妳願意接受了嗎，獅子？很好，妳很勇敢……人民也會很開心的。」

「可是，首先……」

「來，起身面向大家……各位，從現在起……」

「得用老舊的血……」

咻！

獅子的瘦小身軀劃破空氣，在空中舞動。

「血洗你的王位才行——」

滋砰！

獅子的身體猶如電光般閃動，只花零點一秒就變出閃耀的藤蔓之劍，揮向正準備站起身的鳳仙，快劍一閃，砍下他的頭。

『噗唰啊啊啊啊啊啊啊啊啊啊啊啊啊啊啊啊啊啊啊啊啊啊』

鳳仙修長的身子佇立在原地，像噴泉般噴出大量鮮血。血如雨下。

獅子淋著血雨，用全身感受那股濕滑溫熱，像要承接住父親的血、性命、死亡一般，抱著自己的身體顫抖了一下。

（……）

（再見……）

獅子在嘴裡低語完，瘦小身軀再次跳起，單手抓住掉落的鳳仙首級，落地捲起沙塵。已然閉上眼的鳳仙首級在廣場沙地灑下新的血。

「老國王死了。」

獅子喃喃說了聲。

國王的屍體「砰」的一聲，正面倒地——

她緩緩將首級高舉起來。

「踐踏人民的假國王，逆賊鳳仙死了！」

有著少女形體的羅剎睜大雙眼，對天吼道。

她的紅眸在飄動的瀏海下燃燒，全身不斷散發出震懾全場的霸氣。在那股霸氣下，連她手中的鳳仙頭髮也美麗地迎風搖曳，宛如神話中的一幕。

人民……

心生畏懼。

各個呼天搶地。

那些煉獄般的哭喊聲，對獅子而言卻很遙遠，她完全沒聽見。

唯有血的溫度……

獅子只感受到擁抱她全身的鮮血熱度。

她深深吸入殘留在血液中的鳳仙花香氣。接著耳後盛開的寒椿旁開出一朵又一朵新的寒椿……形成一頂威光四射的王冠，為她的紫髮增添色彩。

「……漫長的冬天結束……萌芽的春天已到來。」

獅子的威光使所有人民縮起身子。

哀號戛然而止，每個人都屏息等待獅子下一句話。

「汝等紅菱。」

「往後要拋棄生鏽的法律，以及屈從於他人的自我。」

「汝等不再是隱藏在地底的種子。應衝破地面，全力綻放。」

「利用盛開的花力，盡情反抗、殺戮、支配。」

「我將引領各位。」

「我……」

「余！」

「余是紅菱之王獅子！將在這片大地上，建立永恆的花園！」

獅子的吼聲宛如長槍，貫穿現場的所有事物。

人民聽了她的話，一個接著一個跪伏在地。獅子透過腳邊傳來的感覺明白這點，但這對她而言已不重要。她微微瞇眼，仰望灑下陽光的天空。

（我的道路上確實充滿鮮血。）

（然而……）

（充滿鮮血並不代表我是錯的。）

（若這是我生來的使命……）

（我一定要成功。）

（就算墮入冥府魔道，我也要使人民自由……）

（所以，請您……）

（請您……）

（別哭，父王……）

「……發花。」

獅子輕啟雙唇說完，鳳仙的首級隨即「嘩！」地變成一朵朵鳳仙花，被溫暖的風吹向高空。

後記

「瘤久保先生，這次的監獄地圖要不要也由你來畫呢？」

「哈哈哈。」

「你別只顧著笑！我們為此可是賭上了性命！」

筆者就在這樣的情況下受到責編推薦，繪製了六道囚獄內部的地圖。希望一切順利。

閒話休提，這次是以「規則」為題創作的故事。

老舊的價值觀凋零，新事物萌芽。新花朵．獅子所下的決定，她所提倡的新規則，會在世紀末吹起怎樣的一陣風呢？

敬請期待。

可能會有人覺得這篇後記寫得有點趕，但這次只剩一頁的空間，我也無可奈何。就在這兒結束吧！

我會努力在下一集呈現更具規模的武打場面。

下集見。

瘤久保慎司

鏽末世錄 SHINJI COBKUBO PRESENTS 5

下集預告 NEXT

我想你想得好苦啊，赤星……
你本來就這麼小隻嗎？」巨大花
北海道腹中有小寶寶。」

眾所期待的第五集
SABIKUI BISCO
近期發售預定！

余允許你跪下。
余是紅菱之王『獅子』。」
你聽過陸地吃陸地這種事嗎！」
全日本人奴隸化

「芥川！
你怎麼還不後退？
你會被北海道吞噬的！」
「我討厭輸的感覺！和你一樣！」

The world blow the wind erodes life. A boy with a bow running through the world like a wind.

86—不存在的戰區— 1~9 待續

Kadokawa Fantastic Novels

作者：安里アサト　插畫：しらび

機動打擊群，派遣作戰的最終階段！
「無法對敵人開槍，即失去士兵之資格。」

犧牲——太過慘重。與「電磁砲艦型」的戰鬥，不只導致賽歐負傷，也讓多名同袍成了海中亡魂。西汀與可蕾娜也因此雙雙失去了平常心。即使如此，作戰仍需繼續。為了追擊「電磁砲艦型」，辛等人前往神祕國度，諾伊勒納爾莎聖教國，然而——

各 **NT$220~260/HK$73~87**